LE THÉORÈME DE L'ANGE

Vitam impedere vero

Juvénal

Prologue

Couchée dans leur chambre, elle ferma les yeux et écouta. Le bruit cristallin de la douche parvenait, atténué et lointain, jusqu'à leur lit aux draps de satin. Cette musique la berçait depuis un quart d'heure. Elle imaginait l'eau, régulière, apaisante et légère, couler sur le corps de son homme. Le bruit s'arrêta enfin. Bientôt il sortirait. Comme toujours, il s'allongerait à côté d'elle et lui caresserait les cheveux. Elle chuchoterait :

— Tu seras parti longtemps ?

Sans surprise, il répondrait :

— Le temps qu'il faudra.

Comme toujours, elle frémirait en demandant :

— Tu vas leur faire mal ?

— Autant que possible.

Ces mots déclencheraient son désir. Elle commencerait par embrasser délicatement les cicatrices. Elle lécherait du bout de la langue celles au bras. Elle s'attarderait sur la plus horrible, à la base du cou. Elle savait tous leurs gestes, ceux de son homme, les siens propres. Ils feraient l'amour en suivant leur immuable rituel. Lorsqu'ils seraient repus de leurs corps, elle s'endormirait, lovée contre lui, caressant du bout des doigts l'irrégulier relief de son épiderme. Au milieu de la nuit, elle s'éveillerait à moitié. Elle le chercherait d'un geste. Sa main parcourrait l'espace vide, encore tiède. Puis elle reviendrait vers ses seins. Puis elle descendrait. Elle se caresserait. Elle gémirait de plaisir.

Il allait leur faire mal.

Chapitre 1

Valérie finissait en silence d'arranger la table. Aucune musique de fond ne la distrayait. Cela viendrait plus tard. Même le bruit de la rue ne pénétrait plus que partiellement son univers, alors qu'une fête des voisins battait son plein, quelques immeubles plus loin. En cette fin de journée d'un nouvel été caniculaire, elle espérait seulement que les bagarres ne feraient pas éclater le vivre-ensemble décrété par la municipalité avant que tous ses invités ne soient arrivés. Un match de football amical entre le Maroc et la Belgique devait malheureusement se jouer au Stade de France en soirée.

Tout l'après-midi avait été consacré à faire la cuisine. Les hors-d'œuvre étaient un festival international : des bricks libanais, des olives grecques dénoyautées, de l'andouille de Vire, mais coupée en si petits morceaux qu'on ne pouvait plus en soupçonner l'origine. Valérie avait longtemps réfléchi au sujet du plat principal. Il ne fallait pas qu'il la coinçât dans la cuisine lorsque les invités seraient là, ni que sa cuisson soit si minutée qu'un retard quelconque au cours de la soirée n'entraînât une catastrophe. Quelque chose de simple, pratique, mais chic quand même. Elle avait arrêté son choix sur un plat de saumon, une sorte de sashimi mélangé en salade avec des avocats, le tout arrosé d'un filet d'huile. Elle présenterait cela comme une recette apprise dans une famille japonaise. Il lui paraissait indispensable de rester dans l'axe « multiculti » qu'elle s'était fixé. Fallait-il assaisonner le tout maintenant ? Elle décida de ne prendre aucun risque, et opta pour mettre les épices sur la table. Chacun se servirait selon ses goûts. Valérie tirait fierté du « sel de mer saveur Yuzu, basilic thaï et coriandre », du « sel noir d'Hawaï », du « poivre de Madagascar », de celui « de Timut », de cet autre « de Cubère » ou « de Malabar ». Elle se restreignit à présenter négligemment ces six flacons, en nombre égal à celui de ses invités, renonçant avec regret aux autres éléments de sa collection de piments. Des fromages affinés, et une tarte aux myrtilles étaient, avec les vins et l'andouille, les rares concessions à son pays natal.

Valérie était française, mais son métier et sa bougeotte naturelle l'avaient conduite aux différents coins du monde. Elle avait toutefois conservé l'appartement parisien que lui avaient légué ses parents. Il appartenait à un des rares bâtiments haussmanniens qui échappaient encore aux tags des oisifs et aux squats des drogués. Sa situation à quelques encablures de la gare du Nord lui fournissait une ligne directe de RER pour l'aéroport. Avant qu'elle ne puisse s'offrir le taxi, ou, plus récemment, l'Uber, le RER lui avait été longtemps indispensable puisque – comme elle le disait complaisamment lors des interviews – le domicile le plus fixe de sa vie depuis des années était l'avion. Elle omettait de préciser depuis quand. Il faut dire que les interviews servaient en premier lieu la promotion de ses spectacles et tournées. Leur fréquence s'intensifiait surtout depuis cinq ans, par étapes progressives. Elle était donc encore suffisamment jeune à ce stade de célébrité pour susciter trop de questions. Elle n'avait pas connu non plus une trajectoire médiatique suffisamment météorique pour passer outre. Pourtant, elle connaissait le nombre exact des années passées, et estimait avec inquiétude celui des années restantes. Elle avait franchi le point de non-retour. D'ailleurs, d'une manière, cette soirée en serait la célébration. Elle avait 45 ans aujourd'hui.

Elle jeta un regard se voulant sans concession à la table de son salon-salle à manger. Tout était en place. La nappe brodée, blanche, chinée à Los Angeles, accueillait le service de vieux Luxembourg, les verres et carafes de Bohême, et des candélabres dignes de Versailles. Il était bien sûr trop tôt pour allumer les bougies, les fenêtres pourvoiraient à la lumière encore trois ou quatre heures, peut-être davantage à cette période de l'année. L'argenterie constituait un des rares vestiges d'un mariage raté. Elle avait tenu à la garder lors des négociations du divorce sans enfants, donc plus simple d'après les experts de ces questions. Pourtant, ce qu'elle avait traversé huit ans plus tôt lui avait paru assez pénible au contraire. Son avocat, très présent, lui avait dit qu'elle manquait d'éléments de comparaison. Probablement. Peu importaient ces paroles consolatrices, le divorce avait été éprouvant : les discussions sans fin par avocats interposés, les honoraires stratosphériques de ces suceurs de sang, la lenteur des procédures. Elle avait enfin connu une petite joie au terme du parcours. L'ex ne voulait plus entendre parler d'elle. Il disparut totalement de son existence le lendemain de la séparation des biens, abandonnant l'argenterie sur place.

Elle s'était demandé pendant un bon moment s'il fallait mettre les couverts à poisson ou bien les couverts à viande. Avec quel ustensile mange-t-on du saumon sashimi en salade avec des avocats ? Elle mit les deux, plutôt par esthétisme que par commodité. Elle rajouta les grandes cuillères pour compléter le tout, et prit soin de faire reposer le couteau à viande, qui servirait aussi au fromage – nous sommes entre nous ! – sur de charmants petits supports chinois. Elle les caressait en les posant. Ils étaient en porcelaine, froids au toucher mais très jolis à voir. Ils lui rappelaient Shanghai, où elle avait donné son dernier concert une dizaine de jours plus tôt. Mais surtout, ils lui rappelaient celui qui les lui avait offerts, juste avant qu'ils ne prennent l'avion, elle pour Paris, lui pour Londres.

Les affiches de ses spectacles décoraient son intérieur parisien. Le salon notamment en était l'écrin. Le sofa et les fauteuils danois donnaient un air de sobriété et de froideur nordique, contredit par la chaleur des affiches, des tableaux et des bibelots. Elle avait dépensé une fortune dans une bibliothèque de Charlotte Perriand, infoutue de contenir des livres, et dont l'équilibre était bancal, et d'ailleurs conçu pour. Elle avait commis le petit crime d'y mettre des étaux (mais avec discrétion), pour éviter que le meuble ne tombât en avant, et ne fracassât la table basse destinée à accueillir aussi bien les petits fours que les premières discussions avant de passer à table.

Une courte angoisse la pinça, sans qu'elle puisse complètement en identifier la source. Elle la chassa en vérifiant que le champagne était frappé. Elle s'assura que les coupes seraient, elles aussi, glacées au moment d'y verser le Dom Pérignon. Elle avait le truc de sa nouvelle copine, Amélie Nothomb, rencontrée sur un plateau de télé quelques mois plus tôt. Amélie était experte en la matière, ne commençant aucune journée sans une petite coupe glacée. Visiblement elle ne la terminait pas sans cela non plus. Les producteurs des émissions connaissaient son penchant et y pourvoyaient. À se demander si le divin nectar n'était pas devenu, au fil des années, un carburant pour le cerveau de cette femme aux idées si particulières. La Belge publiait un roman par an. Elle lui avait confié en écrire trois fois plus. À ce rythme, elle avait de quoi remplir plusieurs existences d'écrivain. Valérie, elle, ne carburait pas au champagne frappé, ni à rien d'autre d'ailleurs. Même fumer ne l'avait jamais tentée. Lorsqu'elle était déprimée, elle attendait plus ou moins proactivement que ça passe. Aujourd'hui, elle avait peur que ce détachement, qu'elle attribuait aux bienfaits du yoga, pratiqué trois fois par semaine où qu'elle soit, ne lui ait aussi coûté de passer à côté d'une existence différente et peut-être plus dense. Mais elle avait décidé de donner une petite impulsion. En fait plutôt une grande, se corrigea-t-elle. Aujourd'hui. Le jour de ses quarante-cinq ans.

Elle contempla son salon. Puis son regard se tourna vers la salle à manger. Les fauteuils et sofa de l'un, les chaises de l'autre. L'angoisse la reprit, plus douloureuse. Une petite palpitation. Elle se regarda dans le miroir à trumeaux. Des rougeurs gagnaient son cou et descendaient plus bas, comme le laissait voir le décolleté de sa robe écarlate, celle qu'elle portait pour paraître auprès des « happy few » après ses concerts, ces fameuses personnalités autorisées par les organisateurs à l'approcher, à lui demander ses impressions, et avec qui elle avait l'obligation de discuter pendant quarante-cinq minutes ainsi que stipulé dans les contrats. Mais pourquoi penser à ce moment précis à ses concerts, à ces clauses négociées par son agent, à ces contraintes ? Là n'était pas le problème. De légères gouttes de sueur humectèrent les tempes de ses courts cheveux blonds, d'autres menacèrent l'abondant maquillage entourant ses yeux bleus. Le grand miroir renvoyait d'elle une image liquide. Elle n'était pourtant pas si mal. Elle était mince, et élancée. Sa robe lui allait bien. Alors ?

En regardant la table, celle qui devait accueillir ses six invités, elle se rendit enfin compte de la folie qu'elle avait déclenchée.

Chapitre 2

Elle s'était décidée quelques jours plus tôt seulement, alors qu'elle était au téléphone avec lui, tard un soir. Elle lui avait avoué non pas son âge, leur relation étant encore trop fraîche pour cette confidence, mais la proximité de son anniversaire. Leurs discussions à distance, bien qu'ayant un historique très court, avaient déjà instauré une routine. Loin d'être désagréable, cette amorce d'habitude donnait l'illusion d'une complicité amoureuse aussi bien réelle que durable. Elle lui demanda :

— Qu'est-ce que tu as fait aujourd'hui ?

— Beaucoup de réunions au bureau, dit-il. Rien de passionnant. Sauf peut-être un dossier épineux à traiter, mais sinon rien. Et toi ?

— Pas de réunion au bureau, répondit-elle d'un air enjoué. Elle ajouta :

— Mais j'ai passé quelques coups de fil.

Elle hésita à poursuivre. Comme il ne disait rien, elle se lança.

— Tu as quelque chose de prévu ce week-end ?

— Pas vraiment. Pourquoi ?

Il sentit que quelque chose se passait pour elle à Paris. Il insista.

— Quelque chose en tête ?

— Oui... dit-elle d'une petite voix.

Elle inspira profondément avant d'ajouter :

— Mon anniversaire est dans trois jours. J'aurais aimé le fêter avec toi.

— Déjà ?

Cette réaction spontanée lui avait échappé. Il sentit aussitôt à la qualité du silence qui suivit, très différent du précédent, que ses termes avaient été mal choisis. Il tenta de rattraper sa maladresse :

— Je veux dire, c'est déjà ton anniversaire ? On se connaît depuis si peu de temps que cela paraît surprenant. Mais c'est idiot. Il n'y a pas de raison quand on y réfléchit.

Elle restait silencieuse, d'un mutisme qui lui parut peu cordial. Il devait faire encore des efforts, mais avec prudence :

— À quoi pensais-tu concrètement ?

Elle inspira profondément de nouveau.

— Cela fait des siècles que je n'ai pas passé mon anniversaire en France. J'aimerais organiser celui-ci cette année chez moi. Un dîner, avec quelques amis. Dont toi.

— Je suis « un ami » ?

— Tu sais bien que non ! Voyons ! Tu es plus que ça !

Elle allait ajouter un gentil « imbécile » ou « ne sois pas bête ». Mais elle s'en abstint, estimant ne pas le connaître assez pour évaluer ses degrés de susceptibilité. Elle ne voulait prendre aucun risque avec lui. Les chances de trouver un homme pareil n'iraient pas en augmentant. « Ne gâche pas tout, ma vieille », songea-t-elle, sans aménité. Elle continua avec douceur :

— Disons un dîner avec quelques amis, et toi. Ça va comme ça ? C'est mieux ?

— Mais je ne connaîtrai personne à cette soirée !

— Tu me connais, cela ne te suffit pas ? demanda-t-elle, cajoleuse.

— Si...

Sa tiédeur était-elle réelle ? Ou bien une illusion créée par une conversation sans visage, au téléphone, entre deux capitales européennes ? Elle opta pour cette interprétation, et reprit avec enthousiasme :

— D'ailleurs, ne t'inquiète pas. Les autres ne te connaissent pas, mais ils ne se connaissent pas entre eux non plus. Leur seul lien est que je les connais tous, et qu'ils me connaissent. C'est tout.

Nous ne serons pas nombreux d'ailleurs. Sept avec toi.

— Ah. Mais...

Elle l'interrompit avant qu'il n'ajoutât quoi que ce soit. Il ne fallait pas lui laisser le temps de réfléchir. D'ailleurs, il ne fallait pas réfléchir, mais agir, et pour cela désarmer tout argument.

— Tu as un avion qui part de Londres Heathrow samedi à douze heures huit, et un autre de Londres City à quinze heures dix. À peine une heure de vol, et tu es à Paris. Tu peux rentrer le dimanche, si tes affaires le nécessitent. Plus tard, si tu veux. Tu peux aussi ne pas rentrer du tout. Tu vois, tu as le choix.

— Je vois.

— Alors ?

— J'essaierai.

Valérie voulait davantage. Elle voulait un engagement ferme.

— Promets-moi. S'il te plaît. C'est vraiment important.

— C'est promis, concéda-t-il après quelques instants. Mais je ne sais pas encore à quelle heure.

Valérie s'autorisait enfin à rayonner. Elle choisit d'ignorer les doutes qu'elle avait ressentis au cours de leur dialogue. Le téléphone et la distance, voilà, c'était ça. C'était la faute de la technique. Il serait là dimanche, c'était l'essentiel. Elle était heureuse.

— Ce que je suis contente !

— Et les autres ? Qui est-ce ?

— Tu verras sur place. C'est une surprise.

— Une surprise ? Bon. Dis, je dois te quitter là, j'ai un autre appel sur la ligne. Bises.

Elle avait envie de lui parler encore, longuement. Elle voulait aussi lui dire bonsoir comme ils le faisaient jusqu'alors au cours de leurs appels en soirée, repoussant de minute en minute le moment où la tonalité du téléphone remplacerait leurs voix et les séparerait. Mais il avait déjà raccroché. Elle reposa le combiné.

Au cours de leur rencontre à Shanghai, elle avait appris un peu qui il était et ce qu'il faisait. Il disait « être dans la finance », banquier d'affaires ou quelque chose du genre. Leur premier point commun avait été que lui aussi passait davantage de temps dans les avions que sur terre. Il lui avait raconté avoir effectué une partie de ses études à Paris. D'ailleurs il était franco-américain, ce qui expliquait qu'il parlât si bien le français, aussi bien sinon mieux qu'elle ne parlait l'anglais. Il était un « anywhere » comme il aimait à se décrire. Elle lui avait assuré qu'elle aussi se sentait de partout et de nulle part. Qu'elle était née en France mais qu'elle aurait été aussi heureuse de naître n'importe où, et qu'elle ne se sentait plus vraiment attachée à son pays par quoi que ce soit. Était-ce vraiment le cas ? Elle n'en était pas si sûre au fond, mais elle l'avait dit quand même, et elle avait alors eu ce qu'elle espérait : le plaisir de lire dans ses yeux son adoubement. Cela valait bien un petit reniement. Et quand bien même ? Cela restait sans conséquence. Ce plaisir, et le souhait d'aller au-devant de ses désirs et attentes, de ne pas le décevoir dès la première rencontre, l'avaient rendue éloquente.

Il n'avait pas été en reste, lui parlant des nouveaux critères « ESG » appliqués par les entreprises, dont la sienne. Il lui avait expliqué que ces trois lettres recouvraient les critères environnementaux, sociaux et de gouvernance, toutes choses nouvelles pour elle mais qu'elle trouvait fascinantes lorsque elles sortaient de sa bouche. Il parla de l'importance de la diversité au travail, d'un monde professionnel avec de nouveaux repères, où il ne s'agissait plus de travailler tout simplement pour nourrir une famille (quelle conception médiocre !), mais de véhiculer un sens, des valeurs. Il était aussi de l'avis qu'il convenait d'assouplir, au passage, ce que famille voulait dire. Il faudrait instaurer du coaching et des formations intensives, obligatoires ou très fortement conseillées, ce qui reviendrait au même si on s'y prenait intelligemment. De nouveaux métiers se créaient, destinés à ouvrir l'esprit des employés au monde de demain. Heureusement, la génération des « digital natives » arrivait. Née dans un monde globalisé, elle était armée pour ces changements.

Elle renverserait les archaïsmes.

— Tu verras, ils nous étonneront. Ce sont eux qui nous montreront le chemin. J'ai confiance en la jeunesse !

Il la couvait des yeux, Valérie buvait ses paroles.

L'exotisme de Shanghai, son énergie et sa vitalité, le sentiment de chacun d'être de passage en Chine, seulement pour quelques jours fugitifs, enfin une attirance mutuelle : tout cela les avait poussés à prolonger la première soirée ensemble. Et même la nuit. Et puis celles qui suivirent. Leur séparation à l'aéroport avait été difficile. Juste avant d'embarquer, il lui avait acheté dans une boutique du terminal ces petits repose-couteaux, qui remplissaient maintenant leur rôle sur la table dans la salle à manger. Il avait glissé sa carte avec un numéro de téléphone portable commençant par l'indicatif +44, et une adresse gmail. Elle avait pu mettre un nom de famille sur un visage très beau, lisse et un peu poupin, un visage qui arborait si souvent un sourire éclatant, et dont le bronzage faisait d'autant plus ressortir des yeux verts, si rares pour un homme. Elle passa le voyage à rêver, et à toucher cette carte de visite qui n'avait plus rien d'anonyme et de banal. Ainsi donc Thomas Hamilton, Tom pour les intimes et les relations d'affaire, était vice-président de la branche londonienne d'American Express. Tom était ce qui lui était arrivé de mieux. Valérie n'était pas prête à le lâcher.

Chapitre 3

Ils avaient finalement accepté son invitation. Tom bien entendu, mais aussi les cinq autres qu'elle avait souhaités autour d'elle pour cette soirée. Enfin, « souhaité » était un bien grand mot. Elle avait d'abord fait un premier choix d'invités beaucoup plus large. Il s'était réduit progressivement pour tout un ensemble de raisons, la plupart indépendantes d'elle. Certains étaient en vacances, d'autres en voyage, d'autres encore malades. À la réflexion, plusieurs n'avaient rien à faire là, et elle les avait finalement écartés de sa liste. Elle s'était rabattue sur une seconde sélection, plus resserrée, parmi les derniers disponibles de son carnet d'adresses.

Ils seraient bientôt tous ici. Le compte à rebours était lancé. En fait il l'était depuis les coups de fil dont elle avait fait état à Tom lors de leur dernière discussion. Tom et elle ne s'étaient pas reparlé de vive voix depuis. Seulement des sms sur WhatsApp ou Viber selon l'humeur, surtout la sienne à lui, et puis quelques messages vocaux enregistrés sur les mêmes médias avaient ponctué les dernières quarante-huit heures.

Les six personnes qui allaient successivement frapper à sa porte avaient un unique point en commun : elle. Ils ne se connaissaient pas entre eux, comme elle l'avait précisé à Tom, si bien que la difficulté, en partie source de ses angoisses, allait être de créer une atmosphère et des échanges, d'impulser un rythme à la soirée pour qu'elle devienne une réussite, ou du moins lui permette de mener à bien son projet. C'était loin d'être gagné.

En tant qu'invitée, Valérie avait évidemment participé à de très nombreux dîners. C'était presque une obligation professionnelle. Si la plupart se passaient bien, si certains devenaient même des réussites inattendues, elle avait aussi l'expérience malheureuse de réunions de gens divers, que rien ne lie, et où, après les présentations d'usage, les discussions timides s'estompent puis s'éteignent, aigrelettes comme les filets d'eau d'un robinet qui fuit un peu pour se tarir inexorablement. Dans de telles circonstances un silence s'installe, peu à peu, devenant de plus en plus gênant au fil des secondes et des minutes. Si ce qui fait l'humanité est la pensée et la parole, l'humanité devenait hémiplégique lorsque la parole disparaissait. Ce silence, plus précisément l'absence de parole exprimée – seulement entrecoupé du bruit des couverts, des mâchonnements doux des uns, des claquements de bouche plus fermes des autres, du « sluurpp » des verres qu'on s'envoie au fond du gosier pour s'occuper – semble agir comme un trou noir absorbant jusqu'à la pensée et ralentissant l'écoulement du temps.

À ce stade, l'humanité passe de l'état hémiplégique à celui de néant. Chaque son résonne alors comme dans une cathédrale au cours d'un office religieux particulièrement solennel. Lors d'un tel dîner, chacun prie pour ne pas être la source d'un impromptu son corporel par trop en dehors des conventions admises. Dans cette gamme redoutée, le rot est le moins grave, surtout s'il est retenu. La terreur vient de l'autre extrémité du prisme : le pet en plein silence est le garant de la fin des haricots pour l'assemblée, de la honte pour son émetteur rougissant, du fiasco pour l'organisateur du dîner, fiasco doublé s'il est l'auteur du méfait.

Silence, total ou entrecoupé d'expressions métaboliques, quoi qu'il en soit, un moment charnière est celui où l'un des participants tente de renouer avec le langage. Le téméraire devient la cible de tous les regards. Les mandibules et le cliquetis des couverts s'arrêtent : tous attendent avec espoir l'étincelle verbale. Malheureusement, souvent à court d'idées mais voulant bien faire, il tente un dernier baroud : son analyse personnelle des perturbations météorologiques. Chacun joue alors de sa partition pour sauver les apparences, en sachant qu'aucun colmatage ne tiendra. Discuter de manière plus ou moins docte de la pluie et du beau temps sonne le glas d'une soirée. Chacun sait, sans conteste aucun, qu'elle est alors totalement foutue et tout aussi totalement irrécupérable. Les commentaires des convives, tus au cours du dîner, fileront bon train pour enfoncer le clou dans les voitures, lorsque les invités auront quitté la place et rentreront chez eux en assurant à leurs hôtes avoir passé un moment merveilleux. De muettes, les langues deviendront perfides et tueront une seconde fois la soirée, suscitant les rires ou, pire, les ricanements.

Or Valérie, qui par le passé n'avait pas été en reste sur ce plan, ne souhaitait pas revivre ce type d'expérience, à plus forte raison en tant qu'organisatrice. Plus grave encore, cette soirée devait marquer un moment crucial tant de sa vie personnelle que de sa vie professionnelle. Elle avait une annonce importante à faire. Elle tenait à la faire quoi qu'il en coutât, mais dans des conditions sereines. Cette sérénité, qu'elle souhaitait pour des raisons qu'elle estimait vitales, serait aussi la garante d'une diffusion la moins déformée possible de l'information lorsqu'elle la rendrait publique de manière beaucoup plus large, après son dîner.

Par conséquent, elle ne souhaitait à aucun prix qu'on parlât du temps qu'il faisait, qu'il avait fait ou qu'il ferait à Paris, à Londres, à Tombouctou ou n'importe où sur terre. Hors de question. D'un autre côté, elle souhaitait à toute force éviter aussi les sujets qui fâchent. De cela également elle avait l'expérience. Les dîners où une partie des convives part en claquant la porte, où des femmes pleurent sur le balcon, où des familles se déchirent. Elle souhaitait une soirée apaisée, qui culminerait au dessert par son annonce, voilà tout.

Pourtant, elle s'apercevait maintenant que son choix d'invités avait mis en place les conditions de la Bérézina qu'elle redoutait.

Bien qu'ils aient vécu ensemble quelques nuits torrides à Shanghai, Tom, comme il aimait qu'on le nommât, ou Thomas comme elle aurait préféré l'appeler, restait en grande partie une énigme pour elle, mais une énigme qu'elle se faisait fort de percer. En fait, l'annonce le concernait aussi, tout du moins par ricochet (cette image enfantine était la plus proche de la manière dont elle percevait les choses). C'était surtout cela qui l'inquiétait le plus en réalité. Comment réagirait-il ?

Et comment réagirait Marc ? Son agent serait de la soirée lui aussi. Aussi grand qu'elle, c'est-à-dire pas excessivement grand pour un homme, blond aux yeux bleus, Marc alliait à une carrure d'athlète un visage toujours bronzé. Il forgeait ses muscles dans une des salles de fitness qu'il possédait, et où il opérait comme entraîneur à ses heures perdues. Le reste de son temps était consacré à son activité principale, c'est-à-dire gérer la carrière des artistes et sportifs qu'il avait sous contrat. Si dans le milieu des malfrats, un avocat est appelé un bavard, Marc, qui avait obtenu ses diplômes à Greifswald en Allemagne, à Montpellier en France, et à Dublin en Irlande, était un avocat du genre taiseux dans les cinq ou six langues qu'il parlait couramment, ce qui, curieusement, ne lui avait jamais nui. Le choix de villes d'eau pour sa formation avait été rendu nécessaire par une fâcheuse allergie au pollen, qui s'était heureusement estompée progressivement, mais qu'il surveillait comme le lait sur le feu, en ayant en permanence un spray d'urgence contre les crises d'asthme. Ses relations avaient été surprises par le choix de la femme dont il avait fait sa compagne. Aussi obèse qu'il était bien bâti, elle parlait beaucoup. De l'opinion de certains, elle parlait trop, souvent à tort et à travers. Un débit très rapide, oscillant entre les aigus et les graves, donnait sur plusieurs octaves toute sa portée à une stupidité abyssale. Elle ne l'accompagnait jamais dans les rendez-vous d'affaires. Or Marc considérait tout rendez-vous comme un rendez-vous d'affaires. Valérie voyait en lui un ami et un support indéfectibles. Il voyait en elle une source de revenus, à 15 % de marge sur chaque contrat.

Valérie vérifia que la pile de magazines qu'elle aimait parcourir étaient à peu près rangée. Mais elle ne voulait pas « d'à peu près » aujourd'hui. Elle en garda deux pour plus tard, et se demanda ce que Dominique penserait en la voyant mettre les autres à la poubelle.

Journaliste à Libé et à Médiapart, pigiste sur France Inter, chroniqueuse occasionnelle sur les chaînes publiques, lesbienne affirmée enfin, Dominique portait son foulard islamique comme on porte un étendard. Sa solidarité avec les femmes opprimées par l'homme blanc, hétérosexuel et catholique, était totale. Elle rêvait de finir la métamorphose des organes de presse pour lesquels elle travaillait en versions hexagonales du New York Times. Elle écrivait « Noir » avec une majuscule et « blanc » avec une minuscule chaque fois que l'occasion se présentait, au besoin en la créant (elle comptait établir un record en la matière). Elle avait couvert avec beaucoup d'engagement les défilés des familles de « victimes de violences policières ».

Elle complétait sa mission en taisant les petits faits divers qui dérogeaient au message altruiste de ses journaux. Des événements avaient beau émailler çà et là certains quartiers, du fait de « la mixité sociale » refusée par les autochtones, mais voulue par les conseillers municipaux et maires progressistes, les rédactions avaient décidé à l'unanimité qu'ils étaient insignifiants. Alors, pourquoi en parler ? La crainte inspirée par les médias pour lesquels elle travaillait était une arme performante. Grâce à elle, le progressisme était parvenu à transcender le prisme de l'arc-en-ciel partisan. Il faisait son lit de la gauche de nature à la droite de contrition.

En bref, Dominique était à la pointe de la ligne éditoriale à forger pour éclairer les Gaulois réfractaires qui osaient encore se rebeller, malgré toutes leurs fautes et tous leurs crimes, commis au cours des dix derniers siècles. Valérie et elle s'étaient rencontrées lors du concert organisé annuellement par l'Huma. Valérie y avait chanté trois chansons avant de laisser la place aux discours, et aux autres stars contribuant à l'événement. Dominique avait rédigé un article élogieux, en mettant l'accent sur l'engagement politique de l'artiste. Si ce dernier aspect avait échappé totalement à Valérie, elle n'en avait pas moins gardé le contact avec Dominique, au cas où. On y était. Dominique pourrait servir de caisse de résonnance à l'annonce que Valérie comptait faire. C'était ce qu'elle avait de mieux sous la main. Pour éviter toute interprétation, Valérie avait préparé le petit texte qu'elle souhaitait voir publié par Dominique. Elle pourrait de la sorte canaliser l'information, pensait-elle.

Valérie aligna les petits cartons où figuraient les prénoms de ses invités. Son plan de table tenait la route. Elle siègerait à un bout pour être plus près de la cuisine, évidemment. Mais elle aurait Tom à sa droite, et Marc à sa gauche. Pour Dominique, il n'y avait pas le choix. Vu son embonpoint, elle siègerait en face d'elle, à l'autre bout de la table, entourée de deux hommes. Cela la changerait.

Après avoir été ministre socialiste en charge des Affaires étrangères du gouvernement précédent, et secrétaire d'État centriste en charge d'on ne savait plus trop quoi, Claude était devenu député européen écologiste. Il savait pertinemment que ce poste loin de Paris, entre Bruxelles et Strasbourg, constituait une voie de garage sans grande perspective. Depuis quelques mois, il tentait de raccourcir sa traversée du désert politique en se créant une légitimité sur la thématique non seulement de la transition énergétique, mais aussi de la sécurité urbaine. Personne ne comprenait bien le rapport entre les deux, mais Claude n'en avait que faire : sa priorité n'était pas la cohérence, mais la largeur de l'éventail des sujets sur lesquels on pourrait faire appel à lui le moment venu. Un jour il prônait le développement des éoliennes sur des milliers de kilomètres carrés en mer, le lendemain il prêchait pour la création de zones sans police, avec l'objectif affiché d'éviter les sources de conflits. Cette souplesse, devenue une seconde nature, imprégnait la plupart de ses actes. Il en tirait fierté, voire parfois une certaine vanité. En fonction de l'actualité, et des courants qui dominaient son nouveau port d'attache idéologique, il cachait, ou au contraire laissait entendre à mots couverts, sa jeunesse de lambertiste trotskyste. Il était passé maître dans l'art délicat du flou propice aux multiples interprétations, et entretenait le mystère. Il pouvait être bon de sentir le soufre.

Ce qu'il ne cachait plus en revanche, était ce qu'il appelait la fluidité de son orientation sexuelle, d'autant plus qu'elle lui avait permis de faire carrière au nom de l'inclusion. Il multipliait les présidences d'associations LGBTQIA+++ en essayant de rester à la page sur ce que l'inflation de + recouvrait, encourageait ses propres enfants à l'introspection sur ces sujets, et se déclarait publiquement disposé à les emmener à l'hôpital pour qu'ils suivent des traitements hormonaux selon leurs désirs. Il les poussait à expérimenter par eux-mêmes en toute liberté la « déconstruction » voulue par son parti, la seule possible dans un monde qui va de l'avant. Valérie et lui s'étaient connus sur les bancs de l'école primaire, à une époque où la question essentielle au cœur de l'enseignement n'était ni la déconstruction, ni la lutte contre le réchauffement climatique, et encore moins, on le conçoit aisément, la légitimation de zones affranchies de toute autorité régalienne.

En caressant la petite croix en or qui pendait à la chaîne de son collier, Valérie pensa avec joie et inquiétude à Matthias. Que penserait-il de Tom ? Le lui dirait-il ensuite ? Ou pendant la soirée même ? Elle se promit de garder un œil sur lui, et de déchiffrer le moindre signe de son visage.

Depuis une bonne dizaine d'années, le Père Matthias était devenu le confident de Valérie. Elle ne lui cachait que peu de choses. Elle avait plaisir à dialoguer avec cet homme, à écouter ses analyses ou ses rares conseils. Si un être incarnait la sagesse, pour Valérie, c'était bien lui. Le Père Matthias faisait officiellement partie de la branche progressiste de l'Église catholique. Bien qu'attaché à la messe en latin, il y avait renoncé sous la pression de son évêque, du moins publiquement. Ce reniement lui avait valu une nouvelle mission, qu'il était loin de considérer comme un sacerdoce. Il s'agissait de développer l'action de l'Église en faveur de la promotion féminine à Kinshasa. Quelques années auparavant, toujours sous la pression de son évêque, il avait expérimenté une messe chantée avec des Gospels, à laquelle Valérie avait apporté son concours comme chanteuse. Le Père Matthias était de passage à Paris. Il devait prendre des instructions sur le périmètre de son action évangélisatrice avant de repartir en Afrique. Lors de son séjour, il devait également effectuer un travail qui s'apparentait à des tours de garde ecclésiastiques. Lui, et quelques autres prêtres réunis pour des raisons similaires, devaient remplacer deux curés partis pour une dizaine de jours en retraite spirituelle au Monastère de la Grande Chartreuse.

Valérie ne ressentait pas avec sa sœur la même proximité que celle qu'elle connaissait avec le Père Matthias. Martine était pourtant le plus proche membre encore vivant de la famille. Célibataire depuis un divorce qu'elle avait traversé de manière apparemment moins pénible que Valérie, (sa sœur avait toujours été plus solide, les heurts n'avaient pas la même emprise sur elle), Martine alternait avec son ex-mari la garde de leurs trois enfants. C'était le tour du père ce week-end-là. D'habitude, Martine, qui abhorrait la solitude, profitait de ce que les enfants étaient ailleurs pour « papillonner ».

Elle dégotait des amants à tire-larigot, la fréquence du « turn-over » n'étonnant plus Valérie depuis longtemps. Malheureusement, Martine avait mal calculé : ses règles tombaient en plein dans ce week-end sans mioches, où elle se voyait donc contrainte de s'assagir. Du coup Martine était libre. Valérie n'avait pas pu ne pas l'inviter. En plus, en ce moment, même sa sœur lui serait un réconfort. Elle l'avait assignée entre Matthias et Marc. Cette position stratégique préservait les préséances, mais surtout évitait que sa sœur, capable de tout, ne puisse faire du genou à Tom, même en se donnant du mal.

En pensant à ses invités, Valérie songea que ce dîner était le premier qu'elle organisait entièrement et seule depuis plus de dix ans. Elle constata dans la foulée qu'elle n'avait personne à qui demander conseil sur la manière d'orienter les discussions pour éviter le flop d'une part, le clash de l'autre, et les amener progressivement sur le terrain de sa déclaration enfin. L'angoisse la reprit de plus belle. L'angoisse de rater son dîner, sa soirée, sa déclaration, bref l'angoisse de tout rater.

Le bruit de sonnette la fit sursauter. Le retour au réel lui parut prématuré. Elle s'écria avec irritation :

— C'est pas possible ! Déjà ?

Il était encore bien trop tôt pour que cette sonnerie signalât un premier hôte. Prise d'un réflexe, elle alla vers l'entrée et décrocha l'interphone qui commandait la porte d'accès à l'immeuble.

— Allo ? Allo ?

Personne ne répondait. Elle entendit frapper. Trois coups, sourds et rapprochés faisaient vibrer sa porte d'entrée. Elle l'ouvrit nerveusement en maudissant sa coupable fébrilité, responsable de la confusion entre le carillon de l'interphone et la sonnette de sa porte.

Chapitre 4

L'homme entra précipitamment dans l'appartement.

— Vous avez un stylo ? Un crayon ? N'importe quoi qui écrit ?

La cinquantaine, le visage mal rasé et les cheveux noirs tranchaient avec la chemise en tweed et le pantalon de velours côtelé assez chics. Les lunettes à monture simple grossissaient des yeux bleus de myope qui fouillaient les lieux, alors que ses mains tenaient une liasse de feuilles volantes griffonnées dans tous les sens.

— Ça va pas de rentrer chez les gens comme ça ! ? Qui êtes-vous ?

— Votre voisin de palier. Alors ? Vite ! Ah voilà.

Il s'était saisi d'un stylo à plume posé sur une étagère de la bibliothèque. Il repoussa les couverts avec brusquerie pour dégager une partie de la table de la salle à manger, et commença à noircir les espaces encore vierges de ses feuilles de papier.

— Mais n'appuyez pas comme ça ! Vous avez vu la marque du stylo ? Vous êtes dingue ou quoi ?

— Attendez, ne dites rien surtout.

— Dites-donc ! Je suis chez moi !

— Oui, mais taisez-vous, juste une minute.

— Mais je fais ce que je veux ! C'est incroyable ! Et vous avez vu ce que vous avez fait de la table ? Mais ça va pas ?

— Mais bouclez-la, nom de Dieu !

Elle fut tellement surprise de la violence de cet ordre qu'elle se tut, et le regarda continuer à écrire comme un forcené. L'incursion de l'homme avait été si soudaine qu'elle n'avait pas vraiment pu le voir, son attention ayant été captée par le chaos créé au cours des secondes précédentes. Maintenant elle reconnaissait effectivement le visage de son voisin. Elle le croisait parfois dans l'immeuble. C'était aussi lui qui descendait ses poubelles à pas d'heure, du moins à chaque fois qu'elle était là. Elle était si rarement à Paris qu'elle n'avait pas vraiment eu le temps de connaître les autres habitants de l'immeuble, celui-là encore moins que les autres. Elle observait ce type chez elle. L'homme continuait à écrire, concentré. Il se passait la main sur le menton, se grattait les fesses, massait son cou, arrêtait de griffonner, rapprochait ou éloignait son visage des feuilles de papier, puis recommençait à écrire dessus avec frénésie. Il faisait tout ça en ronchonnant.

— Je ne comprends rien à ce que vous faites chez moi, dit-elle en l'observant.

— Bienvenue au club. Taisez-vous encore un moment.

Son manège continua encore une poignée de minutes. Elle le regardait, sidérée, osant à peine bouger, osant encore moins l'interrompre, écoutant seulement ses ronchonnements, certains colériques, d'autres plus apaisés. Les apaisés devinrent plus nombreux.

— Voilà. Ça va mieux, soupira-t-il d'aise.

Il regarda encore ses feuillets. Il les tria, les uns dans une main, les autres dans l'autre, selon une logique qui échappait à Valérie. Il hocha la tête avec satisfaction, les rassembla tous dans la main gauche en se levant. Il saisit la main droite de Valérie, et la serra :

— Bon, eh bien merci, et à bientôt.

Il s'éloignait déjà vers la porte, lorsqu'elle l'arrêta.

— Dites donc, qu'est-ce que c'était que ça ?

— Ça ? Rien. Merci et au revoir.

Il s'éloignait de nouveau.

— Comment ça, rien ?! Ah ben, c'est pas mal, ça ! Vous débarquez comme un dingue chez moi, vous vous installez comme si vous étiez chez vous, vous me mettez le bordel, et puis hop, vous partez sans un mot.

— Pardon, mais j'ai dit « merci » et « à bientôt » aussi. Attendez, je vais remettre de l'ordre sur votre table. Vous attendez des invités ?

— Expliquez-moi ce que vous êtes venu faire.

— J'avais besoin d'un crayon pour écrire. Je ne retrouvais plus le mien chez moi, et il y avait urgence. Alors je suis venu vous en demander un.

— Ça j'ai vu. Enfin, si vous appelez ça demander... Mais pour quoi faire ?

— Pour écrire.

— Écrire quoi ?

— Vous ne comprendriez pas.

— Vous me prenez pour une conne ?

— Non, c'est pas ça. Mais moi non plus je ne comprends pas.

— Ah... Alors si on est aussi idiots l'un que l'autre...

— Quand même pas.

— Dites donc !

Le téléphone sonna alors qu'elle allait s'emporter. Ils se regardaient en chien de faïence. D'un mouvement de la tête, il lui désigna le téléphone. Elle le fusilla du regard en s'en saisissant.

— Oui ?

— Allo c'est toi Valérie ? Ici Martine.

— Oui ?

— Écoute j'ai un problème. Le géniteur de mes enfants me fait faux bond.

C'était ainsi que Martine désignait son ex-mari. Valérie ne savait pas ce qui la hérissait le plus, entre le « chouchou » des premiers émois et le « géniteur » qu'il était devenu lorsque l'histoire d'amour de sa sœur avait commencé à battre de l'aile.

— Il ne peut pas les garder ce week-end. Il vient juste de m'en informer ce con. Les gamins seront déposés par leur géniteur au pied de chez moi dans vingt minutes. Tu te rends compte de ce que ça implique. Il n'y a qu'une solution : je les récupère et je viens avec eux aussi vite que possible.

— Je préfère pas.

— Ah. Tu ne les aimes pas ? Ils te dérangent ? Je te rappelle que tu es leur marraine.

— Écoute, je les aime beaucoup si tu veux.

— Comment ça, si je veux ?

— C'est pas ça que je veux dire. Peu importe.

— Mais si ça importe !

— Écoute Martine, c'est pas le moment de se disputer. Mais aujourd'hui, ce n'est pas une soirée pour enfants, dit Valérie en détachant les mots pour bien faire pénétrer leur sens dans la tête de sa sœur. Elle reprit d'une voix qu'elle voulait calme :

— Tu ne peux pas les faire garder pour une fois ?

— Comment veux-tu que je trouve une baby-sitter à cette heure-ci ? En plus pour trois gamins. Et tu les as vus ! Ah non, c'est vrai : avec tes voyages, tu ne les as pas vus depuis longtemps. Eh bien, sache qu'ils peuvent être odieux avec les gens qu'ils ne connaissent pas.

— Raison de plus. Ici, il y en aura beaucoup. Je n'ai pas envie que la soirée tourne autour d'eux et qu'on passe notre temps à les calmer. Écoute, arrange-toi.

— Tu es vraiment égoïste. C'est simple, tu ne penses qu'à toi. C'est pas nouveau.

— Ah bon.

— On en reparlera une autre fois. Mais pour le moment, j'ai les gamins qui débarquent dans 10 minutes. Alors c'est soit moi avec les enfants, soit personne. Je ne peux pas les laisser. Même toi, tu peux comprendre ça.

— Bon, tant pis.

— Alors, je viens avec eux ?

— Non, je te l'ai dit, je ne souhaite pas d'enfants ce soir. On fera autrement l'année prochaine.

Martine devint hystérique.

— C'est ça ! L'année prochaine ! Compte là-dessus !

Elle lui avait raccroché au nez. Valérie tint le combiné encore quelques secondes, puis elle le reposa doucement.

— C'était ma sœur.

— Ah oui ?

— Vous n'avez pas de sœur vous ?

— Deux sœurs et un frère.

En regrettant de ne pouvoir s'en empêcher, il ajouta :

— À ma connaissance.

— C'est marrant ce que vous dites.

— C'est pas marrant, c'est précis. Bon, je vous laisse.

Il fit quelques pas vers la porte en rassemblant ses feuilles tant bien que mal.

— Attendez !

Valérie voulait le retenir et lui parler lorsque le téléphone sonna de nouveau. Il se retourna. Elle attendait en le regardant, ne prêtant aucune attention à la sonnerie, sourde, qui retentissait à intervalles réguliers. Du même mouvement de tête qu'auparavant, il lui indiqua le téléphone. Valérie se retourna, et entendit enfin. Elle regarda son voisin avec reproche, et décrocha en lui tournant le dos pour qu'il ne la voie pas :

— C'est toi Martine ?

Elle espérait que c'était sa sœur qui la rappelait. C'était son anniversaire après tout. Mais ce n'était pas Martine. D'astreinte, le Père Matthias était appelé au chevet d'une mourante pour lui donner l'extrême-onction. Il était dans l'impossibilité de se joindre à la soirée. Non, il ne savait pas quand il en aurait fini avec ses obligations. Valérie devait comprendre qu'il était difficile de prévoir ces choses-là. Et puis il y aurait la famille à consoler. Cela prendrait du temps, là aussi un temps difficilement quantifiable. Valérie devait aussi comprendre qu'il ne trouvait pas convenable, une fois son rôle rempli, de la rejoindre ensuite pour festoyer. Il lui souhaitait une soirée aussi bonne que possible, c'était le maximum qu'il pouvait faire compte tenu des circonstances.

Valérie comprenait comme il l'avait demandé. Elle raccrocha avec regret. Elle aussi aurait bien eu besoin du soutien spirituel du Père Matthias ce soir. Davantage que cette mourante qui lui enlevait son ami ? Elle se refusait à l'admettre. Mais elle ne pouvait toutefois pas l'exclure totalement.

Cette pensée lui fit mal.

— Un autre membre de la famille ? demanda son voisin, qui était encore là.

Elle se retourna un peu surprise. Elle l'avait presque oublié, celui-là.

— Non, un curé.

— Ça n'est pas incompatible.

Elle sourit, et déclara, pour la deuxième fois :

— C'est marrant ce que vous dites.

— C'est pas marrant, c'est exact. Bon, c'est pas tout ça, vous avez à faire, et moi aussi. À bientôt.

— Attendez. D'abord aidez-moi à réarranger la table.

Il revint sur ses pas et voulut remettre en place les assiettes et les ustensiles qu'il avait déplacés. Il s'y prenait mal, intervertissant les couverts, bouleversant la savante hiérarchie des verres voulue par Valérie.

— Mais non ! Pas comme ça ! J'ai eu deux défections coup sur coup pour mon dîner d'anniversaire. Alors il faut débarrasser en plus.

— Vous avez quel âge ?

— Non, mais dites donc !

— Bon, bon, moi je disais ça pour causer. Qu'est-ce que vous faites dans la vie ?

— Vous ne le savez pas ? Je suis connue pourtant, dit-elle avec une pointe de fierté.

— Non, je ne sais pas.

— Je suis chanteuse.

— Ah.

Un peu vexée, Valérie ajouta :

— Et actrice aussi.

— Ah.

— Vous ne m'avez jamais vue à la télé ?

— Je n'ai pas la télé.

— Ah bon.

Elle était un peu déçue. Il relança la conversation. Sans apprêt, d'un air qui traduisait avec sincérité son intérêt pour les activités de Valérie, il demanda :

— Vous chantez quoi ? De l'opéra ?

Elle commença à fredonner :

— « *C'était un enfant de quarante-cinq ans qui voyageait seul avec sa grand-mère.* »

« *C'était un enfant de quarante-cinq ans qui voyageait seul avec sa maman.* »

« *Sa belle barbe noire aux longs poils frisants faisait l'admiration de la famille entière.* »

« *Sa belle barbe noire aux longs poils frisants faisait l'admiration de tous ses parents.* »

« *Sur un bateau il s'embarqua ...* »

Il l'interrompit :

— Merci, c'est très joli. Ce n'est pas de l'opéra, constata-t-il.

— Non.

— C'est vous qui avez écrit cette chanson ?

— Non.

— Ah.

Elle ne sut si c'était lui, cette fois, qui était déçu. Il n'en avait pas l'air. Alors que Valérie écrivait elle-même la plupart des morceaux de son répertoire, du fin fond de sa mémoire lui était remontée cette chanson de Charles Trenet. Elle s'en été saisie aussitôt avec le désir puéril de choquer l'intrus. Pourquoi ? Elle n'en savait rien elle-même, mais le désir de le déstabiliser s'était fait très fort en elle. Elle y avait cédé avec la même délectation que celle qu'ont les pianistes virtuoses, experts de Chopin ou de Bach, à se lancer dans un boogie-woogie désacralisé. C'était tombé à plat. Il n'avait pas l'air choqué, et semblait prendre ce morceau comme un fait parmi d'autres.

Un silence s'installa alors qu'il jetait un coup d'œil à ses feuillets. Elle demanda, avec une curiosité non feinte :

— Et vous ? Que faites-vous dans la vie ?

— J'essaie de comprendre.

— Ah oui ?

Cette réponse la désarçonna. Après un court moment de flottement, où rien ne venait de sa part, elle demanda :

— Et... de comprendre quoi précisément ?

— Justement, c'est ça le problème. Je ne sais pas précisément. Du moins pas au début. Parfois après non plus d'ailleurs.

— Je ne comprends rien.

— Pas étonnant.

Avant qu'elle n'ait pu s'énerver, il la rassura :

— Moi non plus, je ne comprends rien en général.

— Alors si c'est comme ça... Et ça vous gêne dans votre travail de ne rien comprendre ?

— Non.

Après y avoir réfléchi pendant un court moment, il ajouta :

— C'est même plutôt un avantage.

— Je comprends de moins en moins.

— Si vous saviez...

Une impulsion saisit Valérie. Elle s'était fâchée avec sa sœur une fois de plus, et son ami prêtre ne viendrait pas. Pourtant Dieu sait qu'elle aurait vraiment aimé avoir un moment apaisé avec la première, et le soutien du second. Son voisin était déroutant, bizarre, mais lui, au moins, il était là. Et puis sa loufoquerie allait de pair avec sa simplicité. Il n'usait pas de faux-semblants, du moins pour ce qu'elle pouvait en juger jusqu'alors. Avoir dans son assemblée une personne qui ne la connaissait pas, en plus quelqu'un doté d'un naturel presque enfantin, serait peut-être un avantage pour ce qu'elle avait à dire. Curieusement, les choses seraient peut-être plus faciles en sa présence. Elle le regarda :

— Écoutez... Ce soir c'est mon anniversaire.

— Vous êtes née en soirée ? À quelle heure ?

— Hein ? Non. Je ne sais pas. Peu importe. Mais j'avais invité des gens pour célébrer avec moi cet événement, et deux viennent de se décommander.

— Une sœur et un curé. Beau doublé.

Valérie eut un léger rire.

— C'est ça. Mais tel que c'est parti, comme cette soirée est de toute manière un peu dingue, voulez-vous rester à dîner ? J'ai l'impression que vous les compenseriez.

— Largement sans aucun doute. Mais être là pour compenser, vous savez... Et puis, je ne connais personne, à commencer par vous. Je n'ai même pas la télé.

— Dites, ça ne vous gênait pas de ne pas me connaître pour venir bousiller mon stylo il y a dix minutes.

Il était réticent. Cette invitation bouleversait ses habitudes.

— J'ai du travail, dit-il pour s'excuser, sur un ton un peu bougon.

— Ne rien comprendre peut attendre, non ?

— Justement pas : j'ai fait des progrès.

Valérie insista :

— Eh bien raison de plus. Vous voyez que vous aussi, vous avez quelque chose à fêter.

Elle baissa les yeux :

— Et puis, compenser n'est pas ce que je voulais dire. Je crois que ce serait bien si vous restiez. Voilà.

Il était encore hésitant.

— Je pourrai continuer d'écrire si je veux ?

— Oui, mais ne touchez plus au stylo à plume. Je vais vous trouver autre chose de moins fragile.

Elle se dirigea vers un petit secrétaire collé contre le mur. Elle en ouvrit un tiroir, et sortit une poignée de stylos à bille qu'elle lui tendit. Il s'en saisit, mais elle ne les lâcha pas, et le regarda en face.

Il consentit enfin :

— Bon, alors je veux bien.

Valérie lâcha les stylos. André les mit dans sa poche de veste.

— Mais, eh dites donc, vous serez aussi des nôtres, hein ! Il faudra discuter, participer à la conversation.

— Pour dire quoi ?

— Mais j'en sais rien, moi. On verra.

— C'est pas précis.

Valérie commençait déjà à regretter son invitation. Il l'interrogea.

— Qui sont vos amis restants ?

— Eh bien, il y a un député écolo ancien ministre, une journaliste à Libé, mon agent, et puis il y a Tom. Thomas si vous préférez.

— Bizarre réponse.

— Pourquoi ?

— Eh bien, trois sont définis par une activité professionnelle, et le dernier par un prénom au choix.

Valérie le regardait un peu déroutée. Il reprit :

— Bon, peu importe. Alors, de quoi on va parler ? Parce que si je dois participer à la conversation, il faut que je me prépare, moi.

L'angoisse la reprit.

— Eh bien je ne sais pas trop. Si on parlait de vos problèmes ?

— Je n'ai pas de problème.

— Mais vous disiez que vous cherchiez à comprendre ?

— Ah oui, ça ! Vous y tenez ?

— Après tout, ça nous fera un sujet.

— Oui, c'est certain... mais il faut parler la langue.

— Pourquoi ? C'est pas en français ?

— Si. D'une certaine manière. Si on veut. Les mots si. Mais le sens est au-dessus des mots. Encore que cela se discute.

— Je ne comprends rien.

Il écarta les bras et les laissa retomber le long de son corps. Avec résignation, il conclut :

— Vous voyez.

— Mais expliquez-moi !

— Mais pour ça, il faudrait que je vous apprenne la langue, je vous dis ! Il faut du temps.

Comme il la voyait déçue et triste, il tenta de clarifier :

— Est-ce que les topos et sites de Grothendieck sont la maison commune du continu et du discret ? Est-ce que la dualité est un réseau de constructions fonctorielles linéaires dont les propriétés généralisent les dualités connues pour l'homologie simple, ou celles des modules cohérents ? Est-ce que la dualité est entièrement contenue dans le formalisme des six opérations ? Comment définir les objets constructibles avec cela ? Ou comment démontrer la bidualité ?

Elle le regardait, complètement éberluée.

Il ajouta, satisfait :

— Voilà. C'est du français.

— Ah oui ?

— That is the question.

Une réplique d'une pièce de théâtre, où elle avait joué la bonne, traversa son esprit.

— Indeed.

Elle se reprit.

— Qu'est-ce que c'est que ça ?

— Eh bien justement, on cherche à savoir.

— Comment ça « on » ? Il y en a d'autres comme vous ?

— Ça dépend des siècles. Des fois oui, des fois non. Là, j'ai dit « on » pour faire impression.

Elle soupira, et le regarda sans savoir quoi penser. Il reprit son explication :

— J'en parlais autrefois. Parfois. Ici ou là. Mais personne ne comprenait vraiment.

— Ça, c'est pas moi qui vais leur reprocher. Ici ou là, c'était où ?

— Soyez précise.

— Hein ?

— Ici c'est pas là. Et réciproquement. Alors ?

— Mais bon Dieu, vous ne pouvez pas être comme tout le monde, vous ?

— J'aimerais bien.

Il ajouta :

— Je plaisantais.

— Ah oui ?

Valérie eut un petit rire de politesse. Elle insista :

— La dernière fois que vous avez parlé de ces sujets c'était où et quand ?

— C'était ici avec vous il y a deux min...

Elle l'interrompit, criant :

— Avant ça !

— Vous voulez dire à d'autres gens ? Comme elle le regardait bizarrement, il précisa.

— Parce que je parle aussi tout seul.

— Mon Dieu ! Mais il est gratiné le voisin de palier ! Oui, à d'autres vrais gens, c'était où et quand ?

Il resta pensif un moment. Il cherchait dans sa mémoire. Son visage était devenu grave.

— C'était il y a environ cinq ans. À l'époque je voyageais beaucoup. J'allais souvent parler à Harvard aux USA, où à la Tsinghua à Pékin, parfois c'était à l'ETH de Zürich, ou bien c'était au Japon...

Elle l'interrompit de nouveau, d'un air léger :

— Et ils vous laissaient entrer ? Vous ne délirez jamais en France ? À part chez moi, ou tout seul chez vous, s'entend.

— Ah, vous savez, je parle tout seul partout, pas seulement chez moi. Je soliloque planétairement, lui dit-il fièrement.

— Et sinon, en France, quand ça n'est pas tout seul, et pas chez moi ?

— Une fois par semaine pendant deux mois au Collège de France.

Une autre réplique de théâtre fusa de sa bouche.

— Pauvre France !

— Ça...

— Et qu'est-ce que vous faites au Collège de France ?

— Eh bien quand j'y étais, je parlais. J'écrivais aussi au tableau, mais ça revient au même. Des gens écoutaient. Certains prenaient des notes. Voilà.

— Vous êtes professeur au Collège de France ?

— Je l'ai été. Je le suis encore si on veut.

— Vous y êtes depuis longtemps ?

— 25 ans, 8 mois et 14 jours.

— Et puis, pourquoi dites-vous « si on veut » : vous êtes encore professeur ou pas ?

— Administrativement oui. Mais je n'y ai plus enseigné depuis cinq ans.

— Pourquoi ça ?

— Je n'avais plus envie.

— Tiens donc !

Elle avait prononcé ces derniers mots avec ironie, trouvant cavalier que cet homme pût décider avec autant de liberté d'aller au bureau ou non. Elle se reprit, repensant à sa soirée.

— Mais ça ne va pas du tout. On ne va jamais pouvoir parler de vos problèmes.

— Je n'ai pas de problème.

— Oui, enfin de vos machins-là.

— En russe, on dit « Chtoukas ».

— Mais je m'en fous !

— C'est de l'humour.

Il se gaussait en riant, et ajouta :

— Pliant.

— J'allais le dire.

— Vous ne pouvez pas comprendre. Pliant, vraiment.

Elle allait et venait dans la pièce à grandes enjambées.

— Bon, c'est foutu. Ma soirée est foutue. Un type qui parle tout seul en racontant n'importe quoi ...

Il répliqua avec hauteur :

— Non, non, pas n'importe quoi.

Elle s'arrêta un instant.

— En racontant des trucs qu'il est le seul à comprendre. En plus ça le fait rigoler tout seul. C'est foutu.

Elle le regardait continuer de rire tout en essayant de se contrôler. Enfin, il sembla se calmer.

— Si vous voulez, je me mettrai dans un coin...

Il parcourut la pièce des yeux, et s'arrêta sur le fauteuil près de la fenêtre.

— Là par exemple, avec mes papiers et vos stylos, et ça ira très bien. Votre intérieur est propice.

— Qu'est-ce que ça veut dire ça encore ? Propice à quoi ?

— Eh bien, chez vous j'ai fait des progrès. J'ai avancé. Visiblement vous agissez comme une sorte de muse pour moi, alors je profite de vos ondes positives.

— Mais je ne suis la muse de personne ! Qu'est-ce que c'est que ça !

Valérie reprit sa marche de long en large, ne sachant quelle contenance adopter face à cet individu. Il l'arrêta au passage :

— Vous savez, je peux quand même vous aider à sauver votre soirée.

Elle soupira en le regardant, et hocha la tête de désespoir.

— Mais non, c'est foutu ! Je ferais mieux de tout annuler, et de faire une soirée avec Tom et c'est tout. Ça va être mortel. Et moi qui voulais leur dire . . .

— Leur dire quoi ?

— C'est pas vos oignons.

— Bon, bon.

Il piocha un amuse-gueule.

— Vous savez, je suis très fort pour lancer la conversation. Même sur des sujets que vos invités comprendront.

— Mais non, c'est cuit. En plus ils n'ont quasiment rien en commun, ils ne se connaissent pas. Ils me connaissent moi et c'est tout.

Elle répétait cet état de fait pour la énième fois. Son voisin reprit :

— Alors je serai leur « égal » ? Pour une fois, ça me changera.

Elle l'interrogea du regard.

— D'habitude je suis strictement supérieur. Là, rassurez-vous, je ferai de mon mieux pour que cela ne se voie pas.

— C'est foutu.

— Mais non. Ne soyez pas défaitiste comme ça. Et puis, vous devriez m'être reconnaissante. Je vous accorde la chose la plus précieuse que vous ayez jamais eue.

— Quoi ?

— Mon temps. Et ce n'est pas rien, mon temps. Ce sera mon cadeau d'anniversaire. Vous me remercierez plus tard.

— Et mon temps à moi ? Il ne vaut rien peut-être ?

Lui, suffisant :

— Ce n'est pas pareil. Ce n'est même pas comparable.

— Eh bien si, c'est pareil. Mon temps est très précieux, figurez-vous !

— Bon, bon, bon. Ne vous fâchez pas. Voilà je me mets dans mon petit coin.

Il déplaça le fauteuil pour être encore plus près de la fenêtre, en approcha une petite table basse, et y posa ses feuillets. Puis il s'assit confortablement, et croisa les jambes. Il saisit une des feuilles noircies de formules. Tout en l'examinant, il interrogea Valérie :

— Alors vos invités résiduels ne se connaissent pas.

Il sentit que le mot « résiduel » allait fâcher Valérie. Il précisa :

— Ceux qui restent, si vous préférez. Ils viennent pour vous exclusivement, c'est bien ça ?

— C'est ça.

— Comme les deux autres qui ont décommandé.

— C'est pas pareil.

— Ah bon ? Vous ne les aviez pas invités dans les mêmes conditions ?

— Si, mais les quatre qui restent sont très, très proches, mentit-elle partiellement.

— Plus qu'une sœur du même sang ? Plus qu'un prêtre qui est peut-être votre confesseur ? Ouais... Eh bien, ça doit être quelque chose vos quatre très, très proches restants. Comment s'appellent-ils ? À part Tom ou Thomas comme je préfère...

— Claude et Dominique.

— C'est ambigu. Et puis il en manque un.

— Et puis Marc.

— Ah, voilà qui est plus net.

— Ah bon... Et vous, au fait, comment vous appelez-vous ?

— André Passy.

Il était dix-huit heures lorsque le carillon de l'interphone retentit. Elle décrocha l'appareil :

— Oui ? Ah ! Très bien. Voilà, j'appuie. Prends l'ascenseur, et monte au troisième. J'ouvre la porte. À tout de suite.

Chapitre 5

Un homme très élégamment vêtu entra, prit Valérie par les épaules, l'embrassa sur les deux joues, en lui disant combien il était heureux de la revoir après tant d'années, qu'elle n'avait pas changé, qu'elle était toujours aussi pétillante. Il se débarrassa de son manteau en le lui confiant, et, continuant à babiller, il entra plus avant dans la pièce. Voyant Passy, qui s'était levé conformément aux usages, l'homme se dirigea vers lui en lui tendant la main. Il se présenta, se voulant simple :

— Claude Rouchon.

— Ah.

Désarçonné, Claude indiqua :

— Le député, l'ancien ministre, l'ancien secrétaire d'État.

Il disait cela comme s'il n'y en avait qu'un de chaque sorte, lui, trouvant naturel qu'on ne puisse s'y tromper. Il ajouta :

— Vous m'avez certainement vu à la télé.

— Je n'ai pas la télé.

Valérie revint du vestibule, où elle avait accroché le manteau.

— Claude, je te présente Monsieur André Passy. André – vous permettez que je vous appelle André – je vous présente Claude Rouchon, député et ancien ministre.

— Inutile, répondit André, d'une voix froide.

L'homme politique compléta très vite :

— Nous nous sommes présentés en t'attendant. C'est ce que Monsieur disait...

Passy l'ignora. Il s'adressa à Valérie :

— Et vous ?

— Comment moi ?

— Oui, comment permettez-vous que je vous appelle ?

— Valérie voyons. Nous sommes entre nous. Nous sommes entre amis.

— Bien. Bien. Ah ?

Un ange passa. Il leur fallut un peu de temps pour comprendre que André réagissait dans l'ordre aux trois phrases prononcées par Valérie, l'une après l'autre. Le politicien, plus expérimenté, relança la conversation.

— Alors André – vous permettez aussi que je vous appelle André, d'ailleurs je crois avoir l'autorisation de Valérie pour ce soir, vous pouvez m'appeler Claude – que faites-vous dans la vie ?

— Je cherche à comprendre.

— À comprendre quoi ?

— Ça, je ne peux pas vous expliquer.

Valérie, voyant que la discussion prenait un tour incertain, leur proposa de s'asseoir. André reprit son fauteuil, et Claude trouva le sofa à sa convenance. Valérie s'assit à ses côtés, et se tourna vers lui :

— Alors Claude, d'où reviens-tu cette fois-ci ? Cela fait des années que nous ne nous sommes plus vus. Avant c'était impossible tant que tu étais ministre socialiste, et maintenant c'est presque pire depuis que tu es député écolo. Tu présides combien de clubs d'amitié au Parlement européen ?

— Oh, c'est bien simple, je dois en être à sept ou huit. Mais le plus ancien, celui que je connais le mieux est le club d'amitié franco-japonais, que j'ai conservé, assez curieusement, de mon époque à l'Assemblée Nationale. Je me rends dans l'Empire du Soleil Levant trois ou quatre fois par an depuis longtemps. Je connais tout de la culture du pays ! On peut me poser des questions ! Je connais tout. Sa littérature, son...

André l'interrompit :

— À votre avis, le beau chez Kawabata compense-t-il la pulsion de mort chez Mishima ?

Claude le regarda sans comprendre. Dérouté, il se tourna vers Valérie :

— Qu'est-ce qu'il dit ?

André répondit à la place de leur hôtesse :

— J'anime la soirée.

L'étonnement de Claude perdura un peu. Puis son visage s'éclaira enfin. Il déclara en riant :

— Ah ! Je comprends. Valérie : tu as invité un comique pour cet évènement. Cocasse, vraiment cocasse.

En riant, Claude montait et descendait les épaules comme des soupapes de moteur. André, très froid, le regarda :

— Pliant.

Valérie jugea préférable d'éviter tout malentendu.

— Mais non, André est mon voisin. Je l'ai invité, voilà tout.

Elle n'eut pas le temps de parler du Collège de France où exerçait André. Le fait que ce voisin y était professeur était inattendu. Cela la flattait même un peu sans qu'elle pût expliquer vraiment pourquoi. Peut-être le fait d'avoir désormais dans ses relations une sommité dans un domaine qu'elle jugeait sérieux. Son quotidien à elle pouvait paraître plus frivole en comparaison. En même temps, elle n'était pas certaine non plus de dévoiler qui était André. Confusément, elle avait le désir de garder cette information pour elle, ou du moins de la garder privée. Elle justifia rationnellement cette décision instinctive en se convainquant qu'il était plus élégant de laisser André décider de ce qu'il souhaitait dire ou ne pas dire sur ses activités. Elle n'eut pas à y réfléchir davantage : on sonnait encore à la porte.

Dominique et Tom arrivèrent ensemble. Dominique raconta :

— Monsieur et moi sommes arrivés en même temps. Quelqu'un sortait de ton immeuble, et on en a profité pour entrer. Nous sommes montés dans le même ascenseur. Et bien figure-toi que nous avons découvert que nous allions au même endroit.

Arrivée au terme de ses explications, elle se décida à saluer Valérie :

— Ah, Valérie ! Quel plaisir de retrouver ma chanteuse engagée préférée !

Dominique embrassa Valérie. Elle se débarrassa de son manteau, mais garda son foulard islamique, et une robe informe, d'un seul tenant, cachant à peine des baskets de marque. Tom, qui portait une veste sport, laissa ses yeux, aux poches un peu creusées, errer sur les meubles et objets de l'appartement. Il chuchota à Valérie, en l'embrassant de manière sage et ambigüe à la fois :

— J'ai pris l'avion de quinze heures et quelques.

Puis il ajouta d'une voix plus forte :

— Mais c'est très joli chez toi. Je regrette que nous ne soyons pas rencontrés plus tôt. Tu m'aurais fait découvrir ces trésors ! Tu as beaucoup de goût.

— Merci.

Valérie se pencha vers son oreille, et lui chuchota « merci » de nouveau. Tom acquiesça d'un petit mouvement de tête signifiant « c'est tout naturel ».

— Où puis-je poser ça en attendant sans que cela ne gêne ?

Tom tirait derrière lui une valise de voyage, sur roulettes évidemment. Cette valise de cabine permettait d'avoir des affaires pour une ou deux nuits maximum. Pas davantage. Valérie cacha sa déception derrière un sourire optimiste :

— Je m'en occupe.

Elle s'en saisit et se tourna vers ses invités.

— Que puis-je vous offrir ?

— Pour moi un martini-gin, demanda Tom. Avec des glaçons.

Dominique demanda la même chose, ce qui créa un petit étonnement. Son rigorisme de façade était donc moins ferme qu'on ne pouvait le penser à la vue de son uniforme de militante. Claude se joignit au groupe. André se singularisa, en ouvrant une bouteille de champagne qui attendait au frais.

Avant de partir vers la cuisine chercher les apéritifs, Valérie s'adressa au député :

— Claude, peux-tu finir de faire les présentations s'il te plaît. Je reviens dans deux minutes. André, voulez-vous me servir aussi une coupe ? Je préfère, dit-elle en s'excusant.

Elle disparut en poussant la valise de Tom devant elle. Dominique et Tom étaient un peu embarrassés. Ils posèrent sur la bibliothèque les cadeaux d'anniversaire qu'ils avaient apportés pour Valérie. Les paquets étaient petits, emballés avec soin pour Tom, de manière fruste pour Dominique. Ce fut à ce moment que Claude s'aperçut qu'il avait oublié d'apporter un cadeau.

— Je crois que Valérie nous autorise, voire même nous recommande de nous appeler par nos prénoms. Alors allons-y : je m'appelle Claude, ancien et, qui sait ?, peut-être futur Ministre. Vous savez ce que c'est en politique : one ne meurt jamais ! En attendant, je suis député européen, ajouta-t-il avec coquetterie. Et voici, André, un voisin de Valérie, qui déborde d'humour. Mais vous-même ?

— Eh bien, je suis Dominique, journaliste à Libé, à Médiapart. Entre autres...

— Appelez-moi Tom. Je suis dans la finance internationale.

Alors que Dominique s'assurait que sa tenue était bien perçue par tous comme l'étendard de son juste combat, Tom s'assit en tirant discrètement sur le haut de son pantalon à pinces pour ne pas le creuser aux genoux, dévoilant des chaussettes Burlington qui disparaissaient dans des mocassins à pompons.

Claude reprit le fil de la conversation.

— Dominique, je crois que nous nous sommes déjà croisés sur des plateaux de télé, non ?

— Probablement. J'ai aussi couvert des marches contre les discriminations. Vous y étiez ?

— Mais comment donc ! En tête de cortège, comme pour toutes ces causes. Et vous, Tom ?

— Moi, vous savez, je vis dans les avions.

— Alors vous, André, qui êtes parisien, vous y étiez bien sûr ?

— Je ne marche pas.

André griffonnait avec nonchalance, sans lever les yeux de ses feuilles. Le soupçon de gêne causé par cette réponse curieuse s'estompa lorsque Valérie rentra avec les verres sur un plateau. Personne ne l'aida à poser son fardeau. La voyant encombrée, Claude annonça pour se dédouaner :

— Mission accomplie : les présentations sont faites.

Il se saisit de deux verres, en donna un à Dominique, un à Tom, et revint chercher le dernier pour lui.

Ses réflexes de politicien lui vinrent en aide pour justifier d'être venu les mains vides. Il mentit :

— Tu as reçu mon bouquet de fleurs j'espère ? Je ne le vois nulle part !

— Non, rien n'est encore arrivé, déclara Valérie, qui avait réussi à déposer son plateau tant bien que mal, et s'était elle aussi assise.

— Mais comment ? J'avais commandé sur Interflora. Ils devaient livrer aujourd'hui avant dix-sept heures. Ils n'ont même pas appelé alors que j'avais laissé mon numéro. D'ailleurs, tout est bizarre en ce moment. Je n'ai reçu aucun coup de téléphone depuis hier soir. C'est incroyable alors que d'habitude cela sonne tout le temps. Même pas un message. Rien. Mais en ce qui concerne les fleurs ! Un superbe bouquet, je t'assure ! Ils sont gonflés. C'est insensé. Écoute, je suis sans voix.

André intervint :

— Ça doit être gênant dans votre métier.

Claude regarda Passy.

— Qu'il est amusant. Valérie, tu as très bien choisi ton voisin.

Valérie souhaitait donner à Tom du temps pour s'acclimater auprès de ces gens, et aussi auprès d'elle dans ce lieu qu'il découvrait, et qui était, d'une certaine manière, également une part d'elle. Pour cette raison, elle préféra continuer à animer la conversation avec le plus volubile de tous, celui qui avait l'expérience du jeu, et qui, de surcroît, était le premier arrivé des invités prévus.

— Comment vont ta femme et tes enfants ?

Claude répondit avec amusement :

— Eh bien, avec ma femme, nous nous sommes séparés. Elle est très vieux jeu. Plus du tout dans le coup. En fait, elle fait une dépression. Oui... Elle m'en rend responsable d'ailleurs ! Tu te rends compte ?

— Pas possible !

— Si. Figure-toi qu'elle m'en a voulu parce que j'ai emmené nos enfants faire des cures d'hormones. Jérôme, qui a douze ans, est en train de devenir Josefa. Quant à Louis, il est encore hésitant. Il se demande s'il doit opter pour Solange ou pour Fatima. Il est très bien pour ses quinze ans. Réfléchi, ne prenant pas de décisions à la légère. Pas comme sa sœur. Enfin...

Avec vivacité, il poursuivit :

— Tu sais que ces initiatives sont porteuses ? J'en suis moi-même le premier surpris. Figure-toi que le parti m'a pressenti, il y a tout juste quelques jours, pour diriger la campagne des Européennes. Mais on n'y est pas encore. Il reste tout le programme à peaufiner.

S'adressant à Dominique, il précisa :

— Tout cela est encore officieux.

Dominique saisit la balle au bond.

— Bien entendu. Mais néanmoins, Claude, nous serons amenés à nous revoir. Je vais couvrir cette campagne pour mes journaux.

Elle ajouta :

— C'est très louable aussi votre engagement personnel. Vraiment exemplaire.

Dominique disait « mes journaux », comme elle disait « mes lecteurs » ou parfois « mes fidèles ». Bien que plus à l'aise dans une meute médiatique homogène, elle marquait en privé son besoin de singularité. Cela se faisait de plusieurs manières, dont celle de s'approprier les choses et les gens.

— D'ailleurs, nous comptons attaquer la fange rétro-conservatrice, confia-t-elle à Claude. Nous avons fait une liste des « néo-réacs ». L'article sortira dans deux semaines. Du vitriol pur contre ces salauds. Il faut les dénoncer. « Name and shame », comme au New York Times. Vous verrez que ces idées que vous, Claude, représentez si bien, finiront par l'emporter.

Avec considération pour les perspectives qui s'offraient, Claude lui répondit :

— Je pense effectivement que nous serons amenés à travailler ensemble. Voici déjà mon numéro de téléphone.

Il lui donna une carte de visite, en précisant quel numéro appeler pour avoir sa ligne directe, et l'engageant à l'appeler également sur son numéro de portable quand elle le souhaitait.

— Je pourrais, à l'occasion, vous passer quelques tuyaux, et indications précieuses...

Cette promesse tira un sourire à Dominique, qui s'assura d'un geste que son foulard tenait bien.

— Mais avec plaisir. Vous voyez, nous travaillons déjà ensemble au progrès de notre société.

Réjoui par cet échange, Claude se tourna vers Passy :

— André, vous avez l'air ouvert aux idées progressistes. Est-il indiscret de vous demander quelle est votre orientation politique ?

— L'orthogonale.

Claude demanda à Valérie :

— Qu'est-ce qu'il dit ?

Également déroutée, Valérie ne sut que répondre. Elle s'empressa de réagir en faisant participer Tom à la soirée. Elle lui tendit la perche en lui demandant s'il avait fait bon voyage. Cette mise en jambe lui permettrait de se mettre en valeur et en confiance.

— Quelques turbulences et une climatisation défectueuse, comme toujours sur British Airways. Un quart d'heure intenable de chaleur, et ensuite vingt minutes d'air frigorifié. Pénible. Et puis un temps fou pour venir de l'aéroport au centre-ville.

— Vous venez de Londres ? demanda Dominique.

— Oui, j'y travaille la plupart du temps.

— Et comment vous êtes-vous rencontrés avec Valérie ?

Un moment de gêne adolescente les prit, Valérie et lui. Il précisa :

— Valérie et moi nous sommes connus récemment à Shanghai. Une rencontre romantique...

Dominique lui demanda :

— Vous êtes marié ? Vous avez une femme, un homme, ou autre, dans votre vie ?

Claude compléta, d'une voix suave :

— Ce ne serait pas surprenant, car vous êtes bel homme.

Tom rit :

— Non, je ne suis pas marié. Je suis toujours en quête de la bonne personne. Je crois cependant l'avoir trouvée.

Valérie souriait en rougissant un peu. Tom l'avait regardée en prononçant ces derniers mots. Finalement, bien que plus petite qu'elle ne l'avait espéré, la valise à roulettes était porteuse d'avenir. Claude, ayant noté la complicité entre Valérie et Tom, désirait en savoir davantage :

— Quelle sont les qualités que vous attendez de cette « bonne personne » ?

Tom répondit vite. Visiblement, il avait des idées précises sur la question, et avait réfléchi aux critères adéquats.

— Eh bien, une personne qui vivrait avec moi, qui serait « représentative ».

Tom avait levé les deux mains, et fait des doigts en l'air le signe des guillemets. Ce geste atténua, sans la supprimer, la portée du terme choisi. Il continua :

— Quelqu'un capable de recevoir, de briller en société. Un être qui pourrait m'accompagner dans les voyages, qui jouerait au golf avec les compagnes ou compagnons de mes amis et partenaires, pourquoi pas ? Quelqu'un qui s'épanouirait à mes côtés.

Je précise : une femme.

Claude fit la moue. Dominique affirma que Tom, lui aussi, était vieux jeu dans son genre. Valérie était songeuse. Tous se tournèrent, outrés, vers André lorsque celui-ci bailla dans un grand bruit, mettant sa main devant sa bouche lorsque cela était devenu superflu. Claude se détourna, et revint vers Valérie. Il s'enquit :

— Tu attends qui encore ?

— Marc, mon agent. Il est toujours en retard. Donnons-lui encore un quart d'heure, et puis sinon je l'appelle, et on démarre. Mais j'ai vraiment envie d'attendre qu'il soit là avant de commencer à servir.

— Vous pouvez faire quelques « puts » de golf avec Tom en attendant, déclara André. Apparemment, c'est indispensable.

Claude lui demanda :

— Vous jouez au golf, André ?

— Je ne joue pas.

— Évidemment.

Alors que Valérie et Tom se tenaient les mains comme deux amoureux transis – pourquoi le cacher maintenant ? – Dominique se pencha vers André. Il l'intriguait depuis le début. Elle le dévisagea avec insistance.

— Votre visage ne m'est pas inconnu. Comment vous appelez-vous avez-vous dit ?

— Je n'ai rien dit. Je m'appelle André Passy.

— Passy, Passy. Cela me dit quelque chose.

Elle hésitait, cherchait dans sa mémoire. Valérie regarda André, qui s'était raidi. Elle s'adressa à Dominique :

— Ne me dis pas que tu connais mon voisin de palier, alors que moi je ne le connais pas.

— Ah bon ? répondit Dominique, avec étonnement.

Elle se tourna de nouveau vers André. Elle le scrutait maintenant sans retenue. N'y tenant plus, elle sortit son téléphone portable, et commença à pianoter. Le moteur de recherche apporta rapidement la réponse. Victorieuse, elle s'écria :

— Voilà, j'y suis. André Passy. Oui, oui, oui ! Oh, comme c'est drôle !

Chapitre 6

Cela s'était passé cinq ans plus tôt. André était parti pour presque trois semaines donner un cycle de conférences en Asie. Il avait mis la Chine, Singapour, et enfin le Japon au programme. Sa femme et son fils devaient l'y rejoindre. Lorsqu'il arriva au Japon, il rencontra le Président de l'Université de Tokyo, qu'il connaissait de longue date pour avoir été souvent invité par son institution. Au cours de leur discussion, il précisa que sa famille allait arriver, et qu'ils planifiaient de passer une dizaine de jours de vacances au Japon.

— Vous avez raison, Professeur Passy, il y a des tas de choses à voir à Tokyo.

— En fait, Monsieur le Président, nous partirons après-demain pour Aizu Wakamatsu.

Takeshi Shimura, qui dirigeait la plus prestigieuse université du pays, fut totalement pris au dépourvu par le choix de cette petite ville située à 300 kms au nord de la capitale. Elle était inexistante sur le plan académique. Il s'enquit avec politesse :

— Aizu Wakamatsu... Tiens donc. Puis-je me permettre de vous demander la raison de votre engouement pour cette ville ?

André lui expliqua. Le Président Shimura demanda encore :

— Avez-vous déjà réservé vos billets de train ? Souhaitez-vous que nous nous en occupions ?

— Merci beaucoup Monsieur le Président, mais nous avons fait cela depuis la France il y a un mois.

Le Président Shimura tint absolument à s'assurer que les réservations étaient en ordre. Il ne se tranquilisa que lorsqu'André lui eut montré les billets électroniques sur son téléphone portable.

Après le départ d'André, qu'il fit raccompagner par un de ses assistants dans sa voiture de fonction, en s'excusant de ne pouvoir le faire lui-même, Monsieur Shimura dut encore se joindre à plusieurs réunions fixées de longue date : la première avec les doyens de la faculté des sciences, qui tous lui dirent leur fierté d'avoir pu dialoguer avec André lors de sa venue, et la seconde avec les représentants du puissant ministère de l'économie, au quinzième étage d'un bâtiment de briques et de verre. Il s'arrangea toutefois pour écourter ces obligations, et se hâta de rentrer s'enfermer dans son bureau.

Il écarta aussitôt l'idée saugrenue qui lui avait traversé l'esprit un instant. Il en sourit presque.

Il était évidemment exclu que lui, Président de l'Université de Tokyo, contactât le président de celle d'Aizu-Wakamatsu. Des années-lumière séparaient les classements nationaux des deux institutions, sans même parler des classements mondiaux. Le président de la modeste université de Aizu Wakamatsu ne s'autorisait probablement même pas à rêver d'y faire figurer son institution un jour. Si le Président Shimura appelait son homologue, il le mettrait mal à l'aise. L'autre serait gêné, et lui serait gêné de le gêner. Inextricable. En plus, qui pouvait exclure que cette personne ne demanderait pas à André de donner une conférence chez lui ? Le Président Shimura ne pouvait prendre un tel risque. La visite d'André et de sa famille dans cette ville était à titre privé. Elle devait passer au large de toute ingérence de l'obscure université. Heureusement il y avait une autre solution, plus simple, et tellement plus efficace.

Il décrocha son téléphone, et appela sa secrétaire :

— Madame Nomura : venez une minute dans mon bureau.

Elle repartit aussitôt après leur court entretien, et revint après quelques instants avec le numéro qu'il voulait.

— Souhaitez-vous que je vous passe la communication, Monsieur le Président ?

— Merci Madame Nomura. Je le ferai moi-même.

Madame Nomura referma sans bruit la porte derrière elle, emportant avec elle la question qu'il eût été inconvenant de poser. En temps normal, jamais le Président Shimura n'aurait passé lui-même le coup de fil qu'il s'apprêtait à composer. Mais il s'agissait d'André Passy. Tous à l'Université de Tokyo, y compris Madame Nomura, avaient compris que le Français possédait un cerveau comme l'on n'en trouve qu'une fois par siècle, et encore. Le Président Shimura saisit le combiné.

Monsieur Kobayashi avait été très inquiet lorsqu'on lui eut dit que le président de l'Université de Tokyo était au bout du fil. Il était le gouverneur d'une région que l'on pouvait qualifier de périphérique. En outre, le président de l'Université de Tokyo avait ses entrées auprès de tous les ministres, auprès des dirigeants des plus importantes entreprises, et en fait auprès de tous ceux qui comptaient au Japon. Il s'étonna que le Président de l'Université de Tokyo condescendît à l'appeler, et en plus à le faire lui-même sans même passer par sa secrétaire. Il prit la communication aussitôt.

Monsieur Kobayashi accueillit lui aussi avec surprise l'information que partageait Monsieur Shimura, et qui expliquait tout le sens du coup de téléphone. Celui-ci l'informait que le célèbre professeur André Passy allait séjourner avec sa famille dans une ville qui dépendait de sa juridiction. Sans qu'aucun autre mot ne fût dit, cette seule information, émanant de la plus haute autorité académique du pays, valait injonction de mettre tout en œuvre pour rendre la vie agréable à la famille Passy pendant l'entièreté de son séjour. Ayant à peine raccroché, Monsieur Kobayashi se mit aussitôt en quatre pour préparer la venue de l'illustre scientifique et des siens. Monsieur Shimura avait glissé dans la conversation l'heure d'arrivée de leur train. Lorsque le président de l'Université de Tokyo eut expliqué pourquoi ces Français avaient élu Aizu Wakamatsu, Monsieur Kobayashi retint à grand peine un soupir de soulagement. Tout s'expliquait. Les choses étaient faciles, bien plus faciles qu'il ne le craignait. Il rentra guilleret chez lui, d'une gaîté japonaise, toute en retenue.

Le choix de Aizu Wakamatsu ne devait en effet rien au hasard : Michel, le fils d'André, s'était pris de passion pour les samouraïs et leurs rituels. Or cette petite ville était célèbre pour une histoire, dont son fils de douze ans lui parlait constamment. Michel était très fier d'apprendre des choses à son père.

— Papa, savais-tu que le Japon avait été fermé pendant deux cents ans ?

— Tiens, quelle idée. Et pourquoi ? Ils avaient perdu la clef ?

Son fils lui parlait des Shoguns, des différentes ères, les situait dans le temps avec précision. Il était fasciné par la période de basculement du pays, vers 1868, lorsque l'ère Meiji ouvrit le Japon au monde après deux siècles de quasi autarcie.

— Papa, sais-tu que tout le monde n'était pas d'accord ?

— Ah bon ? Qui ça ?

— Tu veux que je te raconte l'histoire des Byakkotai ?

— Vas-y !

Michel lui parla alors de trois cent cinq jeunes garçons de dix-sept ans, tous fils de samouraïs, qui combattirent le pouvoir central, certains allant jusqu'à sacrifier leur vie au cours de la bataille de Boshin. Il avait appris tout ça sur Internet, mais aussi dans un livre illustré que sa mère lui avait acheté. L'histoire de ce pays le fascinait. Michel voulait absolument y aller.

— Papa, les samouraïs s'entraînaient très dur. J'ai lu que ça s'appelait le Bushido. D'ailleurs tout ce que font les samouraïs finit en « do ». C'est japonais.

Sa femme s'était renseignée, elle aussi. Avec Michel, elle avait décidé que ce voyage se ferait. Puis elle avait décidé qu'il se ferait au printemps. Elle voulait admirer les célèbres cerisiers du parc du château Tsuruga-jo.

— Aizu-Wakamatsu, ce n'est pas que les samouraïs ! C'est aussi les fleurs ! avait-elle découvert dans le livre qu'elle avait offert à Michel.

André organisa son cycle de conférences en fonction de l'agenda fixé par son épouse. Elle continuait de picorer des informations dans le fameux livre de Michel.

— André ! Michel ! Ils sont très bien ces Japonais. Le parc du château a été détruit au cours de cette fameuse bataille de Boshin dont toi, Michel, tu nous rebats les oreilles tous les jours. Mais ils l'ont reconstruit à l'identique dans les années 1960.

Comme sa femme et son fils avaient décidé de tout, André émit seulement un souhait. Il voulait voir avec eux un spectacle de théâtre Kabuki.

— Je ne vais rien comprendre, déclara le fils.

— Ton père non plus ne va rien comprendre, répondit sa mère. Personne ne va rien comprendre.

— Tu ne veux pas y aller tout seul, avant qu'on arrive ? suggéra Michel. Tu en dis quoi Maman ? T'es d'accord ?

— Bonne idée !

— Ah non ! réagit André. Vous savez bien que j'aime bien ne rien comprendre en famille. C'est plus rigolo. Vous verrez, ce sera formidable ! Aucun de nous trois ne comprendra que dalle, et ce sera superbe. On aura beaucoup de choses à se dire après. Vous verrez, promit-il.

Sa femme et son fils avaient l'habitude de ses lubies. Trois ans auparavant, il avait, en cachette de tout le monde, réglé la langue du GPS sur le coréen la veille de leur départ pour un voyage à travers la France. Partis à midi, ils devaient se rendre au mariage d'une amie, qui se tenait le lendemain à l'Église Notre-Dame d'Espérance à Cannes. Dix heures avec un GPS qui parle coréen, dix heures pendant lesquelles un écran de huit centimètres sur quinze indique les routes en coréen, dix heures où ils apprirent tous par cœur à dire « recalcul » en coréen, puisque leur GPS était souvent perdu en raison des directions aléatoires que prenait André lorsqu'il conduisait. André, pas plus que sa femme ou son fils, ne parlait coréen. C'était précisément la raison de son choix de la langue du GPS pour ce voyage spécifique. Depuis, ni sa femme ni son fils ne s'étonnaient plus de grand-chose, même si Michel disait parfois à ses copains d'école que son père était un peu gaga.

Logiquement, le voyage retour se fit en serbo-croate, qu'aucun d'eux ne parlait davantage. Sa femme ne paniquait plus depuis longtemps. Et André aimait taquiner son fils. Lorsque Michel lui demandait par où il fallait aller, André indiquait du bras, assez vaguement une direction, et déclarait :

— On va par là... On verra bien...

Michel s'indignait :

— C'est pas assez précis ! Hein Maman ? Dis-lui, toi ! On va encore se perdre !

L'un des paradoxes d'André était d'allier une rigueur implacable dans l'exposé de ses résultats scientifiques à un grand flou sur la manière d'y parvenir. Il adorait distiller chez son fils, dont l'esprit devenait logique trop vite à son goût, l'incertitude et la curiosité qui va avec. Pour cela, il utilisait les atouts que confèrent aux situations le flou, l'à peu près, la surprise et l'étonnement, au nombre desquels figurait une paradoxale fécondité juvénile, dont il voulait que son fils non seulement s'imprègne, mais qu'il chérisse précieusement.

— Alors Maman ! Tu lui dis ? Il va pas s'en sortir tout seul !

André se défendait en disant que la direction générale du mariage était sud-est, et qu'on s'arrêterait sûrement avant la Méditerranée. Mais pour y arriver, à ce voyage comme à d'autres, il aimait demander à son fils de faire le co-pilote, en balançant une dizaine de cartes routières en direction du siège arrière. Il lui assurait que toute la responsabilité du voyage était désormais sur ses épaules.

— Trouve le chemin, Michel ! Ce sera de ta faute si on doit dormir au milieu des ours dans la forêt !

Si la nuit commençait à tomber, il demandait à son fils de regarder les étoiles, et de lui dire laquelle suivre. Le jeune garçon s'escrimait avec les cartes en papier plastifié, essayait de déchiffrer les noms des villes qu'ils traversaient, se refusait à écouter le GPS qui racontait n'importe quoi dans des langues incompréhensibles, regardait en l'air à la recherche des étoiles, et finalement découvrait, à sa surprise, qu'ils arrivaient à destination. Grâce à ses indications bien sûr !

Il ne leur parut donc pas particulièrement surprenant qu'André instaurât une préparation psychologique dans les mois qui précédèrent leur voyage au Japon. Elle consistait à regarder des films japonais en version originale sans sous-titres. Si possible avec des Samouraïs ! Ils s'amusaient tous les trois à imaginer les dialogues, au fur et à mesure du déroulement du film, et se donnaient des titres nobiliaires du Japon féodal le lendemain au petit déjeuner.

— Michel, j'ai pris une décision. Dorénavant, tu m'appelleras « Sensei » le week-end, et « Vénérable Papa » les autres jours. Tu commences demain.

— Compte là-dessus ! répondait son fils.

— « Sensei », cela veut dire « Maître » en japonais, précisa la femme d'André.

Elle chuchota à son mari, avec un sourire plein de promesses :

— Pourquoi pas...

Chapitre 7

André devait aller chercher sa famille le lendemain matin à l'aéroport de Tokyo. L'atterrissage de leur vol Air France était prévu pour neuf heures trente. Après une nuit dans cette ville, pour permettre à sa femme et son fils de se reposer un peu du voyage et du décalage horaire, ils partiraient tous ensemble tranquillement pour Aizu Wakamatsu. André était déjà rentré dans sa chambre de l'hôtel Shinjuku, situé à proximité de la ligne directe de train pour l'aéroport, lorsque son téléphone portable sonna. L'écran indiqua que c'était sa femme qui appelait. Il en fut surpris car ils s'étaient déjà parlé moins d'une heure auparavant, alors qu'elle et leur fils attendaient le taxi devant les emmener à Roissy. Il décrocha :

— Oui ma toute belle ?

— André ? Oh André...

Sa femme murmurait dans le téléphone.

— Parle plus fort s'il te plaît, je ne t'entends pas.

— Oh André, je ne peux pas.

— Qu'est-ce qui se passe ?

Il entendit des cris, des hurlements, des détonations. Il s'affola.

— Mais qu'est-ce qui se passe ?

— André, ils sont dingues. Il y a trois types qui massacrent tout le monde à l'aéroport. Michel est là. On s'est cachés.

— Papa ?

Son fils chuchotait lui aussi. André fit de même. Il avait compris.

— Oh mon grand, ne fais pas de bruit, et obéis bien à ta mère. Je t'aime très très fort. Sois courageux mon fils. Tu sais que tu es mon petit samouraï ! Un samouraï est fort. Ne pleure pas mon tout grand. D'accord ?

— D'accord Papa. Je vais faire ça.

— Je suis très fier de toi mon fils. Très très fier. Et je t'aime très fort. Je t'aime et suis très fier de toi. Tu entends ?

— Oui Papa.

— Pour toujours, tu entends ?

— Oui Papa. Moi aussi.

— C'est bien. Sois fort mon fils. Maintenant repasse-moi ta mère s'il te plaît.

— Papa !

André ne put reparler de nouveau à sa femme. Il entendit seulement les cris : le cri de son fils lorsque les ordures arrivèrent, le cri de sa femme lorsqu'ils tuèrent leur fils, et puis son propre cri à lui lorsqu'ils tuèrent sa femme en criant « Allah Akhbar ». André hurlait sans discontinuer de douleur et de désespoir dans le téléphone, alors que les êtres les plus chers de sa vie venaient de lui être enlevés à jamais.

Chapitre 8

La liste officielle des victimes fut établie moins d'une heure après les attentats. Le Gouvernement localisa très rapidement les membres des familles concernées.

À Tokyo, l'Ambassade de France fut aussitôt informée qu'un de ses ressortissants, un professeur, l'un des plus éminents scientifiques du monde, séjournait dans cette ville, et qu'il venait de perdre sa femme et son fils dans les attentats de Roissy.

Chapitre 9

L'Ambassade organisa le retour d'André. Le consul vint le prendre à son hôtel, et l'accompagna à l'aéroport dans la voiture diplomatique. Une fois André dans l'avion, le consul se coordonna avec ses collègues du quai d'Orsay pour les informer de l'heure de l'arrivée du vol. Ils envoyèrent un attaché et une psychologue. Daniel, à la fois un ami proche et un de ses plus anciens collègues, fut aussi contacté par le Ministère des Affaires Étrangères. Il vint également l'accueillir, et resta auprès de lui, gauche et ne sachant quoi faire d'autre. La psychologue parla à André. Elle tenta d'expliquer. André ne chercha pas à comprendre. Il n'y avait rien à comprendre.

Sa femme et son fils avaient été tués par trois islamistes : un fiché S algérien, un migrant afghan sous le coup de cinq obligations à quitter le territoire français, et un trafiquant de drogue franco-marocain, délinquant multirécidiviste de Marseille. Il était sorti de prison six mois plus tôt après avoir purgé une peine symbolique. Le juge en charge de son dossier avait estimé qu'il fallait lui donner une chance de réinsertion, malgré les coups qu'il avait infligés à une femme de quatre-vingt-deux ans pour lui voler son sac. La femme avait eu le col du fémur brisé en tombant sur le trottoir, et les pommettes du visage cassées à coups de talon. Le juge l'avait à peine regardée lorsqu'elle avait témoigné. Ayant le droit de son côté, il l'avait rabrouée, en la traitant de raciste lorsqu'elle avait demandé pourquoi son agresseur franco-marocain avait une peine de seulement dix mois avec sursis, alors qu'elle, Française dont le père était mort pour la France au cours de la deuxième guerre mondiale, devrait désormais et pour le restant de ses jours vivre en fauteuil et en béquilles. La peine prononcée, les mois de préventive vinrent se soustraire aux mois avec sursis. L'agresseur sortit soixante-cinq jours plus tard, libre comme l'air. Aucun journaliste ne retourna les appels téléphoniques de la vieille dame indignée par ce qu'elle persistait à appeler un déni de justice.

Les trois islamistes avaient massacré vingt-trois personnes avant que deux d'entre eux ne soient abattus par la police, et que le dernier ne soit blessé d'une balle au genou. Dans les jours qui suivirent, l'émotion fut générale, et s'accompagna de marches blanches dans presque toutes les villes de France. L'extrême-gauche prit part à plusieurs d'entre elles, les leaders politiques en tête de cortège, avec leurs banderoles appelant à ne pas faire d'amalgame, appelant à la tolérance, appelant à la retenue. La majeure partie de la presse écrite et télévisée, ainsi que les chaînes de la radio publique relayèrent cette vision des choses. Le parlement européen, et quelques parlements nationaux, dont la chambre des députés française, organisèrent des minutes de silence sous les caméras. Leurs représentants condamnèrent le nationalisme, qui fait le lit du terrorisme, et appelèrent à l'empathie envers les victimes.

Après quelques semaines, certains députés d'extrême-gauche et d'autres écologistes appelèrent à étendre cette empathie envers les familles des islamistes. À leurs yeux, ils faisaient aussi partie des premières victimes puisque leurs fils et leurs frères avaient succombé dans « les événements ». Il y eut peu de protestations contre ces prises de position.

André resta chez lui. Il ne marcha pas avec les autres lors des défilés commémoratifs. Il ne donna aucune interview, alors que sa notoriété l'y prédisposait disait-on. Quelques semaines après que l'effervescence médiatique eut trouvé d'autres sujets (une conférence mondiale annuelle sur le climat prenait le relais), il mit la télévision de son salon à la déchèterie. Il jeta aussi la radio portative que sa femme aimait écouter lorsqu'elle créait et cousait elle-même ses propres robes. Il n'acheta plus de journaux. Le silence s'était fait dans son appartement, et dans sa vie.

André se surprenait souvent à pleurer alors qu'aucun sentiment ne l'habitait plus. Il ne s'apercevait de ses larmes que lorsqu'elles arrivaient à ses lèvres. Le contraste des humidités les signalait. Il les essuyait alors. Au début il le faisait avec rage. Peu à peu, avec le temps, il les remarqua moins. Il s'essuyait alors d'un revers de main sans même y penser. Le phénomène physiologique était devenu courant, habituel. Il ne fallait même plus en être étonné. Pleurer sans penser était devenu un réflexe.

En réalité, il n'arrivait plus à penser du tout. Son cerveau était bloqué. Rien ne passait plus dans sa tête. Sa douleur avait commandé à son cerveau de se mettre dans un mode végétatif. Penser faisait trop mal. Penser à sa femme, à son fils, était une torture insupportable. Il ne pouvait plus. Penser aux autres non plus. Pourtant, des gens continuaient à vivre, dehors, malgré ce qui était arrivé. Lui ne pouvait pas. Il attendait toute la journée. Lorsque c'était nécessaire, il allait faire des courses, le plus vite possible, et puis il rentrait. Curieusement, il n'avait pas songé à ne plus se nourrir. Se nourrir, c'était comme pleurer. C'était naturel.

Des amis, son frère et ses sœurs, des collègues avaient bien essayé de le contacter. Certains insistaient, laissant le téléphone sonner longtemps. Mais soit il ne répondait pas, soit, de guerre lasse, il décrochait, disait que tout allait bien, et raccrochait après quelques échanges sans intérêt, et peu engageants. Ses interlocuteurs devaient s'en contenter.

Pendant longtemps il ne pensa pas au suicide. Penser au suicide, c'était penser tout court. C'était penser aux raisons du suicide. Or cela était encore au-dessus de ses forces. Il ne fit rien pendant des jours, pendant des semaines, pendant des mois. Strictement rien.

Mais, environ deux ans après la tragédie qui avait dévasté plusieurs familles dont la sienne, il résolut de ranger l'appartement. Il acheta de grands sacs poubelle, des sacs de cent litres, noirs, en plastique résistant, sans fermeture. Il acheta de la ficelle solide pour ça.

Il s'occupa d'abord de l'armoire où sa femme rangeait ses vêtements. Il les entassa dans les sacs sans les regarder. Il ne voulait pas s'attarder. Il mit tout en vrac. Puis il passa aux chaussures. Sa femme en avait une grande quantité. Il lui fallut plusieurs sacs pour en venir à bout. Il alla ensuite à la cave récupérer les vêtements d'hiver de son épouse, et les entassa aussi dans des sacs, sans réfléchir, mécaniquement. Il remonta à l'appartement, alla dans la salle de bains, et vida les flacons, les parfums, le nécessaire de maquillage, la brosse à dents. Il jeta aussi les bijoux de sa femme.

Cette fois, il n'amena rien à la déchèterie. Il prit la voiture, partit au hasard en dehors de Paris. Il arriva du côté de Fontainebleau. Il s'enfonça dans la forêt autant qu'il put. Finalement il trouva une clairière. Deux jerricans d'essence suffirent. Il resta longtemps à contempler le feu.

Le lendemain, il fit de même pour les affaires de son fils. Ne pas penser fut plus dur encore. Les sacs étaient plus nombreux. Les jouets prenaient de la place. Sans regarder, il entassait dans des quantités de sacs des pantalons, des chemises, des parkas et des chaussures de petit garçon. Il entassa des bandes dessinées, des revues, et aussi des livres de la bibliothèque verte qu'il lui avait transmis, et que ses parents lui avaient offerts lorsqu'il était lui-même enfant. Il entassait, entassait, entassait. Il chargea la voiture.

Le feu ne le réchauffa pas. Pour la première fois, il songea à rester là, à attendre la mort. Depuis des mois il ne faisait rien. Alors autant rester là et en finir. Mais mourir ainsi serait long, peut-être douloureux. Or il n'avait rien à expier. Dans ce cas, pourquoi souffrir ? Mourir suffisait. Il pourrait aider la mort à venir plus vite, même très vite. Les moyens ne manquaient pas. Il décida de rentrer y réfléchir.

En arrivant chez lui, il remarqua un objet qui avait échappé aux deux autodafés. Une balle de tennis était posée depuis des années dans l'entrée, à côté du cendrier dont ils se servaient pour poser leurs clefs. Il s'en saisit, et la caressa doucement. Cette balle avait créé trois ans plus tôt une discussion animée. Michel avait dit qu'en lui laissant pousser des cheveux, la balle ressemblerait à un personnage de dessin animé tout velu, et qui le faisait beaucoup rire. Ce personnage n'était qu'une tête avec des yeux, et qui roulait pour se déplacer. Lors du petit déjeuner familial du samedi suivant – en général le moment que choisissait André pour lancer une idée bizarre, et que la durée du week-end permettait de développer assez loin – André attendit que son fils s'installât à la table de la cuisine avec eux. Comme d'habitude, Michel avait un épi rebelle dans ses cheveux d'une blondeur qu'il tenait de sa mère. André dit à sa femme :

— Notre fils est une balle de tennis.

— Ça y est, c'est parti, soupira-t-elle, amusée et impatiente tout à la fois de savoir de quoi il s'agirait cette fois-ci.

— Pourquoi je suis une balle de tennis ? demanda Michel.

— Tu as ta raquette ? demanda André à son épouse. On va essayer pour voir.

— Papa, je ne suis pas une balle de tennis ! Maman !

Sa mère jouait le jeu. Elle partit chercher une raquette qui traînait dans la pièce qui servait à la fois de débarras, et à faire le repassage de temps à autre. Elle la tendit à André qui s'en saisit, testa la résistance des cordes, et fit quelques moulinets en l'air.

— Excellent ! Ça fait longtemps que je n'ai pas joué. Il me faut une grosse balle de tennis. Michel, viens. Je vais faire comme les champions : je vais te jeter par terre et tu vas rebondir deux ou trois fois, et puis hop ! Je smashe !

— Mais non, je ne suis pas une balle de tennis !

— Si.

— Non !

— Si.

— Mais pourquoi ?

— Tu as un épi dans les cheveux. Tu as toujours un épi dans les cheveux. Une balle de tennis qui a des cheveux, elle aussi a toujours un épi dans les cheveux. Tu es donc une balle de tennis.

— Papa, pourquoi est-ce qu'une balle de tennis a toujours un épi ? Il faut bien la coiffer, et puis c'est tout. Ah, t'es pas doué, toi !

André leur expliqua pourquoi espérer coiffer une balle de tennis sans faire d'épis était vain. Il leur montra comment des structures bizarres agissaient sur la balle de tennis, et les conséquences de ces actions. Il rendit parlantes des notions abstraites, passant au large du jargon technique. Il laissait cela pour plus tard. Il y reviendrait lorsque leur fils aurait un peu grandi, et qu'il serait prêt pour appréhender des concepts encore plus curieux. André se réjouissait à l'avance. Il saurait les surprendre, encore, dans quelques années, de nouveau dès le petit déjeuner et au débotté. Il avait tellement de choses en tête pour les occuper d'ici-là. La balle de tennis avait encore un bel avenir devant elle.

Chapitre 10

André restait dans l'entrée, regardant longuement la balle dont il s'était saisi. Dans un grand cri, il la jeta de toutes ses forces à travers l'appartement. Des sanglots, dont l'ampleur lui était jusqu'alors inconnue et nouvelle, le saisirent sans prévenir. Il s'affaissa lentement au sol, le dos glissant le long du mur. Les convulsions qui secouaient son corps durèrent longtemps. Il s'assoupit d'épuisement, là où il était, sur le carrelage froid, sans un rêve.

Des courbatures le réveillèrent. Il faisait nuit noire. Il se redressa, alla s'étendre sur le sofa, et ferma les yeux alors que toute envie de sommeil l'avait quitté. Il passa en revue les différentes manières de se suicider sans trop souffrir. Il eut honte de cette clause en songeant à la façon dont sa femme et son fils avaient été tués. Bien qu'il ne fût pas croyant, il songea avec ironie, presque avec amusement, que le suicide était un pêché capital, qui interdisait à son auteur l'accès au paradis. Comme s'il n'avait pas d'autres soucis. Son ironie, son amusement lui parurent suspects d'abord, dans l'ordre des choses ensuite. Plus précisément, la succession de la profonde tristesse, qui l'avait anéanti quelques heures auparavant, et d'un amusement inattendu, d'autant plus curieux que sa source était l'idée du suicide, n'était finalement pas si surprenante que ça. Elle signifiait que ses sautes d'humeur étaient le symptôme de la dépression dont il se doutait être atteint. Ce diagnostic le rassura. Les choses s'expliquaient rationnellement.

Cette pensée se dédoubla par une seconde, totalement indépendante, dont la venue le troubla fortement. Il lui arrivait en effet d'avoir ce qu'il appelait, faute de mieux, des lignes de pensées parallèles. Il ne se les expliquait pas. Il était incapable de contrôler leurs venues, leurs durées, ou leurs objectifs. Il constatait seulement que, lorsqu'elles arrivaient, chacune prenait une existence propre et une trajectoire autonome. Elles étaient deux ou trois le plus souvent. Parfois elles étaient davantage. Il était même arrivé qu'elles soient une dizaine. Ces multiples lignes de pensées se croisaient, s'éloignaient les unes des autres, puis se rapprochaient, les unes prenant les prémisses des autres ou au contraire les rejetant. Elles agissaient comme des échangeurs d'autoroutes en construction très rapides, avec des véhicules qui poussaient tout et forçaient ces structures à aller de l'avant.

Ces phénomènes avaient commencé dès l'enfance. Actifs de quelques secondes à quelques heures, ils s'étalaient sur des périodes habituellement assez ramassées, d'une à deux semaines en général, avant de s'estomper pour un temps. Ces moments d'accalmie, qui duraient plusieurs mois lorsqu'il était jeune, étaient devenus plus courts à l'âge adulte. Ces pauses correspondaient à un mode de fonctionnement dont on lui avait expliqué qu'il était le mode normal. Il avait observé que les périodes de pensées parallèles multiples étaient celles où ses travaux connaissaient des accélérations fulgurantes. Les lignes de pensées semblaient explorer plusieurs directions à la fois et faire le tri sur la bonne manière d'aborder les choses. À un moment, une sorte d'illumination le saisissait. Ce qu'il cherchait confusément jusqu'alors semblait l'appeler au bout d'un chemin dont il voyait parfaitement les étapes. Plus précisément, si tant est que l'on pût être précis en la matière, ses pensées parallèles conduisaient – du moins ainsi le ressentait-il – à soulever des rideaux successifs les uns après les autres. Puis elles convergeaient. Elles se regroupaient sans effort, et leur réunion levait le dernier voile. Une sorte de vérité pure apparaissait, une réalité mathématique, demeurée jusqu'alors cachée, et dont l'essence était indépendante des hommes et de leur existence.

Depuis son mariage, sa femme était souvent la première personne à sentir qu'il entrait dans cette sorte de transe, ou que ce phénomène s'intensifiait. Elle le constatait lors de leurs marches à travers Paris. L'émergence d'un tel déploiement de pensées parallèles se manifestait physiquement : il marchait de plus en plus vite, et ses muscles se tendaient sans qu'il s'en rendît compte. Sa femme lui prenait alors gentiment le bras, et le contraignait à décélérer, non pas brusquement, mais en douceur. Ce geste l'apaisait, disciplinait le flux des idées dans son esprit. Elle lui demandait où il était, dans quel voyage il était pris, vers où l'emmenaient ses idées. Il essayait de le lui dire, sentant bien que ses mots ne pouvaient pas tout traduire de ce qui se passait alors dans sa tête. Mais il partageait avec elle l'effervescence dans laquelle il était plongé. En ralentissant son pas, elle prenait à sa charge une partie de cette effervescence, elle la modérait avec le désintéressement de l'amour qu'elle lui portait.

Il fut d'autant plus surpris d'en ressentir les prémisses timides que le phénomène s'était totalement arrêté à la mort de sa femme et de son fils. Non seulement rien de tel mais même rien d'approchant ne s'était produit depuis deux ans. L'émergence qui s'immisçait dans son esprit lui apparut comme une trahison. C'était trahir que de renouer avec sa normalité. En adoptant un mode de fonctionnement conforme avec la normalité de tous, comme il l'avait fait depuis la mort de sa femme et de son fils, il tentait de remplir un devoir : il lui fallait faire pénitence en n'étant plus lui-même. Il tenta de repousser le phénomène qui pénétrait en lui.

Il y parvint quelques heures, en essayant à toute force de se concentrer sur une seule chose à la fois. Des choses subalternes, c'était le mieux. Il nettoya l'appartement de fond en comble. Il se forçait à ne penser qu'à l'acte de passer l'aspirateur, qu'à l'acte d'essuyer la poussière, qu'à l'acte de ranger les livres, qu'à l'acte de passer la serpillère. Il alignait cette liste. Il était systématique. Voilà ce qu'il fallait faire pour ne pas penser. Être systématique. Agir comme un automate : seulement ainsi pouvait-il espérer supplanter ses pensées, toutes si possible, le parallélisme des pensées en tout cas. Sa volonté était toute entière tendue vers cet objectif. Cela lui demandait un effort colossal. Pourtant, alors qu'il s'y efforçait sans relâche, il sentit bien que c'était peine perdue, qu'il n'y arriverait pas. Il était fait comme ça. Mettre fin à ce phénomène si singulier revenait à mettre fin à sa vie, donc à mourir. Le suicide semblait donc, encore, la seule solution rationnelle, la seule réponse à sa culpabilité d'oser renouer avec sa manière d'être, celle d'avant l'assassinat de sa femme et de son fils.

Il tenta encore de lutter. Mais il n'arriva même plus à se concentrer sur le suicide. Les autres pensées se télescopaient. Il n'arrivait pas à les organiser, à les trier, à les appeler ou à les rejeter. Elles prenaient le dessus, l'emmenaient vers des problèmes de mathématiques auxquels il n'avait jamais réfléchi auparavant, dont il ne connaissait que l'existence et peu ou prou la formulation. Aucune de ses recherches précédentes n'avait ne serait-ce qu'effleuré ces domaines. Et pourtant ce qui se passait dans son esprit le guidait inexorablement dans cette direction.

— Je ne veux pas ! Je ne veux pas !

Il se le répétait en se tenant la tête à deux mains. Il n'arriverait pas à s'en débarrasser en restant enfermé. Il sortit marcher.

Il revint en nage six heures plus tard. La lutte n'avait pas été inégale. Elle avait été impossible. Il était à bout. Il abandonna toute résistance, se rendit à l'inéluctable, et se résigna.

Il laissa libre cours à ses pensées, à toutes, sans entrave. Il verrait bien où cela le mènerait.

Un gigantesque réseau de pensées parallèles le submergea, comme un tsunami contraint trop longtemps. Il se saisit de feuilles de papier. Il les noircit les unes après les autres, couchant les lignes de pensées dans un vaste fatras dont, pourtant, il sentait qu'une forme cherchait à naître, à se dégager, à s'extraire. Cette forme n'y arriverait pas toute seule. Elle l'appelait à l'aide.

La crise s'apaisa au bout d'une douzaine d'heures. Il posa son stylo, épuisé. Il regarda les dizaines de pages qui jonchaient le sol, remplies de diagrammes, de mots, de symboles, de concepts. Il ferma les yeux.

Peu à peu, sa vie se restructura. Il travaillait de nouveau. Il ne souffrait plus. Il n'en avait plus le temps.

Chapitre 11

André restait de marbre, alors que Dominique continuait de déballer l'histoire, du moins la version que son journal avait retranscrite cinq ans plus tôt. Valérie regardait André avec stupeur, alors que Claude l'observait avec inquiétude, et que Tom détournait les yeux.

Dominique jubilait.

— C'est formidable. Valérie, c'est formidable ! C'est super ! Un rescapé ! Quelle chance !

André restait silencieux, le visage fermé, sans expression. Dominique régla son téléphone portable sur magnétophone. Elle s'apprêtait à faire une interview du « rescapé ». Elle le harcelait maintenant de questions :

— Quel sont vos sentiments, Monsieur Passy, cinq ans après le drame qui a ensanglanté la France ? Rappelons que vous avez perdu votre femme et votre fils de douze ans dans cette tragédie. Avez-vous nourri un quelconque ressentiment contre les auteurs de ces faits ? Beaucoup d'autres proches de victimes ont déclaré, je cite : « Ils n'auront pas ma haine ». Vous, qui êtes un scientifique de haut vol, une sommité mondiale, vous êtes probablement la personne la plus à même de partager cette manière rationnelle d'appréhender les choses. Pourriez-vous nous confirmer qu'il en est bien ainsi ? À plus forte raison aujourd'hui, avec le recul. Dites-nous.

Valérie l'interrompit.

— Arrête ça tout de suite.

Dominique la regardait, avec étonnement. Elle continua d'enregistrer :

— Mais c'est hors de question. Tu ne vois pas le scoop ?

Dominique haletait.

Ce qui se passa alors fut inattendu pour tous, et même anachronique eu égard au féminisme triomphant de l'époque. Dominique et Valérie se disputaient encore lorsqu'André se leva avec pesanteur. Puis il sembla se ressaisir. Il arracha avec force le téléphone portable des mains de Dominique. Elle essaya de l'en retenir. Il la repoussa sur le sofa, où elle s'affala en se prenant les pieds dans ce qui lui tenait lieu de tunique. André se dirigea vers la fenêtre, l'ouvrit en grand, et jeta l'appareil aussi loin qu'il put. Dominique se précipita. Elle vit son téléphone éclater contre le mur d'en face, et se désagréger en mille morceaux une fois arrivé au sol, quelques étages plus bas. Au moment où elle se retournait vers André en criant, elle vit passer son sac à main. Il venait de le jeter de la même manière par la fenêtre grande ouverte.

L'adolescent, dont le capuchon peinait à couvrir des dreadlocks, leva les yeux vers la fenêtre d'où émanaient des cris hystériques. Puis il ramassa un à un les morceaux du téléphone, le sac à mains, le porte-monnaie, les papiers d'identité qui avaient atterri sur le trottoir. Il prit le tout. Puis il saisit le trousseau de clefs, tombé un peu plus loin. Il reconnut une clef de voiture. Lorsqu'il la pressa, une Safrane électrique, garée à quelques mètres, bippa. Il se dirigea vers elle.

— Non, mais vous êtes malade ?

Dominique s'était retournée et regardait André avec fureur.

— J'ai toute ma vie, moi dans ce téléphone ! Vous allez me le payer, et cher, croyez-moi. Oh, c'est pas étonnant, vous n'êtes qu'un facho !

Elle se mit à ricaner, en répétant « Facho ! Voilà ce que vous êtes, un facho ! ». Valérie lui intimait l'ordre de se taire, mais elle ne l'écoutait pas. Elle ricanait et éructait :

— Vous allez voir comment je vais vous arranger dans mes articles.

Elle fixa André, et lui promit, en détachant les syllabes :

— C'est pas fini !

André la regarda. Elle se méprit en croyant reconnaître de la peur dans ses yeux. Elle allait triompher lorsqu'il déclara :

— En effet, ce n'est pas fini.

Il s'approcha. Ils étaient face à face désormais, à quelques centimètres. André recula d'un pas, écarta son épaule le plus largement possible.

L'instant d'après, Dominique reçut une gifle qui lui arracha son foulard, dévoilant des cheveux gras et ternes. Elle vacilla, tenant d'un air interdit sa joue qui s'enflammait.

— Vous avez vu ça ? Non, mais vous l'avez vu ? Vous êtes témoins, déclara-t-elle aux autres, en retenant ses larmes. Elle essaya de remettre tant bien que mal son fichu.

André n'était pas satisfait. Comme il était toujours à portée, il la regifla, du revers de la main cette fois. Elle fit quasiment un tour sur elle-même, et resta muette de stupeur. La seconde joue prenait, elle aussi, une couleur rouge intense. André examinait Dominique du regard. Il tournait la tête, l'observait sous différents angles. Il tournait autour d'elle en marchant. Dominique, pétrifiée, n'osait plus bouger. Revenu en face d'elle, André lui assena une troisième gifle tout aussi magistrale que les deux précédentes, tellement rapide que personne n'avait rien vu venir. Dominique se protégeait maintenant le visage, elle pleurait et reniflait en même temps. Il se rassit alors, et dit d'une voix sourde, comme un constat :

— Vous ne saignez pas. C'est regrettable.

— Et vous, vous ne dites rien ? Vous ne faites rien ? demandait Dominique en hoquetant.

Ses larmes faisaient couler un maquillage qui s'était voulu discret.

Claude, qui n'avait comme les autres rien anticipé de la scène qui venait de se dérouler, réagit enfin :

— Je proteste ! On n'est pas chez les sauvages. Ces violences faites aux femmes sont inadmissibles. Il faut porter plainte !

Il se détourna un instant de Dominique.

— Valérie ! Tu es une femme, tu devrais être solidaire ! Et puis tu es chez toi, et tu laisses faire ? Et vous, Tom, vous avez vu. Vous auriez pu intervenir !

— Mais je ne vous ai pas vu vous interposer, Claude. Moi, je suis en visite, c'est différent. C'est pas mon pays. Si j'avais su ! Dis quelque chose, Valérie !

— Elle ne l'a pas volé.

— Hein ?!?

Dominique était outrée de la réaction de Valérie, et de la passivité des autres. Valérie insista :

— Dominique, prends tes affaires, et va faire ton numéro ailleurs. La porte c'est par là. Je ne te raccompagne pas. Tu as foutu ma soirée en l'air.

— Moi ? Mais c'est l'autre fou, le facho, le taré, là, qui est responsable ! Mais vous êtes tous aussi dingues que lui, c'est pas possible ! Tu me le paieras aussi, Valérie. Tu vas voir comment je vais te soigner, toi, tes concerts et tes disques !

Dominique se sécha les yeux avec des mouvements brusques. Elle saisit à l'emporte-pièce des vêtements éparpillés, chercha son sac, puis se souvint qu'il n'était plus dans la pièce. Elle regarda André avec terreur. Claude vint vers elle, s'interposant enfin pour la protéger. C'était d'ailleurs inutile. Assis dans son fauteuil, André dessinait paisiblement des petits bonshommes sur ses feuilles amplement noircies, et ne s'intéressait à rien d'autre.

— Dominique, sachez que je suis totalement de votre côté. D'ailleurs, je pars avec vous. Il est hors de question que je cautionne par ma présence ce qui vient de se passer. Voulez-vous que nous allions ensemble déposer plainte au commissariat ?

Ils s'apprêtaient à sortir tous les deux lorsque retentit la sonnette de la porte. Valérie les poussa pour aller ouvrir. Deux policiers en tenue militaire et rangers entrèrent. Leur carrure cachait un autre homme bien plus petit.

— Bonjour Madame, est-ce que...

Claude les interrompit, prenant la situation en main.

— Vous tombez bien. Ce sont sûrement les cris et le tapage qui vous ont amenés ici. Alors voyez-vous...

Le petit homme, qui était, quant à lui, habillé d'un costume, de chaussures sur mesure, et arborait une cravate en dépit du week-end, parvint à se faufiler entre les deux policiers.

— Ah ! Monsieur le Ministre !

Claude se rengorgea en entendant ce titre. Il ne l'avait plus entendu depuis trop longtemps, du moins à son endroit. Il reconnut le chef de cabinet. Ce haut fonctionnaire détenait une forme de record de longévité. Il avait traversé sans encombre les trois gouvernements précédents, tout en assurant sans discontinuer ses responsabilités auprès du Ministre de l'Intérieur, quel qu'il fût. Claude s'étonnait toutefois un peu que cet homme lui donnât du « Monsieur le Ministre ». Après mandat, les usages le réservaient aux personnes ayant occupé la fonction de premier ministre. Ce n'était pas le cas de Claude, loin s'en faut. Déroger à cet usage était de la flagornerie. Or le chef de cabinet était bien trop expérimenté pour commettre une bévue protocolaire, quelles qu'en fussent les raisons. La seule explication possible était des plus agréables : il anticipait sur une nomination, et tenait à être le premier à apporter la bonne nouvelle.

Claude répondit donc aussi aimablement que possible :

— Bonjour cher ami.

Il ajouta avec innocence :

— Mais de quoi s'agit-il donc ?

Le chef de cabinet lui serra la main avec empressement.

— Il m'est difficile de donner tous les détails ici.

Il ajouta avec douceur, et onction :

— Le Ministre de l'Intérieur m'a dit qu'on souhaiterait vous voir. Il m'a chargé d'aller vous chercher personnellement. Dès que nous avons appris par votre assistant parlementaire que vous étiez rentré à Paris, et que vous passeriez la soirée ici, je me suis précipité. Figurez-vous qu'alors que je me mettais en chemin, le Ministre a insisté pour vous envoyer une voiture et une escorte. Comme vous le savez, il y a un match de foot ce soir, alors forcément il y aura de la casse... Et on souhaite vous en protéger bien entendu. L'escorte est avec moi, et la voiture vous attend. Elle est en bas.

Le chef de cabinet se haussa sur la pointe des pieds pour chuchoter à Claude :

— Vous êtes une personnalité en vue. Et vous le serez certainement encore davantage d'ici peu.

Si vous voyez ce que je veux dire.

La coalition politique, dont l'actuel Ministre des Affaires Étrangères était un des principaux artisans, vacillait. Il courait des bruits. On parlait d'un remaniement imminent. Il s'agissait d'assoir une stabilité politique, et de donner un nouveau souffle, en laissant cette fois au Ministre de l'Intérieur les coudées franches. Rien de plus naturel compte tenu des échéances électorales qui se rapprochaient. Il se murmurait que l'actuel Ministre de l'Intérieur avait toutes les chances de devenir le prochain Premier Ministre. En ce cas, sa place deviendrait vacante...

— Mais comment donc ! Allons-y. Valérie, tu m'excuses, mais c'est un cas de force majeure. Raison d'État si on peut dire.

Avec un sourire navré, il ajouta en écartant les bras avec fatalisme :

— On m'appelle.

Le chef de cabinet regarda enfin autour de lui. Il découvrit Dominique qui, toujours reniflant, dépenaillée, essayait de remettre plus ou moins son foulard et d'adopter une contenance.

— Mais qu'est-ce qu'il se passe ici ? demanda-t-il.

Puis, il se ressaisit :

— On n'a pas le temps. Il faut qu'on y aille. Monsieur le Ministre, si vous voulez bien...

Le chef de cabinet employait ce titre pour la deuxième fois en indiquant la sortie. Claude, sentant que sa vie allait changer, se dirigea vers la porte d'un pas léger. Dominique le rattrapa, et l'arrêta en le saisissant par la manche. Elle constatait avec amertume que les priorités de Claude étaient autres désormais. Son conflit avec André devrait se régler dans une constellation différente. Elle était aussi au courant des bruits de remaniements gouvernementaux, et interprétait naturellement la venue du chef de cabinet à cette lumière. Elle souhaitait d'autant plus profiter de l'opportunité qui s'offrait pour se venger d'André, et préserver l'avenir. Elle le ferait en utilisant les grands moyens. L'impact de sa vengeance contre André serait incomparablement plus fort si elle parvenait à créer un lien particulier avec Claude. Il lui avait dit être son allié. Plus tard, cette alliance pourrait aussi être utile pour bien d'autres sujets. Elle lui rappela sa promesse :

— Claude, tu dois m'aider !

En l'espace d'une seconde, elle avait en effet décidé de tutoyer Claude avant que celui-ci ne parte pour des responsabilités nouvelles. Instaurer le tutoiement était encore possible aujourd'hui. Il ne le serait plus demain. Aujourd'hui, leurs relations étaient encore informelles. Plus demain. Désignant

André :

— Tu as vu ce qu'il a fait !

Puis elle se retourna vers Claude et s'accrocha encore davantage à lui :

— N'oublie pas non plus que nos organisations t'aideront.

Elle parlait maintenant de « nos organisations » pour désigner « ses journaux ». Dans son idée, ce choix des mots devait en accroître l'impact. Elle marqua un temps. Desserrant son emprise, elle lâcha la manche de la veste, et remonta doucement la main sur le bras de Claude. Elle ajouta, l'enveloppant d'un regard complice :

— Je serai là pour toi quoi qu'il arrive. D'ailleurs ne l'avons-nous pas toujours été ?

Claude regarda Dominique avec reconnaissance. Il lui tapota la main :

— Je sais tout ce que je vous dois.

Puis, avec une coquetterie qui se voulait également complice, il ajouta en inclinant le visage vers elle :

— Tout ce que je te dois. Je serai à tes côtés.

Le chef de cabinet s'approcha de Dominique.

— Madame, je ne crois pas avoir l'honneur de vous connaitre.

— Dominique Saidi, journaliste à Libé et à Médiapart. Entre autres.

Elle retrouvait un peu de prestance et d'aplomb en citant ces organes de presse, puissants et redoutés.

— Voici ma carte.

Elle remit au chef de cabinet une carte de visite très dense, spécifiant les postes qu'elle occupait dans chacun des médias pour lesquels elle travaillait, mais aussi les associations dont elle était membre.

— Merci infiniment. Très heureux, vraiment très heureux, dit celui-ci en examinant la carte avec attention.

Il fouilla ses poches, et lui dit d'un air désolé :

— Excusez-moi, mais je suis parti en coup de vent, en oubliant de prendre mes cartes de visite. Je suis confus. Mais j'ai la vôtre, dit-il avec enthousiasme en la brandissant entre ses petits doigts boudinés.

— Le contact est établi, ajouta-t-il.

Il se tourna vers Claude.

— Nous y allons maintenant, si vous voulez bien ? Vous nous accompagnez Madame ?

Dominique les suivit.

Valérie ferma la porte derrière eux, puis s'adossa au mur en fermant les yeux. Rien n'allait comme elle le souhaitait. Mais Tom était là. C'était l'essentiel. Elle avait appris beaucoup de choses sur André, son voisin. Cela la gênait. Elle aurait préféré ne pas savoir. Sa présence aussi la gênait désormais. Que faire ?

André se leva.

— Écoutez, je vais partir maintenant. Rentrer chez moi. Ça vaudra mieux.

Valérie pensa à son agent. Il lui avait promis de venir, et ne tarderait plus. Laisser André partir revenait à laisser Tom seul face à Marc. Il ne seraient plus qu'eux trois. Il faudrait de nouveau du temps pour inclure Marc dans ce groupe restreint, composé d'elle et Tom. Cela retarderait tout.

Trois c'est pire que quatre, songea-t-elle en ayant un peu honte de ne penser qu'à elle. Mais Marc serait plus aisé à inclure si André restait. André ferait pendant. Ce serait plus facile ainsi. Sa sœur avait raison. Elle était égoïste. Mais avec André, Marc s'adapterait plus facilement et la pression sur Tom serait moindre. Par sa présence, son voisin en absorberait une partie, ce serait toujours ça. Elle se devait d'être égoïste pour aller au bout. Il fallait retenir André. Elle voulait aussi éviter qu'il ne se retrouvât seul après ce qui s'était passé. Elle n'avait pas peur de lui, mais peur pour lui. Ce fut donc avec des sentiments complexes, faits d'égoïsme, et de protection amoureuse à l'égard de Tom et presque maternel à l'égard d'André, qu'elle dit :

— Non André, restez encore un peu. Cela me ferait plaisir.

Elle lut clairement sur le visage de Tom qu'il ne comprenait pas sa décision. Pour Valérie, la soirée était probablement foutue avec les derniers événements. Mais il fallait encore tenir un peu. Jusqu'au moment où, enfin, Tom et elle pourraient se retrouver seuls, mais en y étant amenés en douceur autant que faire se peut. Ne le sentait-il pas ? Et puis elle redoutait sa réaction à l'annonce qui lui brûlait de plus en plus les lèvres. Elle voulait qu'ils soient entourés au moment où elle la prononcerait. Ensuite, seulement ensuite, ils pourraient être seuls.

— Après tout, ici ou là... Quelle importance ?

André se rassit dans le fauteuil qu'il avait préempté jusqu'alors, près de la fenêtre ouverte. Bien qu'il eût baissé, le soleil éclairait encore un peu le balcon et apportait ses rayons dans la pièce.

— J'attendrai votre agent.

André avait-il perçu la raison de son insistance à le garder ? Valérie s'en moquait complètement maintenant. Ses pensées étaient ailleurs. Comment faire cette annonce à présent ? Elle s'y était préparée. Elle avait même répété ! Mais, maintenant, elle ne savait plus comment s'y prendre. Son texte lui paraissait désormais apprêté, artificiel. Elle préféra ne pas y penser encore. Mais c'était impossible. Cette idée fixe s'imposait.

Tom regardait André sans aménité, même avec une pointe d'inquiétude. Ce type avait collé trois gifles à une journaliste influente. Son histoire personnelle tragique l'avait détraqué, c'est sûr. Et Valérie qui le retenait ! Cela n'avait aucun sens ! Elle devrait faire preuve de davantage de discernement lorsqu'ils seraient ensemble pour de bon, à Londres.

André dessinait sur ses feuilles. Valérie était songeuse. Tom tenta d'alléger l'atmosphère silencieuse. Il interrogea :

— Tu le connaissais bien, ton ami Claude ?

— Pas si bien que ça, finalement.

Chapitre 12

Les deux policiers, Claude et Dominique se retrouvèrent sur le palier. Lorsque l'ascenseur arriva, ils constatèrent qu'il était trop étroit pour les contenir tous. Le chef de cabinet s'adressa à Dominique :

— Madame Saidi, je suis confus. En temps normal, je vous aurais bien évidemment donné la préséance, mais aujourd'hui je me vois contraint de vous demander de bien vouloir patienter un peu. Nous devons nous rendre rapidement à destination.

D'un air entendu, il ajouta :

— Vous comprenez la situation. Écoutez, le plus simple est que nous descendions d'abord avec le Ministre, et je vous renvoie l'ascenseur.

En prononçant ces dernières paroles, il eut un petit gloussement qu'il étouffa rapidement. Dominique se résigna :

— Bon... Mais vous m'attendez en bas, hein ? Que je puisse vous suivre en voiture ! Il faut encore que je récupère mes clefs, car ce dingue...

Le chef de cabinet l'interrompit, tout en tentant de la rassurer avec affabilité :

— Certainement Madame. De toute manière j'ai ma voiture à votre disposition. Mais nous devons nous hâter maintenant.

— Dominique, c'est promis, on t'attend en bas. Ne traînons pas. Monsieur le chef de cabinet, je vous suis, déclara Claude en pénétrant en premier dans l'ascenseur.

Les portes se refermèrent. Lorsqu'ils furent tous les quatre seuls, le chef de cabinet répéta à Claude :

— Vous savez combien le rendez-vous est important. Il nous faut agir aussi vite que possible compte tenu de l'urgence, et en même temps avec une certaine discrétion comme vous vous en doutez. Vous comprenez que nous ne puissions faire attendre la personne que vous allez rencontrer.

— Ne vous inquiétez pas. Si elle ne nous trouve pas en bas – Claude leva les yeux au ciel pour indiquer le palier où Dominique attendait, – elle saura que c'est de votre faute et pas de la mienne, poursuivit-il, ses lèvres pincées légèrement étirées étant censées représenter un sourire.

Le chef de cabinet fit mine de s'offusquer :

— Oh ! Monsieur le Ministre ! Mais nous tenons à préserver de bonnes relations avec la presse. Je vais m'en occuper personnellement, assura-t-il.

Les portes de l'ascenseur s'écartèrent. Le chef de cabinet et Claude ouvrirent la marche. Ils sortirent de l'immeuble en premier, et trouvèrent sans mal la voiture aux vitres fumées qui les attendait, garée en face, de l'autre côté de la rue, moteur en route. Le chauffeur, un policier également en tenue militaire, leur ouvrit la portière. Le chef de cabinet s'adressa à Claude :

— Je vous laisse avec ces messieurs. Eh oui, je ne suis qu'un obscur commis de l'État, dit-il, démentant ce titre d'un sourire. Aujourd'hui c'est vous qui avez la priorité. Partez devant, je vais attendre votre amie, et je vous rejoins dès que possible.

Il serra la main de Claude et referma la portière derrière lui. Puis il serra aussi la main du policier le plus âgé du groupe, qui le regarda avec étonnement. Le chef de cabinet n'était pas connu pour sa cordialité envers les grades subalternes, encore moins pour leur faire un clin d'œil.

À peine les portières refermées, la voiture démarra rapidement. Le chef de cabinet les regarda partir. La sirène de la voiture ne se mit en marche que lorsqu'ils eurent tourné le coin de la rue. Le chef de cabinet prit alors à pied la direction opposée.

Il marcha sans se presser. Il n'était guère inquiet de recroiser Dominique qu'il n'avait aucune intention de revoir de sitôt. Lasse d'attendre sur le palier, elle devait être en train de descendre péniblement les escaliers.

Ses hommes avaient correctement interprété le signe discret qu'il leur avait donné, et avaient bloqué l'ascenseur au rez-de-chaussée. La taille imposante de Dominique ne lui permettait pas de descendre les marches quatre à quatre.

Le chef de cabinet flâna en direction de la bouche de métro située à deux cents mètres, deux rues plus loin.

Chapitre 13

Le commissaire Kapéklian avait une innocente manie. Il aimait déplacer les objets qui occupaient son bureau. Il se détendait en changeant un crayon de place, en faisant glisser un bloc-notes d'un côté à l'autre, en redressant son clavier portable, en alignant l'agrafeuse parallèlement au bord de la table. Il le faisait plusieurs fois par jour. Ces objets familiers n'avaient rien de remarquable. Il en allait tout autrement de l'équipement informatique. Bien que silencieux, ses ordinateurs étaient impressionnants. Leurs écrans XXL occupaient tout un pan de mur. Lorsqu'ils étaient en veille, on y voyait défiler des images de peintures présentes au Louvre ou au musée d'Orsay. Chaque mois était consacré à un peintre particulier. Le Titien avait eu les honneurs en mars, Véronèse en avril et Delacroix en mai. Renoir régnait depuis le premier juin. Cette infrastructure informatique imposante contrastait avec le commissaire qui ne payait pas de mine.

Cet homme dans la quarantaine, à la calvitie naissante, et au visage banal, flottait dans un costume de prix, dont il n'enlevait jamais la veste en service, été comme hiver. Sa seule fantaisie était le petit nœud papillon, toujours le même modèle, qu'il portait quotidiennement, au travail comme ailleurs. Ses collègues avaient appris à ne plus trouver cela ridicule. Le nœud papillon bleu roi, avec de minuscules éléphants, dessinés dans un bleu outremer que l'on distinguait à peine, était devenu sa marque de fabrique.

L'un des trois téléphones portables sonna sur son bureau, émettant un carillon d'église. Il appuya sur le bouton déclenchant le haut-parleur d'un de ses ordinateurs :

— Où êtes-vous ?

— Nous serons là dans moins de vingt minutes. On prend l'entrée de service ?

— Oui, c'est mieux. Amenez-le salle Audran, s'il vous plaît.

Le policier raccrocha, et déclara d'un ton enjoué, à Claude tout autant qu'à ses collègues :

— Il nous attend. On passe par l'entrée des artistes, ajouta-t-il avec un sourire engageant.

Claude lui rendit son sourire. Décidément, cette journée était souriante avec son ciel encore bleu, et ses prometteuses perspectives. Ces policiers étaient impressionnants mais sympathiques, et même séduisants, avec leurs courtes barbes de trois jours.

Le commissaire Kapéklian avait travaillé la majeure partie de la nuit, allant d'un pas vif d'un collaborateur à l'autre, passant des coups de fil ou envoyant des e-mails cryptés à son adjoint, le lieutenant Sébastien Desgoffe, ou encore diligentant des plis cachetés à remettre en main propre aux quatre coins de Paris. Il avait donné ses dernières instructions vers sept heures du matin. Avant de retourner dans son bureau, il demanda qu'on ne le dérangeât sous aucun prétexte. À plusieurs reprises, l'expérience avait prouvé à ses collègues qu'il fallait laisser dormir Armand Kapéklian lorsqu'il le réclamait. Ils avaient constaté que le commissaire était d'une efficacité inégalable lorsqu'il était reposé. Dans des cas extrêmes, la capacité de Kapéklian à mobiliser totalement sa concentration pouvait être décisive dans des enjeux où il était question de vie ou de mort.

Peu de temps après sa prise de fonction, c'est-à-dire dans les quelques mois qui suivirent les attentats de Roissy, le commissaire avait, à ses frais, acheté et fait installer dans son bureau un sofa convertible, une armoire normande, un petit frigo et une machine à café sophistiquée, dont personne, à part lui, n'avait le droit de se servir. Les premiers succès du commissaire mirent en sourdine les gaudrioles que ce type de mobilier avait fait naître au sein du service, et au-delà.

Il régla le signal de réveil sur son téléphone pour 18 heures, ferma sa porte à clef, sortit d'une armoire une couverture et un oreiller, se défit de ses vêtements, les plia et puis les rangea soigneusement. Il garda son slip et son tricot de peau, et se coucha. Il ferma les yeux, et se concentra sur sa respiration. Il augmenta l'amplitude de ses inspirations et expirations, et fit progressivement le vide dans son esprit en le laissant divaguer sans but.

Il dormit d'une traite, et se réveilla seulement quelques minutes avant que la sonnerie du clairon (la musique qu'il sélectionnait systématiquement dans ce type de circonstance, parmi les centaines de possibilités offertes par son appareil) ne retentisse. Il ouvrit l'armoire, décrocha un élégant peignoir nid d'abeille, l'enfila, puis alla appuyer sur la machine à café, et ouvrit son frigo. Il prit le petit déjeuner à l'heure où la plupart des gens songent au dîner.

Le commissaire se rendit ensuite dans le cabinet de toilette attenant à son bureau. L'un de ses prédécesseurs avait pris l'excellente initiative d'imposer à l'administration cette installation pratique, composée d'une douche, d'un lavabo et de toilettes privatives. Kapéklian l'en remerciait tous les jours. Il avait naturellement tout l'équipement adéquat : une trousse de voyage contenait le nécessaire pour prendre une douche, se laver les cheveux, se brosser les dents ou se raser. L'armoire normande de son cabinet, dévolue aux couvertures et oreillers, renfermait aussi un costume complet de rechange, une paire de chaussures noires cirées, une ceinture dans les mêmes tons sombres, plusieurs chemises blanc cassé, toutes identiques, et une demi-douzaine de nœuds papillon, également indiscernables les uns des autres. Il se rasa de très près, puis s'habilla. Il retourna dans son bureau, prit place dans le fauteuil de direction situé comme toujours derrière sa table de travail. Il le fit pivoter vers la fenêtre blindée. Il posa doucement le talon de son pied droit sur le radiateur, croisa l'autre pied dessus, et tendit les jambes, ce qui eut pour effet de repousser d'une vingtaine de centimètres son fauteuil, et de l'incliner de quelques degrés. Il attendit dans cette position oblique et relaxante en rêvassant, les yeux perdus sur le mur en briques rouges du bâtiment d'en face. Située à une cinquantaine de mètres de l'autre côté de la cour déserte, une maison de retraite sans histoires était tenue par une société philanthropique accréditée.

Le court échange téléphonique avec le policier interrompit sa rêverie. Il donna le signal que sa nouvelle « journée » de travail commençait. Il saisit son ordinateur portable et ses trois téléphones cellulaires. Il vérifia une dernière fois dans la glace du cabinet de toilette que son nœud papillon était parfaitement d'aplomb. Satisfait, il éteignit la lumière en sortant.

Chapitre 14

Claude regardait à travers les vitres de la voiture. Ils avaient traversé une partie de Paris. Au début il étaient remontés vers le nord-est par des rues curieusement peu fréquentées. Les gens devaient être devant leurs télévisions à attendre la retransmission du match de foot. La voiture avait rejoint le boulevard périphérique à la porte de la Chapelle, un coin où il ne se rendait jamais, puis elle avait pris le périphérique d'est en ouest jusqu'à la porte d'Asnières. Mais au lieu de rentrer à l'intérieur de Paris vers des rues qui lui étaient plus familières, comme l'avenue de Wagram ou le boulevard Malesherbes, le chauffeur quitta le boulevard périphérique en obliquant vers l'extérieur. Claude ne connaissait pas le quartier où ils se trouvaient désormais. La voiture allait à vive allure pratiquement depuis le début, et les vitres fumées n'aidaient pas. Il eut seulement le temps de voir qu'ils avaient emprunté une rue assez large avant de tourner à gauche à un important croisement. Le chauffeur éteignit la sirène après un nouveau changement de direction. Il appuya sur une télécommande cinq ou six minutes plus tard. Une grille s'ouvrit, et la voiture s'engagea dans un parking souterrain en ralentissant à peine. Le chauffeur se gara sur une place réservée au niveau −6 après une descente vertigineuse en spirale.

— Nous y sommes. Venez Monsieur Rouchon.

Claude tiqua. Ce type n'était pas aussi bien élevé que le chef de cabinet. Claude et les policiers descendirent de voiture et marchèrent quelques mètres jusqu'à l'ascenseur. Le chef de l'escorte engagea une clef dans un réceptacle, ce qui fit apparaître un écran. Il tapa un code qu'il cacha de son corps imposant. Les portes de l'ascenseur s'ouvrirent. Ils prirent tous place en se serrant. Les portes se refermèrent et l'ascenseur se mit à monter rapidement.

– Où sommes-nous ? demanda Claude.

L'ascenseur s'arrêta. Le policier murmura « Pardon » en tournant le dos à Claude. Il bougea de quelques pas dans l'étroit espace pour taper un nouveau code, que Claude ne vit pas davantage que le premier.

— Ah, sourit le policier lorsque la porte s'ouvrit.

Il ajouta : « Après vous, je vous en prie », et fit signe à Claude de passer le premier. Puis ils se dirigèrent tous vers la gauche. Un portique de sécurité obstruait le passage.

— Monsieur Rouchon, désolé de vous demander cela, mais ce sont les usages. Le Ministre de l'Intérieur est très pointilleux sur le sujet. Mais vous le connaissez, n'est-ce pas ? Est-ce que vous pouvez avoir la gentillesse de sortir tous vos objets métalliques, oui, tout ce que vous avez dans les poches. Oui, le téléphone portable aussi. Voilà. Mettez s'il vous plaît tout cela dans cette boîte.

Il lui tendit un récipient en plastique d'une vingtaine de centimètres de côté. Claude y déposa ses clefs et son porte-monnaie.

— N'oubliez pas votre téléphone portable. Merci. Et puis aussi votre montre, si cela ne vous dérange pas trop. Merci beaucoup.

Lorsque Claude l'eut détachée de son poignet, le policier la lui prit délicatement des mains. Il la regarda avec envie avant de la déposer lui-même dans le récipient, à côté du téléphone. Il ne put s'empêcher de commenter :

— Elle est très belle. Beaucoup de classe.

— Mais pourquoi donc faut-il donner tout ça ?

— N'ayez crainte, on va vous donner un badge en échange de votre pièce d'identité. Vous récupérerez tout en sortant. Voilà, si vous voulez bien passer le sas de sécurité. Pendant ce temps-là, je mets la boîte sur le tapis roulant.

Le policier ajouta :

— Vous savez, il y a des montres qui font plus que de donner l'heure. Certaines, par exemple, enregistrent des conversations. Ça s'est vu. Le Ministre de l'Intérieur est prudent. Nous nous doutons bien qu'avec vous il n'y a pas de risque, mais c'est le protocole. C'est important le protocole, ajouta-t-il avec conviction en récupérant la boîte.

Claude passa sans encombre le portique, et se rendit avec le policier à la réception. Le sous-officier en uniforme derrière la vitre blindée lui demanda son passeport. Claude le lui donna par une ouverture coulissante assez grande. Le policier le plaça au-dessus des autres affaires, dans la boîte plastifiée que lui avait remise le chef d'escorte par l'ouverture. En échange, il fit passer à Claude un badge par le même moyen, sur lequel figuraient son nom et sa photo, ainsi que la date et l'heure de son arrivée.

— Voilà, plaisanta le policier qui l'accompagnait depuis le début, bien entendu c'est moins beau qu'une montre, mais avec votre badge, vous saurez au moins à quelle heure vous êtes arrivé.

Il lui indiqua du doigt l'endroit où figurait cette information.

— Ah, voulez-vous bien signer cette fiche s'il vous plait. Voilà. Tout est bon. Nous repasserons par ici tout à l'heure, ne vous inquiétez pas.

Le chef d'escorte demanda au gardien de ne pas, pour une fois, confondre les affaires de Claude avec celles d'un autre visiteur. Cette plaisanterie détendit Claude. Le policier ajouta :

— C'est très rare, mais ça peut arriver, vous savez, qu'on donne les affaires d'une personne à une autre. *Errare humanum est.*

Claude fut surpris d'entendre une citation latine dans la bouche d'un policier en treillis. Il continua :

— Enfin ici, comme tout est filmé...

Il indiqua à Claude les caméras de surveillance.

— Au besoin on repasse les bandes, et on retrouve ainsi nos petits.

Ils marchèrent quelques mètres d'un long couloir, et le policier ouvrit une porte sur laquelle une plaque de cuivre indiquait « Salle Audran ».

— Entrez, Monsieur Rouchon. C'est ici qu'on vous attend.

Claude pénétra dans une salle froide, blanche, assez grande, et sans fenêtres. Le policier referma la porte derrière lui, et indiqua une chaise en plastique, blanche également, sur laquelle Claude prit place. De l'autre côté d'une table carrée d'environ trois mètres de côté, blanche elle aussi, était assis un homme portant un costume très classe, et affublé d'un improbable nœud papillon. Le commissaire Kapéklian pianotait sur son ordinateur portable sans le regarder. Un bloc-notes était posé à côté de lui, ainsi qu'un stylo capuchonné comme ceux qu'ont les enfants pour aller à l'école. Trois téléphones portables étaient parallèlement alignés à sa gauche, celui du milieu équidistant des deux autres.

— Je termine ceci, juste une seconde, et je suis à vous, Monsieur Rouchon.

Cette voix métallique prit Claude au dépourvu, et le rendit immédiatement attentif à son interlocuteur. Celui-ci, qui avait paru hésiter sur son nom, ne lâcha pas son ordinateur pour lui serrer la main. Pas plus que le chef d'escorte, cet individu ne semblait faire cas des usages initiés par le chef de cabinet. Que le « Monsieur le Ministre » attende quelques heures, soit. Mais il aurait pu se fendre d'un « Monsieur le Député ». Claude n'apprécia pas.

Il se tourna d'un œil interrogateur vers le policier qui l'avait accompagné jusqu'ici, et qui se tenait debout sur sa gauche, à deux mètres un peu derrière lui, dos au mur. Celui-ci lui fit une moue de connivence, indiquant également d'un geste nonchalant de la main qu'il lui fallait être patient quelques instants. Le signe signifiait implicitement que tout allait bien. Mais pourquoi ?

— Je ne comprends pas. Je pensais qu'on m'amenait chez le Ministre de l'Intérieur.

— Un instant, Monsieur Rouchon.

Toujours cette légère hésitation en prononçant son nom. Et cette lenteur de débit. Il parlait en détachant les mots un à un. En revanche, les doigts du commissaire Kapéklian volaient à une vitesse incroyable sur le clavier. Claude le percevait à la fréquence rapprochée du son des touches, cachées par l'écran.

— Voilà, déclara le commissaire, qui semblait avoir terminé sa tâche si accaparante.

— Eh bien, Monsieur Rouchon, mais vous y êtes, d'une certaine manière, chez le Ministre, poursuivit Kapéklian avec une cordialité qu'il s'attachait à rendre sincère, mais qui sonnait faux cependant, malgré ses efforts apparents. Seulement le Ministre m'a demandé de vous recevoir à sa place.

Tout cela avait été dit très lentement, comme si le commissaire avait l'éternité devant lui et ne comptait aucunement se presser. Claude s'irrita :

— Mais qui êtes-vous, à la fin ? J'ai quitté une soirée des plus agréables, mais si je l'ai fait, à contrecœur notez, c'était pour voir le Ministre.

Il sentit utile d'ajouter en avertissement :

— Je le connais bien d'ailleurs. C'est un ami.

Le commissaire le regarda sans rien dire. Puis il tapa de nouveau sur son ordinateur. Cette attitude désinvolte fit monter d'un cran l'énervement de Claude.

— Vous m'excuserez, mais je n'ai pas quitté l'anniversaire d'une amie d'enfance pour voir un sous-fifre. Où est Jean ?

Claude désignait le Ministre par son prénom. Il ajouta sur le même ton :

— Et puis où est son chef de cabinet ? Il devait nous rejoindre ! C'est insensé ! Qu'est-ce qui se passe ?

Le commissaire avait interrompu son pianotement. Il regardait Claude derrière ses lunettes fines.

— Oui, oui, oui, oui, oui, oui, oui, soupira-t-il d'une petite voix lasse, en déplaçant son bloc-notes sur la table. Ils ne vous ont pas informé ?

Il se tourna vers le policier, et l'interrogea de sa voix lente :

— Capitaine, vous n'avez pas précisé à Monsieur Rouchon les raisons de sa visite ? Non ? Alors je comprends que Monsieur Rouchon soit irrité. Il y a un quiproquo. Excusez-nous. Nous allons clarifier ça sans plus tarder.

Claude ne comprenait pas la tournure que prenaient les événements.

— Clarifier quoi ? Où sommes-nous exactement ?

— Eh bien, nous sommes à Levallois-Perret.

Le commissaire Kapéklian ne se départissait pas de sa lenteur de débit pour répondre. Mais c'était surtout sa voix, à la fois un peu cristalline et métallique, qui fascinait. Une voix qui s'accordait mal à son physique, mais idéalement à ses missions.

— Vous êtes à la DGSI, cher Monsieur Rouchon. Et comme vous le savez certainement, la Direction Générale de la Sécurité Intérieure dépend de votre ami. Elle est placée sous la tutelle de « Jean ».

Claude sentit sa colonne vertébrale se contracter, en même temps qu'il perçut l'accélération soudaine des battements de son cœur. Le sang fourmillait, ses artères temporales vibraient.

— Je comprends de moins en moins. Qu'est-ce que je fais là ?

— Monsieur Oussama Traoré est bien votre assistant parlementaire ?

L'hésitation qu'eut le commissaire sur le nom prononcé troubla de nouveau Claude. Il s'embrouilla dans sa réponse :

— Non. Oui. Mais il est à Bruxelles, chez moi. Enfin en principe. Il n'a rien fait j'espère ? Si ça le concerne, ce dont je doute d'ailleurs, eh bien, c'est à Bruxelles de s'en occuper. D'ailleurs c'est un garçon très bien. Je m'en porte garant.

— Mais nous travaillons avec nos collègues belges. Justement. Bon écoutez, nous sommes entre nous. On va gagner du temps si vous voulez bien. Vous êtes pressé, vous êtes un homme occupé, et nous comprenons cela parfaitement. Alors voilà. Il se trouve que nous menons une enquête avec nos homologues de plusieurs pays depuis...

Le commissaire consulta son ordinateur, puis releva les yeux vers Claude pour ajouter :

— ... un bon moment. Ce matin, nos collègues ont intercepté votre assistant parlementaire qui sortait d'un hôtel de Bruxelles avec une valise remplie de billets. À la louche, il y en a pour à peu près quatre-vingt dix mille euros.

Claude semblait abasourdi. Il regardait le commissaire bouche bée, sans comprendre. Son interlocuteur reprit.

— Vous avez une idée de la provenance des fonds, Monsieur Rouchon ? Cela nous aiderait beaucoup, voyez-vous, pour y voir clair.

Claude se ressaisit et protesta avec véhémence :

— Mais pas la moindre, voyons. Je n'ai rien à voir avec ça.

Le commissaire le regardait tranquillement, sans se presser. Il reprit après une poignée de secondes de sa voix cristalline, avec une lenteur irritante :

— C'est délicat. Voyez-vous, cette histoire concerne quelqu'un qui vous est proche, quelqu'un dont vous vous portez garant, ainsi que vous venez de nous le dire. Comme vous l'avez également dit, votre assistant parlementaire est domicilié chez vous. Du point de vue juridique, chez vous c'est aussi chez lui. Ce flagrant délit nous a autorisés à perquisitionner ses différents domiciles, c'est-à-dire les vôtres par conséquent. Nos collègues ont commencé par celui de Bruxelles ce matin. Depuis une heure, on s'occupe de celui de Paris. Nos équipes sont également en train de visiter votre maison de l'île de Ré. Mais en attendant, entre Bruxelles et Paris, nous avons déjà retrouvé des sacs contenant environ un million d'euros en liquide. On m'a aussi informé que vous, ou Monsieur Traoré, aviez une très belle collection de montres.

Claude repensa à celle qu'il avait laissée à la réception, entre les mains des policiers. Le commissaire continua :

— Quant à vos costumes, et ceux de Monsieur Traoré, ils sont magnifiques ! Vous avez une garde-robe à tomber, cher Monsieur Rouchon ! Des spécialistes sont en train de l'évaluer. Apparemment il y en a pour des sous. Or les services fiscaux n'indiquent pas que vous ou Monsieur Traoré ayez une fortune personnelle. Vous pouvez nous aider à comprendre comment tout ça a été payé ? Ou bien comment c'est arrivé là, chez vous ?

Claude retrouva les réflexes qu'on lui avait inculqués lorsqu'il était en formation dans son groupuscule trotskyste. Il monta sur ses grands chevaux :

— C'est hors de question ! Vous n'avez pas le droit de fouiller dans ma vie comme ça.

— Nous n'en sommes pas encore là, répondit le commissaire, toujours sans se presser.

— Rien du tout ! J'ai des droits ! Vous n'avez pas le droit de me garder ici. Je suis protégé ! J'ai l'immunité parlementaire !

Claude se levait, lorsque le commissaire reprit de sa voix métallique et lente, dont le ton n'augurait rien de bon :

— Ici, dans le cas de figure présent, voyez-vous, il s'agit d'un flagrant délit. Et en ce cas, l'immunité ne s'applique pas. Asseyez-vous, s'il vous plaît. Croyez-moi, c'est préférable.

Claude obéit. Le commissaire l'observait se décomposer. Il posa les deux coudes sur la table, releva les avant-bras, croisa les doigts, et mit son menton délicatement sur ce support.

Regardant Claude dans les yeux à travers ses lunettes, il déclara :

— Nous avons toutes les raisons de croire que ces fonds retrouvés chez vous proviennent d'organisations islamiques financées par le Qatar, l'Arabie Saoudite, le Maroc et la Turquie.

Le commissaire saisit son bloc-notes, y écrivit quelques mots, arracha la feuille, et la fit glisser vers Claude de l'autre côté de la table. Claude lut une liste sur laquelle figuraient des associations avec lesquelles il était en relation depuis plusieurs années. Il suait à grosses gouttes. Le commissaire continua :

— Nous pensons que ces fonds et ces cadeaux ont acheté vos votes pour des actions en faveur de ces pays. Notamment, vous avez voté l'octroi de fonds européens pour l'accueil de clandestins émanant de ces régions, et d'autres d'ailleurs. Vous avez voté pour affaiblir le système de contrôle aux frontières de l'Europe, vous avez voté pour la promotion de l'Islam en Europe à travers des campagnes publicitaires financées par les fonds européens montrant des femmes voilées, et vous êtes intervenu au Parlement en défendant les progrès en matière de droits de l'homme de ces pays. J'en oublie certainement. Mais nos équipes feront le tour de vos prises de position. Et elles établiront les corrélations adéquates. Nous sommes tellement méticuleux, que c'en est presque un défaut.

— Mais je n'ai pas été seul à voter ces choses !

Claude avait agrippé la table des deux mains et, se penchant vers le commissaire, il avait presque crié en prononçant ces paroles. Le commissaire attendit que Claude reprît sa position sur son siège.

— C'est exact. C'est parfaitement exact, Monsieur Rouchon. Nous allons aussi nous occuper de vos autres petits camarades du Parlement.

Le commissaire marqua un temps, puis ajouta :

— Et de la commission. Ne vous inquiétez pas, nous allons passer au peigne fin les activités des fonctionnaires européens, du plus obscur au plus influent.

Il se saisit d'un de ses téléphones portables, sembla le consulter en faisant glisser ses doigts sur l'écran. Puis le reposa sur la table à côté des autres. Il lui fallut un peu de temps pour pouvoir le repositionner à l'endroit exact qu'il occupait auparavant.

— Nous comptons beaucoup sur vous pour nous éclairer à ce sujet. Vous avez des informations qui pourraient nous aider. Et qui pourraient, surtout, vous aider, vous et votre assistant parlementaire. Enfin, si elles corroborent ce que nous savons déjà et nous aident à découvrir ce que nous ne savons pas encore.

Il fit glisser la souris de son ordinateur.

— Si mes dossiers sont exacts, vous aviez à l'époque utilisé votre position de parlementaire pour appuyer la demande de naturalisation française de Monsieur Oussama Traoré.

Kapéklian releva les yeux de son écran, et regarda Claude.

— Vous lui êtes très attaché.

Il fixa Claude un moment, puis redirigea son attention sur son écran.

— Quoi qu'il en soit, mes collègues de Bruxelles me signalent que Monsieur Traoré (toujours cette hésitation sur les noms) se montre coopératif. Extrêmement coopératif apparemment.

Ses yeux quittèrent l'écran pour revenir vers Claude.

— Nous n'en espérons pas moins de vous, Monsieur Rouchon.

Un carillon retentit. L'un de ses téléphones portables sonnait. Le commissaire s'en saisit en fronçant les sourcils.

Il regarda l'écran et fit une moue, traduisant surprise et intérêt, en reconnaissant l'identité de son correspondant. Il pressa la touche acceptant la communication, porta l'appareil à l'oreille, et se détourna de Claude en pivotant de côté sur sa chaise. D'un ton respectueux dont le timbre, bien que l'échange se déroulât à voix basse, résonnait dans la salle, il déclara :

— Je vous écoute Monsieur.

Il resta en ligne, hochant de la tête en silence en regardant le mur. Kapéklian écoutait avec grande attention les paroles de son interlocuteur, désespérément inaudibles pour Claude. La conversation à sens unique se poursuivit. Kapéklian continuait d'opiner. Son geste traduisait-il une approbation vraiment ? Ou bien était-ce sa manière de prendre acte d'informations sans nécessairement les juger ? Claude était dans l'incapacité de lire le comportement du commissaire. Ce n'était pas faute de l'observer. Mais l'autre, totalement absorbé par ce qu'on lui racontait au téléphone, semblait l'ignorer. Claude fut surpris lorsque Kapéklian se tourna d'un bloc vers lui et déclara, en l'englobant du regard :

— Oui Monsieur, nous progressons.

Kapéklian resta de nouveau silencieux, reprenant son hochement de tête intermittent, attentif cette fois tant à Claude qu'à ce qu'on continuait de lui dire au téléphone.

— Oui Monsieur. Tout de suite ? Comment ? Pour cinq ou dix minutes ? Mais c'est entendu Monsieur, j'arrive à l'instant.

Le commissaire raccrocha, puis se leva.

— Je vous laisse méditer sur tout cela quelques minutes, et je reviens. Le capitaine continuera de vous tenir compagnie en attendant. Si vous avez besoin de quoi que ce soit, demandez-lui. Je ne serai pas long.

Il sortit de la salle sans bruit. Claude ne le suivit pas du regard. Il entendit seulement le son de la porte qui se refermait et la respiration du capitaine dans son dos.

Chapitre 15

Le lieutenant Desgoffe avait téléphoné à l'heure dite. Cette méthode éprouvée d'appels bidon permettait à Kapéklian de maîtriser le déroulement des entretiens, de planifier ses entrées et ses sorties, et de régler le rythme et l'intensité des échanges. De manière générale, Kapéklian n'aimait pas que des facteurs externes contrôlassent la marche de son temps. Au contraire, la maîtrise de l'agenda était un trait de caractère qu'il avait élevé au rang d'éthique personnelle avec les années.

Pour cet homme réfractaire à devenir le jouet des événements, cette exigence n'était pas abstraite, théorique et somme toute stérile. Faire du temps son allié requérait du concret, du rationnel, de l'efficace, en particulier dans son métier. Ce premier round avec Rouchon en était un exemple parfait. Brutal, déstabilisant, court. Le gong de Desgoffe était arrivé à point.

Le commissaire se rendit sans hâte à son bureau. Après en avoir refermé la porte, il enleva sa veste, ses chaussures et son pantalon. Il rangea ses affaires soigneusement. Il prit garde à ne pas créer de plis à ses vêtements, et alla poser ses chaussures bien parallèlement l'une à l'autre dans l'angle de la pièce. La lenteur et le soin qu'il mit à ces actions, somme toute triviales, faisait partie du rituel qu'il s'imposait. Ils participaient de son éthique si particulière de la maîtrise du temps.

Le processus comportait une composante de recueillement, presque de sacralité, en tout cas de spiritualité. Il s'en pénétrait en faisant des choses simples aussi méthodiquement que possible, sans qu'aucune autre volonté que la sienne n'imprimât de rythme.

Kapéklian était allergique au brassage de vent des agités. Il comparait volontiers le « bougisme multitask » de ses contemporains à la course éperdue, paniquée et vaine du canard sans tête. Il y opposait son entêtement de piéton, progressant les yeux ouverts et pas à pas vers son but, tirant parti des découvertes glanées en chemin. Kapéklian était un citadin avec une âme de paysan.

Ses affaires rangées, il actionna la fonction minuteur de son téléphone. Il songea : « Une demi-heure devrait suffire. Oui, c'est bien. Ça ira ».

Il régla machinalement son réveil sur trente et une minutes. Ce choix intermédiaire entre trente et trente-cinq minutes était cohérent. Toutes les minutes se valaient pour cet homme au singulier système mental. Après tout, l'organisation des journées en vingt-quatre heures, chaque heure faisant soixante minutes, chaque minute faisant soixante secondes, n'était qu'une convention.

Le simplisme des hommes, ou la paresse, ce qui ne valait guère mieux à ses yeux, avait conduit à élire les minutes se terminant par zéro ou par cinq au sommet de la hiérarchie du temps. Du coup, les minutes se terminant par n'importe quoi d'autre – huit chiffres sur dix possibilités quand même ! – étaient reléguées au rang de plèbe indigne. En choisissant systématiquement ces renégates pour caler la sonnerie du réveil, Kapéklian avait le sentiment de réparer une injustice, et même d'accorder une faveur à ces oubliées du mouvement des aiguilles. Ignorées de la plupart de ses contemporains en de comparables circonstances, elles étaient d'autant plus chères à ses yeux. S'il avait été chaman, il aurait même compté sur la reconnaissance de ces minutes, abandonnées de tous, et que lui seul tirait du néant. Quoi qu'il en soit, choisir trente-et-une, trente-deux, trente-trois ou trente-quatre minutes plutôt que trente ou trente-cinq était, de son point de vue, un acte généreux d'équité démocratique. En cette matière comme en toute autre, Kapéklian se fichait complètement qu'on le comprît.

Il hésita sur l'endroit où poser son téléphone. Il ne souhaitait pas le voir, ni même le savoir près de lui au cours de la demi-heure à venir. Il décida finalement de le brancher à une prise au sol, et le cacha derrière un casier de dossiers. Il s'allongea sur le sofa, et se mit sans hâte sous les couvertures.

Il inspira un grand bol d'air et souffla lentement. En fermant les yeux, il se força à chasser les pensées qui l'assaillaient, en particulier le souvenir de la réunion, un an plus tôt, où tout s'était décidé. Il détendit les muscles de son visage, fit le calme dans sa tête, et commença à somnoler.

Éveillé ou endormi, on ne pouvait pas dire d'Armand Kapéklian qu'il était beau. Il était « passable » au mieux. Il n'avait pas vraiment d'humour, pas vraiment de charme et encore moins d'imagination.

Mais il avait une voix d'un magnétisme rare, une voix captivante, envoûtante, qui détonait dans un physique pareil. Il ne l'avait jamais travaillée à la manière des acteurs dont c'est l'obligation. Sa voix n'était pas un organe contrôlé. Elle était un don, accepté des années auparavant. Il en usait sans efforts et sans mérite. Elle n'était pas « sexy », elle n'était pas rauque, ni même grave. Elle ne séduisait pas. Elle captivait et elle inquiétait. Les même mots prononcés dans toute autre bouche seraient passés inaperçus. Mais lorsque Kapéklian parlait, même pour dire des banalités, on l'écoutait. On cherchait malgré soi ce qu'on avait à se reprocher, quel soupçon nourrissait cet homme concentré, au timbre de voix inquisiteur, dont les paroles, quelles qu'elles fussent, semblaient toujours porter en elles, du fait même de leur surprenante musicalité, une charge de dangerosité.

Une autre facette constitutive de cet homme était qu'il avait de la chance. En fait, la chance était une caractéristique familiale, qui se transmettait d'une génération à l'autre. C'était comme ça. Kapéklian n'y était pour rien, et il le savait. Il n'en tirait ni fierté, ni peine, ni angoisse. Il vivait sans trouble, content et confiant en la bonne étoile qui ne le lâchait jamais. Les gènes et les circonstances avaient installé dans sa gorge une voix magnétique, et des fées bienfaisantes une chance insolente dans son berceau.

Finalement, c'est aussi à la chance qu'il attribua son intégration définitive dans la police, à vingt-quatre ans, quatorze mois après sa sortie de l'hôpital. Son diplôme d'ingénieur en informatique en poche, il resta au siège de la Police Scientifique à Écully, là où il avait effectué son stage de fin d'études. Sa femme en avait été très heureuse. Se rapprocher de Lyon, c'était se rapprocher de ses parents qui y vivaient, et de ceux d'Armand auxquels elle tenait également beaucoup. Elle aimait parcourir avec eux les vieilles photos collées dans les gros albums. Leurs commentaires avaient changé son regard sur son mari. Elle ne l'avait pas mieux compris. Mais elle avait pu accepter ce qu'il était, ou du moins, ce qu'elle percevait de cet être qu'elle aimait. Si elle avait dû résumer, elle aurait dit qu'elle voyait en lui un conglomérat de strates, déposées, tels des sédiments géologiques, par les générations précédentes. Paradoxalement, les couches en étaient saillantes pour elle alors même que Kapéklian donnait toujours aux autres l'impression de n'offrir aucune aspérité. Son étrange mari était une sorte de résultante granitique du parcours chaotique de sa famille.

Chapitre 16

Partis en catastrophe pour échapper au génocide perpétré par les Turcs, les arrière- grands-parents paternels de Kapéklian arrivèrent à Nice à la fin de 1917. Ils parvinrent à recréer dans le quartier de la Madeleine une échoppe de confection similaire à celle qu'ils avaient laissée en Arménie. Ils déménagèrent deux ans plus tard pour le quartier du Ray, puis enfin s'établirent définitivement dans le quartier Cimiez. L'arrière-grand-mère de Kapéklian avait découvert ce quartier chic en allant y faire des ménages. Pendant leurs premières années à Nice, ils tiraient le diable par la queue, si bien que tout travail rémunéré était le bienvenu. Il mettait, littéralement, du beurre dans les épinards. Ils signèrent un bail de location pour une boutique bien située de l'avenue Léopold II, et bénéficièrent de l'entraide d'autres rescapés du génocide pour retaper, nettoyer, peindre et aménager tant bien que mal et à peu de frais ce nouveau lieu de travail et de vie. Plus grande que celle qu'ils avaient laissée dans le quartier du Ray, la boutique était adossée à une mercerie qu'ils louèrent peu après. L'industrieuse réussite de leur nouveau magasin, qui proposait chemises, pantalons, manteaux et chapeaux sur mesure, permit bientôt à Gayané de cesser les heures de ménage et de consacrer ses efforts exclusivement à leur échoppe. Gayané s'occupait de l'accueil et de la comptabilité, et Rafael de la prise de mesures et de la réalisation des modèles. Grâce à leurs économies, résultats d'une discipline d'airain et d'une frugalité quotidiennes, et grâce à un accord sur un échéancier réaliste des paiements pour les six ans à venir, ils acquirent les deux magasins qu'ils occupaient. Devenir propriétaire d'un morceau minuscule de France marqua leur entrée dans la toute petite bourgeoisie de ce quartier huppé de Nice.

Leur intégration dans cette ville méridionale fut d'autant plus aisée qu'ils s'efforcèrent d'apprendre le français à peine le pied posé à Nice. Pour cela, ils définirent ensemble une méthode alliant souplesse et efficacité. Dès que leur travail leur laissait une heure de libre, ils se lisaient mutuellement à voix haute les classiques de la littérature du dix-neuvième siècle, mais surtout ils s'imposaient des dictées, puisées dans les romans de Guy de Maupassant ou d'Alexandre Dumas. Ils complétaient à l'oral ces exercices à l'écrit, en écoutant attentivement les conversations des Français autour d'eux. De la sorte, ils corrigeaient leurs prononciations hasardeuses, gagnaient en confiance, et se sentaient de plus en plus à l'aise dans leur nouveau foyer linguistique.

Ce procédé rigoureux réduisit fortement les fautes d'orthographe dans les échanges épistolaires et administratifs, et donna progressivement un parfum très « vieille France » aux bons de commande, aux factures et aux quittances. Il enrichit d'une langue châtiée, rendue étonnamment mélodieuse par leur accent, les négociations avec les fournisseurs et les dialogues avec les clients. Les uns comme les autres ressortaient du magasin un peu sonnés, surpris du moment qu'ils venaient de passer, charmés par ce qu'ils y avaient vécu, et impatients d'y retourner. Les premiers relataient avec plaisir cette expérience à leurs collègues, les seconds à leurs amis, et tous à leurs familles. La fréquentation du magasin augmenta, toutes classes sociales confondues.

Initié dans les premières années de leur enracinement en France, le rituel de lecture et de dictées se poursuivit tout au long de leur vie, même lorsqu'ils eurent maîtrisé la langue sans plus faire d'impairs. Il contribua à leur bonheur à une époque où la télévision n'existait quasiment pas. Lorsque les postes de télé se répandirent, ils décidèrent de rester au large. Ils considéraient la télévision comme un intrus, et ne voulaient pas que cet intrus rompît l'harmonie de leur vie, bouleversât leurs habitudes, et volât leur temps en les détournant des auteurs qu'ils chérissaient. Dans leurs lectures, geste à la fois d'allégeance et de reconnaissance, ils restèrent fidèles aux auteurs français. Ils savouraient Balzac et Hugo, Flaubert et Proust, Chateaubriand et Stendhal. Leur virus littéraire les mena à d'autres écrivains moins connus. Ils les découvraient au hasard d'une librairie spécialisée, et s'empressaient de les convier dans leur logis par le biais de leurs ouvrages.

Leur manière de lire évolua aussi avec le temps. Ce changement, dont ils parlaient ensemble et dont ils analysaient chaque étape, les enchantait.

Ils avaient d'abord lu pour apprendre la langue d'un pays qui leur offrait l'hospitalité. Puis, peu à peu, ils avaient lu pour comprendre les Français chez qui ils étaient. Ils atteignirent ensuite le stade merveilleux où la beauté de la langue et la beauté du style se suffisent à elles-mêmes comme raisons de lire. Leur jubilation fut à son comble lorsque, consubstantielle à cet esthétisme de la langue, ils comprirent grâce à leurs lectures la façon française de concevoir le monde, son particularisme et son originalité. Mais surtout, ils furent émus lorsqu'ils en perçurent la proximité avec ce qu'ils étaient, entretemps, devenus.

Ils s'autorisèrent alors, et jusqu'à la fin de leur vie, en privé, en cachette de tous, surtout des Français de souche dont ils se sentaient les hôtes et qu'ils ne souhaitaient blesser en aucun cas, le délicieux sacrilège d'appeler « amis » les écrivains dont les livres remplissaient leur bibliothèque. À la question « Qu'est-ce que tu lis ? » qu'ils s'adressaient le soir l'un à l'autre, Ganayé et Rafael répondaient, avec le frisson de l'audace et de l'interdit, « Je dialogue avec Marcel » ou « Victor me parle » lorsque l'un était plongé dans *Du côté de chez Swann*, ou l'autre dans *Notre-Dame de Paris*.

Ils vécurent la victoire de 1918 de la France sur l'Allemagne, au milieu de leurs activités industrieuses d'intégration, comme une revanche par procuration. Les années apaisées qui suivirent, bien que difficiles sur bien des points, furent le signe du renouveau. Leurs succès leur donnèrent confiance. C'est dans une atmosphère de petite prospérité, de lectures studieuses et de promenades sur la côte, en contrebas des hauteurs de leur quartier, que Ganayé apprit à Rafael un soir de décembre 1921 qu'elle était enceinte, alors qu'ils bouquinaient chacun assis dans un fauteuil. Rafael en laissa tomber son livre d'émotion. Il se précipita vers sa femme, et la prit dans ses bras. Les questions fusèrent : depuis quand ? Tu es sûre, vraiment sûre ? Puis vinrent les discussions sur la réorganisation des pièces de la maison, sur laquelle deviendrait la chambre de leur enfant, sur le système de rambarde à installer à l'escalier pour éviter que le bébé, en crapahutant, n'en dévale les marches et ne se fasse mal. Mille choses occupaient l'esprit de Rafael. Il sentit que Gayané répondait par automatisme, que quelque chose la préoccupait.

— Tout va bien ? Tu es heureuse ?

Elle ne répondit pas tout de suite. Inquiet, il était sur le point de se séparer un peu d'elle pour la regarder attentivement lorsqu'elle l'en empêcha en se serrant davantage dans ses bras. Il attendit, en la caressant pour tenter de la tranquilliser. Elle dit doucement :

— Tu vois, mon amour, finalement, nous avons bien fait d'être pessimistes.

Rafael n'osa pas bouger. Il continua de garder sa femme près de lui, autorisant seulement sa main à caresser ses cheveux. Gayané poursuivit :

— Tu te souviens d'Anahit ? Et de son mari Edik ? Et de leurs parents ?

— Bien sûr que je m'en souviens. Ils étaient nos amis. Pourquoi penses-tu à eux maintenant ?

— Ils ne voulaient pas partir. Tu te souviens ?

— Oui.

— Tu te souviens qu'ils ne voulaient pas croire, même pas imaginer qu'on serait massacrés ? Que les Turcs nous tueraient tous, jusqu'au dernier ?

— Oui, je me souviens.

— Ils avaient un espoir. Nous n'en avions pas. Nous avons survécu en partant. Nous sommes aujourd'hui en France. Nous sommes vivants. Nous allons avoir un enfant, nous les pessimistes. Les optimistes, comme Anahit et Edik, sont restés. Ceux qui espéraient sont restés. Ceux qui ne croyaient pas ce qu'ils voyaient sont restés. Ils sont morts. Ils sont tous morts. Les Turcs les ont exterminés. Aujourd'hui, Rafael, j'ai peur. Parce que j'ai de nouveau espoir.

Rafael embrassa les cheveux de Gayané. Elle pleurait doucement.

Leur fils unique naquit en juillet 1922. Ils débattirent longtemps du prénom à lui donner. Leur décision fut un acte politique, empreint de modestie et de profil bas. Leur vie était désormais en France, un pays dont ils étaient les hôtes, il fallait donc un prénom français. Ils n'eurent pas à s'accorder sur ce point puisqu'il n'y eut pas de débat : cela allait de soi. Leur amour de la littérature les orienta vers les prénoms de leurs « amis ». Lequel privilégier ? Choisir le prénom d'un grand, d'un immense écrivain, c'était créer une hiérarchie avec les autres pourtant du même rang. Ils ne s'en sentaient pas le droit. Même si les intéressés, morts depuis longtemps pour la plupart, ne risquaient pas de se fâcher avec eux, d'autant plus qu'ils ne faisaient partie des intimes de leur couple que par romans interposés, Gayané et Rafael ne prirent pas ces règles de préséances à la légère. En débattre fut l'occasion de discussions enflammées et joyeuses. Si créer un ordre parmi les grands leur paraissait un crime, identifier un groupe restreint d'écrivains qu'ils qualifiaient non pas de « petits maîtres » (ils n'auraient jamais osé), mais dont ils plaçaient pourtant l'œuvre en-deçà de celle des « grands », leur parut autorisé. Jules Barbey d'Aurevilly appartenait à cette catégorie. Leur fils s'appellerait donc Jules, un prénom français, usuel dans ces années, et bien moins ostentatoire que Victor, Gustave ou François-René.

Ceci posé, Gayané pouvait aussi bien accoucher d'une fille que d'un garçon. Tant que l'enfant n'était pas né, on ne pouvait pas savoir.

Comme à l'époque les femmes écrivains étaient rares, et portaient parfois des prénoms ambigus, comme George Sand, ils s'évertuèrent à chercher des noms d'héroïnes de romans. Malheureusement, Esméralda, Emma ou Milady (dont ils n'auraient, pour ce dernier, à aucun moment songé à faire un prénom) étaient des personnages aux destins tragiques ou au comportement qu'ils jugeaient indécent. Il était hors de question que leur enfant, si c'était une fille, portât sur ses fragiles épaules la potentialité d'une telle trajectoire. La mode n'étant pas encore aux prénoms de granulés ou d'alcools frelatés, ils ne songèrent pas davantage à baptiser leur fille Prunelle, Aubépine, Cerise ou quoi que ce soit du genre.

Ils en étaient là, encore incertains sur le nom à donner à leur fille, lorsque Gayané confia à Rafael la mission de lire tout ce qu'il pouvait pour trouver un prénom féminin correct après qu'il aurait fait venir la sage-femme du quartier.

Le pauvre homme tournait à toute vitesse les pages des livres de la bibliothèque en entendant les cris de douleur de Gayané à l'étage de leur maison, au-dessus du magasin. Il referma *L'auberge rouge* de Balzac avec un soupir de soulagement lorsque la sage-femme lui cria de la chambre : « Ne cherchez plus ! C'est un garçon ! »

Jules fut un enfant sans histoires. Il était plutôt studieux, méthodique dans ses apprentissages, et assez rêveur. Toutefois, il n'avait pas la même passion que ses parents pour la lecture, ce qui les attristait malgré ses bons résultats à l'école. Il préférait aller en promenade avec ses copains, jouer au football avec des ballons de fortune, et nager dans la Méditerranée aux beaux jours. Il adorait également les balades à vélo sur les hauteurs de Nice.

Son lieu préféré était un promontoire, atteint après une dernière grimpette en poussant à pied la bicyclette (la pente était trop raide et les cailloux glissaient). De cet endroit, Jules, son meilleur ami et sa sœur qui les accompagnait souvent, voyaient toute la côte jusqu'à l'Italie. Jules n'avait aucune idée de ce qu'il comptait faire dans la vie. Heureusement, il avait réussi le certificat d'études. Grâce à l'obtention de ce diplôme difficile, et à l'aide et aux encouragements de ses parents, il put continuer au lycée.

Ses études furent stoppées par la seconde guerre mondiale. Il renonça à passer le baccalauréat pour s'engager en 1940 dans la France Libre contre l'occupant. Il le fit après une longue discussion avec ses parents. Son père envisagea alors de s'engager avec lui. Mais il dut y renoncer en se rendant à l'évidence. Son âge, cinquante-deux ans déjà, et ses problèmes de vue, qui lui imposaient des lunettes à gros foyer, feraient de lui un piètre combattant. La bénédiction que Gayané et Rafael accordèrent à la décision de Jules ne diminua en rien l'angoisse qu'ils connurent en tant que parents d'un enfant parti combattre et dont ils étaient sans nouvelles. La peur de le perdre était permanente. Fait prisonnier en 1943, leur fils leur fut rendu à la libération. Il avait eu de la chance. Il s'en était sorti indemne physiquement. Il leur raconta n'avoir commis absolument aucun acte d'héroïsme individuel. Il avait fait ce qu'il appelait son devoir, voilà tout. Il n'y avait pas lieu d'y revenir.

Au retour de la guerre, à l'effervescence de la fin des combats succéda une envie nationale de reconstruction du pays.

Jules ne participa pas à cette liesse. Il n'avait qu'un souhait : rompre avec ce qu'il avait connu pendant ces années de mort, de privations, de douleurs, et de tensions. Il voulait vivre calmement, au besoin une vie fade au regard de celle qu'il quittait, mais une vie éloignée des conflits, des tueries, des amputations, des pertes, des larmes et du gâchis.

Il se mit à travailler avec ses parents, tout en habitant un petit appartement à part, loué à quelques rues de là. Son logement se situait en face d'un magasin de fleurs, tenu par la sœur cadette de l'ancien camarade d'école avec qui il partait souvent à vélo, autrefois, vers les hauteurs de Nice. Ils s'étaient engagés ensemble dans la France Libre. Son ami n'était jamais revenu. Jeanine avait également perdu ses parents pendant la guerre. Ils moururent à Menton le 21 juin 1940 au cours de l'attaque lancée par Mussolini. Jeanine était seule désormais. Jules lui proposa une promenade jusqu'au promontoire, pour voir ensemble l'étendue de la mer à leurs pieds. Comme avant.

Jules et Jeanine se marièrent à l'été 1946. Jules résilia le contrat de location de son appartement, et emménagea chez Jeanine, au-dessus du magasin de fleurs. Leur vie s'articula alors entre les deux boutiques.

Jules apprit le métier de tailleur avec son père, s'initia à la comptabilité avec sa mère et avec sa femme. Les affaires des deux magasins marchaient bien. Ils agrandissaient leur clientèle. Ils la mutualisaient à l'occasion des cérémonies de communion ou de mariage, les costumes et robes faits chez l'un donnant droit à une réduction du prix des fleurs achetées chez l'autre. Ils faisaient des économies d'échelle en rationalisant les frais administratifs entre les deux magasins. Le sens du commerce de Jeanine et de Gayané accrut l'aisance financière de la petite famille. Lors de la fête de Noël 1947, Jean et Jeanine apprirent à Gayané et à Rafael qu'ils allaient devenir grands-parents. Cette nouvelle fut accueillie avec tellement de joie que Rafael ouvrit deux bouteilles de champagne pour l'occasion. Une fois Jeanine et Jules repartis chez eux, les grands-parents putatifs se chamaillèrent jusque tard dans la nuit sur la méthode la plus appropriée pour trouver le prénom de l'enfant à venir.

Lorsque leur fils naquit le 12 mai 1948, Jules et Jeanine le trouvèrent beau pour un prématuré, avis que partagèrent les grands-parents lorsqu'ils furent autorisés à le voir quelques jours plus tard. Ils découvrirent un Raphaël frippé et endormi. Ce prénom, qui se trouvait être celui du défunt père de Jeanine, présentait l'avantage d'être la version francisée de Rafael, le prénom du père de Jules. Le pragmatisme de leur belle-fille à l'origine de ce choix, fruit d'une coïncidence heureuse, renforça son prestige auprès des grands-parents. Cette jeune femme, qui leur avait donné un petit-fils, trouvait des solutions en faisant preuve de diplomatie et d'égards.

En 1952, Gayané et Rafael, qui allaient avoir soixante et soixante-cinq ans, se sentirent mûrs pour passer la main. Ils firent don de leur magasin à leur fils et à leur belle-fille, achetèrent une maison dans l'arrière-pays niçois, avec un grand jardin, et s'occupèrent de leur petit-fils dès que ses parents le leur confiaient. Ils lui lisaient des bandes dessinées à voix haute en commentant les images. Babar et Tintin firent leur entrée dans la bibliothèque.

Heureusement, Jules ne fut pas rappelé pour la guerre d'Indochine ni pour celle d'Algérie. Il suivit les événements à distance, prenant le moins possible connaissance de l'actualité. Jeanine et lui étaient las de la guerre. Il avaient eu leur part. Leur projet était de vivre tranquille, de jouer avec leur fils, et de savourer les moments avec les grands-parents. C'était simple en apparence.

Ils le rendirent encore plus simple en cédant le magasin de fleurs en franchise, mais en conservant la nue-propriété des murs. Cette décision permit de n'avoir plus qu'un corps de métier dont s'occuper, de diminuer les soucis, et de dégager du temps pour leur famille. La guerre les en avait privés, temporairement pour Jules, définitivement pour Jeanine. Il y avait mieux à faire maintenant que de consacrer douze heures par jour à gagner de l'argent. La famille devint leur centre d'intérêt prioritaire. L'argent était un moyen, pas une fin en soi. Le leur servirait à acheter du temps.

Les bénéfices, tirés du florissant commerce qui leur restait et des redevances de la franchise de l'autre, furent prudemment investis dans l'achat d'appartements destinés à la location. Ils les prirent dans le quartier qu'ils connaissaient le mieux, Cimiez, en faisant attention de choisir les bâtisses les plus nobles et les mieux placées, quitte à se contenter de surfaces modestes pourvu qu'elles fussent bien exposées. Ils eurent quelques sueurs froides au moment d'accepter la proposition que leur fit le notaire, deux ans après qu'ils eurent acheté trois petits appartements à des étages différents d'un bel immeuble, d'en acheter cinq autres à la même adresse, dont des héritiers souhaitaient se défaire pour régler une succession houleuse. Cet achat à crédit les rendait propriétaires de deux des quatre étages de l'immeuble, majoritaires dans la copropriété, et prioritaires pour l'achat des nouvelles unités qui s'offriraient sur le marché. Le notaire leur avait aussi parlé d'un autre très bel immeuble, idéalement situé, composé de six appartements cossus et de deux magasins au rez-de-chaussée, tous loués durablement. Mais ils avaient renoncé à ce projet trop gros pour eux. Ils ne se sentaient pas les reins assez solides pour absorber le montant demandé, et le crédit qui allait avec.

Lorsqu'ils informèrent Gayané et Rafael de leur acquisition, ils reçurent deux choses en échange. La première fut des félicitations pour cette sage décision. La seconde, environ six semaines plus tard, fut un chèque, sur lequel figurait la somme d'argent qui leur permettait d'acheter comptant le second immeuble proposé par le notaire. Ils furent totalement surpris de cette aubaine, qui leur permettait chemin faisant de diminuer totalement toute pression pour le remboursement des cinq appartements du premier immeuble, et dont les échéances mensuelles les faisaient trembler. D'ailleurs, les nouveaux revenus du second immeuble feraient bien davantage que couvrir le remboursement du crédit du premier. Ils leur permettraient de voir l'avenir sans plus aucun souci de fin de mois à condition de garder les pieds sur terre.

Nice était une ville particulière à cet égard. C'était une ville où la ténacité payait. Mais c'était aussi une ville peu clémente pour les imprudents et sans pardon pour les désinvoltes. Il était possible d'atteindre une certaine aisance à Nice. Mais l'on avait aussi vu à Nice des fortunes, que l'on croyait éternelles, transmises et fructifiées de génération en génération, être dilapidées en l'espace de quelques années. Un individu suffisait. Les exemples abondaient de tels oisifs incapables, de ces êtres égoïstes, arrogants, superficiels et stupides, qui réussissaient l'exploit de ruiner en cinq ans un siècle de travail. L'observation de la déchéance de ces fins de race, dont la côte d'Azur n'était pas avare, avait enlevé à Jeanine et à Jules toute folie des grandeurs. La frugalité stricte, inculquée par l'éducation et par l'expérience, leur servait de boussole. Ils n'en déviaient pas.

Ils commencèrent par refuser l'argent. Ils n'imaginaient pas Gayané et Rafael aussi riches, et eurent la crainte que ceux-ci ne se fussent saignés aux quatre veines pour cette folie. Aux arguments de

Jules, Rafael répondit :

— Ne t'inquiète pas. Ta mère et moi avons vendu trois mètres carrés pour que vous vous en achetiez six cents. On ne va pas vous laisser, Jeanine et toi, vous faire du mauvais sang alors qu'on peut l'éviter.

Jules regarda son père sans comprendre, jusqu'au moment où Rafael parla des artistes fauchés qu'il avait eus parmi ses clients dès l'entre-deux guerres, lorsque Jules n'était encore qu'un enfant. Même après son retour de captivité, lorsque Jules commença à travailler au magasin, son père continua à traiter personnellement une certaine clientèle. Ils utilisaient une sorte de mot de passe, sur lequel son père était resté discret. Jules avait appris pendant la guerre à respecter les secrets. Il s'était donc abstenu de toute question à ce sujet. Ce ne fut donc qu'en septembre 1955, lors de cette discussion étrange où on lui expliqua comment des superficies aussi différentes pouvaient se valoir, que Jules apprit vraiment de quoi il s'agissait.

Avec un regard complice pour Gayané, Rafael raconta sa rencontre avec le premier et le plus important de ces clients particuliers. Matisse entra un matin de 1923 dans leur échoppe. Il expliqua qu'il était là parce qu'un de ses acheteurs les avait recommandés à lui. Il montra d'un air désolé trois très vilains accrocs à une veste et à un pantalon qu'il avait faits l'avant-veille en tombant dans son atelier de la place Charles Félix. Il demanda ce qu'il était possible de faire. Le peintre comptait mettre le costume pour le mariage de sa fille deux semaines plus tard. Rafael examina le tissu. De la bonne qualité, mais rien d'exceptionnel. Bien sûr, il aurait pu rafistoler les trous, repriser les fils et faire une réparation qui aurait à peu près sauvé les apparences. Mais il y fut réticent.

D'abord, il n'aimait pas « l'à peu près ». Ensuite, en voyant l'allure de professeur, la mise générale, altière même, et la tristesse de cet homme à la vue des vêtements bousillés, Rafael comprit que Matisse faisait grand cas de ses costumes, et qu'ils étaient pour lui davantage qu'un simple habit. Ils étaient une partie de son être. Le peintre, dont Gayané et Rafael connaissaient le nom et la réputation par les journaux, était non seulement niçois d'adoption, au moins par intermittence, mais il représentait pour eux une certaine idée de la France qu'ils aimaient. À divers titres, Matisse méritait leur solidarité. Rafael expliqua qu'il préférait faire autre chose qu'une réparation de fortune qui ne satisferait ni le tailleur ni le client. Il lui ferait un nouveau costume sur mesure, dans un tissu de première qualité dont il venait d'avoir livraison. Il serait prêt pour la cérémonie, et ferait honneur aux mariés.

Or, malgré ses nombreuses expositions et ses ventes importantes, Matisse traversait à ce moment-là une mauvaise passe financière, ce qui tombait mal car il s'était engagé à prendre à sa charge l'ensemble des frais du mariage. Cet homme imposant de cinquante-trois ans demanda avec gêne à Rafael un délai pour le paiement.

Gayané intervint. Elle proposa un troc plutôt qu'un paiement en numéraire. Rafael lui ferait un complet trois pièces, et même une chemise à ses initiales (avec la poignée gauche un peu plus ample pour permettre à une montre-bracelet de se loger si la fantaisie venait à Matisse d'alterner avec sa traditionnelle montre de gousset, laquelle, par ailleurs, trouverait sa place dans le gilet si besoin était) et un jeu de deux nœuds papillon. Matisse leur offrirait une toile en échange. Sur quel sujet ? Ils l'en laissaient juge. Il n'était pas dans leurs habitudes de mettre des barrières aux artistes. Une poignée de main scella l'accord. Trois séances d'essayage furent nécessaires pour que Rafael puisse terminer l'ambitieux projet dans les temps. Matisse prit possession du costume la veille de son départ pour le mariage de sa fille.

Gayané et Rafael n'entendirent plus parler de lui pendant plusieurs semaines. Ni l'un ni l'autre n'abordait le sujet. Sans vraiment y parvenir, ils s'efforçaient de ne pas y penser. Ils ne voulaient pas laisser entrer l'amertume dans leurs cœurs.

Matisse revint un matin où régnait un soleil resplendissant. Il fit tinter la sonnerie de la porte en entrant dans son beau costume. Le père de la mariée portait un tableau dans un beau cadre Montparnasse. Il donna solennellement l'objet à Gayané. Elle le prit des deux mains, et le mit à distance en tendant les bras pour mieux voir la toile. Insatisfaite, elle le posa sur une chaise, et s'éloigna de quelques pas pour prendre plus de recul. Elle appela d'une voix enrouée :

— Rafael, viens voir.

Matisse avait peint de mémoire l'intérieur de leur magasin. Ils reconnaissaient les meubles et les tissus empilés. Cependant, l'œuvre n'était pas une nature morte. La toile montrait Gayané parlant à une cliente, et Rafael sortant de son atelier, appelé par sa femme, comme il venait de le faire à l'instant. Matisse avait introduit en haut à gauche de la toile une fenêtre qui n'existait pas dans l'échoppe. Le pinceau en avait fait une ouverture sur un ciel et une mer bleue. L'ensemble était une composition aux couleurs vives d'une gaîté et d'une justesse incroyables. Une bouffée d'émotions saisit Gayané. Elle se tourna pour tenter de contraindre, en poussant une grande respiration, les larmes à rester à l'intérieur d'elle-même. Elle pensa à son fils qui était vivant et insouciant. Elle pensa à ses parents, morts lorsqu'elle était encore une enfant. Elle pensa à ses amis, à ses connaissances, morts massacrés. Avec la toile qu'il avait réalisée pour eux, Matisse avait donné un cadre, une perspective et des couleurs à l'espoir qui la terrifiait.

Une fois installé, ce mécanisme transactionnel particulier perdura, même lorsque Matisse revint à meilleure fortune ou que Gayané et Rafael connurent des moments difficiles. Il s'intensifia lorsque Matisse quitta Paris pour de bon et vint s'installer à l'hôtel Régina, à quelques centaines de mètres du boulevard où les Kapéklian avaient leur magasin.

Matisse vint un jour accompagné d'une personne qu'il leur présenta comme un ami cher. C'était un peintre comme lui, en compagnie de qui il avait appris son métier. Il leur raconta les exercices de dessins spontanés et rapides qu'ils effectuaient, embusqués dans les encoignures des portes cochères, rue Richelieu à Paris, cherchant à croquer à toute vibure les passants du quartier, des plus typiques aux plus anodins.

L'arrangement Matisse, ainsi que l'avait baptisé Gayané, fut étendu à Marquet, qui découvrit dans l'atelier la toile initiatrice du système de troc dont il allait aussi bénéficier.

Le bouche-à-oreille des artistes en attira de nombreux autres. Certains étaient recommandés par Matisse, d'autres poussaient la porte d'eux-mêmes. Chagall, Camoin, Manguin, Bonnard, Valtat devinrent clients du magasin. La venue de Picasso fit beaucoup jaser ses confrères. Il vint une fin d'après-midi en compagnie de Cocteau. Picasso leur décrivit le costume qu'il souhaitait, mais déclara refuser de bénéficier de « l'arrangement Matisse » dont il avait entendu parler, à moins qu'on le renommât « l'arrangement Picasso ». Gayané déclara, en rougissant sous le coup de la colère, qu'il était hors de question qu'elle changeât le nom de « l'arrangement Matisse » pour quiconque. Matisse avait donné ses lettres de noblesse à l'arrangement, point final. C'était à prendre ou à laisser, balança-t-elle avec son accent arménien à un Picasso qui n'en pouvait mais. Cocteau demanda s'il pourrait bénéficier de « l'arrangement Matisse », précisant qu'il lui conviendrait très bien. Gayané ne le connaissait pas. Encore énervée, elle demanda :

— Vous savez peindre ?

— J'essaye. Je cherche beaucoup.

— Ce n'est pas suffisant. Il faut réussir, pas essayer. Il faut trouver, pas chercher. Matisse, lui, il réussit et il trouve.

— Mais c'est difficile, vous savez.

— C'est difficile pour tout le monde. Si vous n'êtes pas doué, personne ne vous empêche de faire autre chose.

Gayané fut intransigeante.

Elle refusa tout arrangement au dilettante, annonça la fourchette de prix du costume, et précisa le pourcentage de l'acompte à payer d'avance « pour éviter toute ambiguïté ». Picasso, tombé sous le charme, éclata d'un immense rire. Il commanda d'un coup trois pantalons d'été, une demi-douzaine de chemises assorties, aux conditions de « l'arrangement Matisse », qu'il ne remettait plus en question.

— C'est entendu. Mais il faudra venir prendre la pose. Sans bouger. Vous devez connaitre... Passez à côté, Monsieur Picasso. Mon mari va prendre vos mesures, et vous choisirez le tissu que vous voudrez pour vos vêtements. Rafael vous dira quand repasser pour les mesures complémentaires et les finitions. Essayez de ne pas grossir ou maigrir d'ici la livraison. Non, vous, Monsieur Cocteau, attendez ici. Vous passerez ensuite. À votre tour.

Gayané s'était enhardie depuis ses débuts dans le commerce en France. L'idée même du troc lui rappelait des moments agréables de sa jeunesse, passés sur les marchés à débattre des prix, en exprimant des émotions que l'on ne ressentait pas, mais qu'il était si amusant de feindre tout en sachant que personne n'était dupe. Elle se permettait de reproduire ce jeu dans son magasin de Nice, avec les bénéficiaires de « l'arrangement Matisse », qui voyaient en elle et en Rafael des sortes de Père Tanguy des étoffes. Ils venaient d'autant plus volontiers que l'étendue de la culture de ces tailleurs les bluffait. La lumière du magasin, l'accent roulant des patrons, la beauté des petites mains, les citations inattendues, et le respect avec lequel ils étaient traités : tout cela donnait au magasin un charme addictif. Le traitement particulier dont ils bénéficiaient allait au-delà du mode de paiement si arrangeant. Ils voyaient bien que Gayané réservait sa complicité un tantinet bourrue aux peintres triés sur le volet par le Maître lui-même, et à ceux dont la réputation était parvenue jusqu'à eux, et qu'ils jugeaient sur le plan pictural les égaux des « amis » qui habitaient leur bibliothèque.

Les Kapéklian louèrent dès qu'ils le purent un coffre de grande taille dans une succursale dédiée de leur banque pour y entreposer les œuvres qu'ils accumulaient de la sorte. Ils n'en gardaient que quelques-unes accrochées aux murs de leur logement, les autres étaient à l'abri.

L'immeuble de six cents mètres carrés habitables, abritant les appartements de haut standing, une joaillerie de luxe et une librairie, fut acheté grâce à la vente de trois toiles de Picasso que l'arrangement Matisse avait introduit dans leur collection. Gayané et Rafael ne purent en effet jamais se résoudre à vendre une seule œuvre du fondateur de cet arrangement, encore moins un an après qu'ils eurent accompagné Matisse au cimetière de Cimiez, au milieu d'un cortège où figuraient ses amis dont quelques-uns étaient presque devenus les leurs.

Bien qu'à la tête d'un patrimoine immobilier qui commençait à être conséquent, Jules et Jeanine continuèrent à travailler dans le magasin de confection. Certes ils déléguaient désormais davantage de responsabilités à leurs employés, mais gardaient la main mise sur la comptabilité, les commandes, et sur quelques clients d'une nouvelle génération d'artistes qui, ayant entendu parler de l'arrangement Matisse par leurs aînés, avaient fait le voyage jusqu'à Nice pour en discuter. Comme Gayané et Rafael, ils ne gardèrent dans le vaste appartement de l'hôtel Régina où ils habitaient désormais, deux étages plus bas que l'atelier où avait vécu Matisse jusqu'à sa mort, que quelques œuvres, qui tournaient plus ou moins régulièrement avec celles abritées dans les coffres de la banque.

À leur grand regret, alors qu'ils souhaitaient une famille nombreuse, peut-être pour compenser les pertes causées dans celle de Jeanine par la guerre, ils ne purent avoir d'autre enfant que Raphaël. Ils constatèrent sans joie que leur fils ne développait que peu d'intérêt pour le tissu ou la mode, mais beaucoup pour les créations de parfums dont plusieurs laboratoires de la région s'étaient faits une spécialité. Il avait ce que les professionnels appelaient un nez. Or bâtir une trajectoire professionnelle sur un appendice aussi peu persuasif n'était pas pour rassurer sa mère.

Le coup de foudre pour Alice, la fille d'un restaurateur étoilé de Lyon, rencontrée pendant des vacances passées à faire des vendanges dans le mâconais, amena Raphaël à consacrer son nez aux vins plutôt qu'aux parfums, ce qui acheva d'inquiéter ses parents. Ils imaginaient leur fils tourner alcoolique et bon à rien. Ils furent un peu rassurés lorsque Raphaël devint meilleur sommelier de France, et qu'ils assistèrent au cérémonial de remise du diplôme. Son mariage avec Alice en 1970 les tranquillisa.

Après six ans dans le restaurant de son beau-père, Raphaël devint négociant pour l'association de restaurateurs dont faisait partie le père d'Alice. Jules et Jeanine, résignés à ce qu'il épousât cette voie, prirent leur retraite en 1983 après avoir cédé leur entreprise de confection en coopérative à leurs plus compétents employés. Ils avaient attendu pour cela que Gayané et Rafael ne soient plus de ce monde, ne souhaitant pas leur faire la peine de voir la fin du commerce qui avait porté leur nom pendant des décennies. Ils prirent conseil auprès de fiscalistes pour transmettre à Raphaël l'essentiel du patrimoine, devenu imposant avec le temps, en minimisant les taxes et impôts à payer. Ils informèrent leur fils de l'étendue des immeubles en location, de la liste des œuvres d'art dont il allait hériter, et lui demandèrent de traiter cela avec discernement et avec respect. Tout comme eux-mêmes avaient été surpris de l'envergure financière de Rafael et Gayané en leur temps, Raphaël fut sans voix à l'écoute de ce dont l'informaient ses parents. Ces choses réglées, ils quittèrent l'appartement du Régina pour s'installer dans la maison qu'avaient habité Gayané et Rafael jusqu'à leur mort. Ils y retrouvèrent les objets familiers, notamment les milliers de livres que les parents leur avaient légués avec le reste. Ils s'amusèrent à les feuilleter, et, finalement, commencèrent à un âge avancé à prendre plaisir à la lecture.

La vente de quelques toiles du patrimoine familial (avec l'accord de ses parents, qu'il sollicita malgré tout) permit à Raphaël de réaliser son rêve : acheter un vignoble dans le Beaujolais. Alice et lui s'installèrent à Saint-Etienne des Ouillères, au milieu de quatre-vingts hectares de côteaux principalement exposés au sud. Sa connaissance du milieu lui permit progressivement de fournir les grands restaurants de la région Rhône-Alpes et de la Côte d'Azur.

Puis il passa à la grande distribution, d'abord en France puis en Suisse et en Belgique. Cette expansion ne fut pas tous azimuts. Elle resta contrôlée, et volontairement limitée. Raphaël souhaitait en effet porter à 20 % la part de sa production réservée à une clientèle choisie, qui achetait sur pieds, trois parfois même quatre ans à l'avance. Cette stratégie présentait plusieurs avantages. En diversifiant les sources de revenus, il évitait de se rendre prisonnier des grossistes. Par ailleurs, les clients qui achetaient sur pied étaient particulièrement choyés. Ces « happy few » se sentaient, à juste titre d'ailleurs, les membres privilégiés d'un club sélectif. Enfin, le tarif que pratiquait Raphaël pour ces bouteilles garanties permettait de couvrir une grande partie des frais généraux, si bien que l'essentiel du reste de son chiffre d'affaires, provenant principalement de la vente aux grossistes et aux restaurateurs, était du bénéfice net.

Chapitre 17

C'est à une cinquantaine de kilomètres au nord de Lyon, dans un environnement rural, viticole, et extrêmement prospère, que naquit Armand en 1977. Dès qu'il eut l'âge, Raphaël et Alice le mirent à l'école publique du village. Armand était un garçon introverti, sans ressort apparent, qui ne se passionnait pour rien de particulier, mais qui ne rechignait à rien non plus. Tout lui était à peu près égal, à l'exception d'un certain goût pour l'informatique.

Il s'y était initié seul vers douze ans. Il en assimila rapidement les rudiments, et passa ensuite son adolescence à programmer des jeux, à installer des serveurs, et à brancher des ordinateurs entre eux.

En attendant qu'il trouvât sa voie, si tant était qu'il en eût une, ses parents lui proposèrent d'entrer en classe préparatoire aux concours des grandes écoles scientifiques, puisqu'il semblait avoir quelques dispositions. Après le baccalauréat, Armand rejoignit l'internat du Lycée du Parc à Lyon.

La transplantation dans cette grande ville lui fut extrêmement bénéfique. Armand s'épanouit au cours des deux années passées à Lyon où, en journée il ingurgitait une quantité colossale de savoir, ce qui lui convenait très bien, et où, le soir, il découvrait des filles plus délurées que lui, ce qui lui convenait très bien aussi.

Parmi les différentes écoles d'ingénieurs dont il passa le concours d'entrée figurait l'Ensimag, une petite mais performante institution. Il y fut admis dans un rang honorable, et déménagea de Lyon pour Grenoble. La durée de la scolarité dans ce lieu nouveau était théoriquement de quatre ans, dont un semestre de stage pratique, et un semestre à l'étranger.

Alors que son fils entamait sa troisième année d'école d'ingénieur, Raphaël souhaita étendre encore davantage son commerce de vins en dehors des frontières. L'époque était à un renouveau et à un réchauffement des relations avec la Russie. Ne désespérant pas de l'intéresser à son affaire, il demanda l'aide d'Armand, et l'encouragea à apprendre le russe pour faciliter les transactions. Un peu pour faire plaisir à son père, mais surtout parce qu'il était dans sa nature d'accepter ce que la vie offrait, Armand répondit simplement « pourquoi pas ».

Il s'inscrivit sans enthousiasme, même avec nonchalance, à des cours intensifs de russe organisés sur le campus de Saint-Martin d'Hères. Il les suivit consciencieusement car, chez lui, nonchalance ne rimait pas avec paresse. Il trouva dès le premier cours des attraits séduisants à l'apprentissage de l'alphabet cyrillique.

Isabelle était fascinée par les grands auteurs slaves, à commencer par Tolstoï. Son ambition ultime était de lire *Anna Karénine* dans le texte, en version originale. Elle s'inscrivit aux mêmes cours, qu'elle vint d'ailleurs à fréquenter plus assidûment que ceux de Sciences Po Grenoble où elle était en dernière année.

Ce sont donc des motivations de nature bien différente qui amenèrent Isabelle d'Urville et Armand Kapéklian l'un à l'autre. Leur union devant Dieu et le maire se fit avec naturel environ deux ans après leur première rencontre, dès que les circonstances le permirent. Aucune des deux familles ne vit de mésalliance dans ce mariage.

Raphaël et Jeanine apprirent avec satisfaction que les d'Urville étaient les plus importants actionnaires privés d'une multinationale lyonnaise qui fabriquait des confiseries depuis trois générations.

Les boîtes d'emballage, parfaitement reconnaissables, occupaient des rayons entiers dans les supermarchés. Carrefour Market, Auchan et Lidl en gavaient leurs clients à Noël et à Pâques, les publicités des produits de l'entreprise familiale passaient aux heures de pointe sur les différentes chaînes européennes. La situation enviable de leurs parents fit qu'Isabelle et Armand reçurent des boîtes de chocolat et des caisses de vin pour Noël, des robes et costumes coupés sur mesure à Nice, puis, chaque année, après leur mariage, des dividendes à six et sept chiffres, versés au mois de mai après approbation des comptes annuels.

En outre, ils eurent rapidement deux premiers enfants rayonnants de santé, puis deux autres bien plus tardivement. Ainsi, deux filles naquirent à un an d'intervalle, et, une dizaine d'années plus tard, arrivèrent les jumeaux. Homme heureux en ménage, sans appétits hors mariage, menant une vie familiale paisible et sans soucis, Armand développa au cours des années un savoir-faire novateur et efficace dans son activité de policier mâtiné d'ingénieur, un métier qui paraissait, malgré tout, encore si improbable à ses parents et à sa belle-famille. Toujours est-il que Pierre et Paul avaient déjà six ans lorsque le patron de la Police Scientifique songea à organiser son départ en retraite, cinq mois après les attentats de Roissy.

Armand ne posa pas de questions, et accepta avec bonhommie le poste qu'on lui proposait de responsable du département T3 à la DGSI, dédié à l'islam radical. Il songea que Grenoble et Lyon, dont il avait observé l'évolution de la population en direct, étaient autant de cas de laboratoire, utiles pour les nouvelles missions qui l'attendaient à Paris.

Isabelle s'occupa de trouver un appartement approprié à leur nouvelle vie dans un immeuble haussmannien proche du Parc Monceau. Armand se rendit avec elle chez le notaire en charge de la transaction, et apposa sa signature sur l'acte à l'endroit qu'on lui indiqua. Ils convinrent également de trouver une école privée convenable où mettre les enfants. Armand n'était pas hostile par principe à l'école publique, d'autant plus qu'il y avait suivi sa scolarité, et s'en était toujours trouvé très bien. Mais les temps avaient changé. Les reportages qu'il lisait, les témoignages qu'il entendait, et ses propres constats l'avaient amené à conclure que le niveau de l'enseignement dispensé y était en chute libre. De surcroît, des signaux faibles montraient que cette déchéance touchait désormais les professeurs nouvellement recrutés. Enfin, un certain nombre de cours d'école étaient devenues le lieu de rackets. Les enfants à la merci de graines de racailles en ressortaient apeurés et traumatisés. Quelques écoles privées restaient encore épargnées par ces déplorables réalités. Isabelle prit les choses en main. Ses démarches, ses relations, son entregent et son pragmatisme réglèrent ces questions en moins de deux semaines.

Le matin du dimanche de la dernière semaine d'août 2019, ils confièrent leurs filles aux parents d'Isabelle, puis allèrent porter les jumeaux aux parents d'Armand, et prirent le TGV de quatorze heures deux de Lyon pour Paris.

Ils passèrent une nuit en amoureux à l'hôtel Meurice en attendant de prendre possession de leur appartement, les meubles et le reste n'arrivant que le lendemain. Ils rejoignirent leur nouveau logement après le petit-déjeuner pris dans la salle Rococo de l'hôtel, en savourant des viennoiseries, du chocolat chaud et la vue sur l'Avenue de Rivoli, et, au-delà, sur le jardin des Tuileries et sur le Louvre. Ils passèrent les deux semaines suivantes seuls, sans les enfants, à ranger les affaires dans l'appartement, à organiser la bibliothèque, à accrocher les tableaux aux murs, mais aussi à savourer le plaisir de flâner dans Paris sans aucune contrainte.

Un tiers des cartons n'était pas encore vidé, lorsque les parents d'Isabelle, ceux d'Armand et les gamins placés sous leur protection se retrouvèrent un samedi matin à la gare de Perrache. Isabelle et Armand invitèrent tout le monde au Train Bleu à leur arrivée gare de Lyon. Les parents repartirent en sens inverse immédiatement après le repas, avec la promesse de revenir le mois suivant lorsque tout serait posé, que tous seraient bien installés et auraient trouvé leurs marques. Isabelle et Armand passèrent le dimanche à faire découvrir aux enfants leur environnement le plus immédiat : leurs chambres, l'immeuble, la rue, et le parc à proximité. Il fut convenu que, dans les jours qui suivraient, Isabelle continuerait avec eux ces explorations, notamment du côté de l'école qui les accueillerait dès le 17 septembre.

Le lendemain, avec la sérénité dont il ne se défaisait jamais, Armand partit à la découverte de son propre nouvel environnement, professionnel cette fois. Il s'y adapta aisément, sans forcer, comme d'habitude.

Il découvrit son chef, ses collaborateurs, les secrétaires, les membres des autres divisions, les gardiens, les archives (tout n'avait pas encore été numérisé), les parkings, les couloirs, les toilettes, les salles de réunion, les salles d'interrogatoire, son bureau et sa salle de bains privative. On lui expliqua l'étendue et les limites des responsabilités de chacun, et il remercia lorsqu'on lui mit dans les mains un petit organigramme pour s'y retrouver.

Dès les premières affaires, il eut la confirmation de ce qu'il savait déjà : la DGSI était cruciale pour la nation. Cette certitude, ancrée désormais dans l'expérience vécue au quotidien, lui fit paraître son choix professionnel non plus comme le fruit du hasard ainsi qu'il l'avait longtemps pensé, notamment lorsqu'il revisitait les étapes de son parcours dans ses rares moments d'introspection, mais comme une nécessité, le résultat d'une construction. Cette conviction renforça encore, si besoin était, la forme de plénitude qu'il éprouvait au travail, à chaque instant, indépendamment du niveau de stress ambiant, et dont il mesurait pourtant l'impact sur ses collaborateurs.

Ce fut seulement au détour d'un bruit de couloir, qu'Armand apprit incidemment que son arrivée à Paris, dans un poste aussi stratégique, était le fait du chef de cabinet du Ministre de l'intérieur, sur proposition du chef de la Police Scientifique. Il songea qu'aussi bien le Ministre, qui changeait souvent, que l'inamovible chef de cabinet lui étaient deux personnes totalement étrangères.

Dans le microcosme de l'espionnage, quelques initiés trouvaient curieux d'avoir appelé un type qui n'était pas franc-maçon. Plus surprenant encore – ou bien fallait-il y voir un signe d'hostilité aux frères dans la place ? – était qu'on avait appris que Kapéklian était catholique, croyant et pratiquant. C'était inédit pour la DGSI. Il fallait remonter à l'époque de la DST pour trouver ce genre d'oiseau à la tête d'un service. Et puis pas n'importe quel service ! Le département T3 dont il avait la charge était la plus active des cinq divisions thématiques de l'organisation. Ces considérations suffisaient amplement à faire d'Armand un être singulier dans la police à ce niveau de responsabilités. Mais ce n'était pas tout.

Sa grande aisance financière, même si elle était tue, et qu'il n'en faisait pas état, était néanmoins connue des mieux informés, c'est-à-dire de beaucoup. On avait beau être dans le monde du secret, dans cet univers là aussi, on chuchotait. Les hypothèses allaient bon train. Armand était-il arrivé là parce que sa fortune le rendait peu perméable aux tentatives de corruption ? Avait-il bénéficié d'un piston pour quelque raison obscure ? Était-il en fait chargé d'une mission de refonte des services sous couvert d'autre chose ?

On aurait pu chercher ainsi longtemps des explications plus ou moins rationnelles à son arrivée. Les éléments qui avaient conduit Armand à la tête de ce département étaient cependant d'une toute autre nature.

Chapitre 18

Laurent Grangier, le patron d'Armand à Écully, obtint sans difficulté un entretien auprès du chef de cabinet. Ils se connaissaient depuis les bancs de l'école primaire. Grangier avait rapidement compris que leur maître avait décelé chez cet enfant des dons précoces. Il était un surdoué qui sautait allègrement les classes. C'est ainsi qu'un matin, en cours moyen première année, Grangier avait vu s'assoir à côté de lui le futur chef de cabinet, un frêle garçon de deux ans son cadet. Plus tard, les deux adolescents avaient fait partie du même club de water-polo. Au fil des ans, des alliances et des épreuves, la camaraderie avait fait place à une très solide amitié. Quoi qu'il en soit, ils se tutoyaient depuis toujours. Si Grangier était d'un naturel assez liant, tel n'était pas le cas du chef de cabinet, qui ne tutoyait pratiquement personne.

Avant de se retirer dans la maison que son épouse et lui avaient achetée trois ans plus tôt à Auvers-sur-Oise, le patron de la Police Scientifique tint à organiser sa succession. Le chef de cabinet et lui eurent plusieurs discussions préparatoires au téléphone. Ils étaient maintenant au point où il s'agissait de « caler » les derniers arbitrages. Ils s'étaient rapidement accordés sur le nom du successeur de Grangier. Ce serait un de ses plus solides collaborateurs, vingt-cinq ans de maison sans un accroc.

Pour Armand, Grangier avait souhaité un poste où ses talents pourraient s'appliquer à des affaires d'une autre nature que celles qui faisaient la routine d'Ecully. Il avait préféré en discuter avec le chef de cabinet en tête à tête. C'était, au fond, la véritable raison de son déplacement à Paris. Même s'il prenait plaisir à revoir son copain d'école à titre privé, il voulait profiter des rares occasions qui restaient de le faire dans un cadre professionnel. Ce serait probablement la dernière fois avant la cérémonie de départ qu'on lui préparait Place Beauveau, avec discours, remise de médaille et petits fours.

Le chef de cabinet le reçut sans protocole.

— Laurent, ça me fait plaisir de te voir. Tu as l'air en pleine forme.

Ils se serrèrent la main. Le chef de cabinet demanda si le voyage s'était bien passé, et ils poursuivirent l'échange de banalités en prenant place dans les fauteuils Louis XV placés de part et d'autre d'une table basse. Ils parlèrent du temps qu'il faisait à Lyon, Grangier évoqua les délires de la municipalité écolo de sa ville, le chef de cabinet déplora les errements de la mairie de Paris. Le moment arriva de rentrer dans le vif du sujet.

— C'est dommage, Laurent. Je ne peux pas te faire revenir sur ta décision ?

Le chef de cabinet avait essayé de convaincre son ami de ne pas raccrocher à son âge. Mais à son cinquante-deuxième anniversaire, Grangier aurait accumulé trente années d'active, et cotisé cent-quarante trimestres, en comptant ceux acquis via la bonification spéciale des fonctionnaires de police.

— C'est gentil que tu essaies à chaque fois, mais non. Avec Marianne, on a envie de calme et de profiter des années qu'il nous reste. On espère te voir souvent chez nous.

Le chef de cabinet n'ignorait pas que l'épouse de Grangier avait récemment subi la greffe d'un rein, et que son espérance de vie s'en trouvait sensiblement réduite.

— J'y compte bien !

Il mit d'autorité deux sucres dans la tasse de Grangier, prit ses aises dans le fauteuil, et demanda enfin :

— Parle-moi alors un peu de ton petit protégé.

La discussion dura une heure et demie. Elle ne fut pas interrompue une seule fois, conformément aux instructions données en ce sens.

Aussi paradoxaux soient-ils, les arguments de Grangier, détaillant les deux qualités primordiales d'Armand pour un poste de direction à la DGSI, avaient porté.

Le premier qu'il mit en avant était un trait de caractère : l'absence d'imagination à laquelle s'astreignait Armand. Cette faculté constituait paradoxalement un atout incomparable dans son métier. Cette carence forçait Kapéklian à questionner inlassablement les faits, à y revenir encore et toujours, à chercher le maximum d'informations, à faire le tri entre celles qui étaient pertinentes, celles qui ne l'étaient pas, à vérifier les premières, à les confirmer plutôt deux fois qu'une, et à les agencer jusqu'à ce que le réel se révélât dans une cohérence indiscutable. Kapéklian ne lâchait rien tant que tout ne s'expliquait pas. Cette capacité faisait de lui un policier d'élite. Cela n'en faisait pas un policier exceptionnel pour autant. Il fallait autre chose pour prétendre au poste à la DGSI en court-circuitant les chemins balisés.

Grangier tira sa seconde cartouche.

Chapitre 19

Au cours des presque dix-huit années passées dans les différentes divisions de la Police Scientifique, en marge des activités courantes, des formations juridiques et de la réussite au concours de commissaire, Armand Kapéklian s'était investi dans l'analyse d'une partie primordiale du travail policier : les interrogatoires.

Les questions qui le taraudaient étaient nombreuses. Comment savoir si la personne en face de soi ment ou non ? Comment savoir si elle est à deux doigts de livrer une information ? Ou bien si au contraire, elle est en train de vous mener en bateau ? Comment savoir si elle est sûre d'elle-même ou si elle vacille ? Si elle joue la comédie ou si elle est sincère ? Comment obtenir le plus rapidement possible les informations qu'on veut ? Comment savoir si on a tout tiré de l'autre, ou s'il y a encore quelque chose à extraire ? Comment se comporter pour faire cracher le morceau ? Est-ce la même méthode face à des criminels aguerris que face à des occasionnels ? Existe-t-il des constantes dans les interrogatoires qui réussissent et dans ceux qui échouent ? Dans l'affirmative, comment les utiliser ?

Prenant appui sur sa solide formation scientifique, Kapéklian conceptualisa une approche totalement novatrice du domaine. Pour lui, l'objectif d'un interrogatoire était d'extraire tout d'un être. Du moment qu'il restait dans le cadre de la loi, peu importait à Kapéklian qu'il fallût pour ça foutre le prévenu psychologiquement à poil, qu'il fallût le dépecer, ou même le creuser jusqu'à la moelle. Kapéklian était un homme en quête de la vérité. Il allait y mettre les grands moyens.

La première et la plus longue phase de son travail consista en la collecte de centaines de milliers d'heures d'interrogatoires.

Des criminels, des innocents, et des individus évoluant dans la vaste zone grise entre les deux, servirent de matière première à son projet pharaonique. Le maximum possible d'informations devait être récolté : le texte exact des questions et celui des réponses, les enregistrements des voix, les variations de tons et d'intensité des échanges, leurs oscillations par rapport à la normale, le langage non-verbal dès qu'on disposait de vidéos. Ignorant, à un stade aussi primaire de ses recherches, comment trier dans cette masse d'informations ce qui était non signifiant de ce qui pourrait servir, Kapéklian ne négligea rien. L'information n'était certes pas le savoir, mais elle en était la chair à canon. Il stocka tout, sur des serveurs qu'il avait, avec débrouillardise, fait acquérir par l'administration.

Malgré la proximité géographique d'Interpol, dont le siège rue Barrème à Lyon était à deux pas de la rue Vendôme où il habitait avec sa famille, Kapéklian jugea souhaitable de tenir cette structure à l'écart de son projet. Les présidents successifs de l'organisation internationale ne lui inspiraient tout simplement pas confiance. En outre, l'ambition de Kapéklian était limitée. Il ne rêvait pas d'un système assurant la paix mondiale, mais souhaitait plus modestement construire un logiciel réduisant la criminalité dans son pays.

Il diminua encore davantage l'envergure du projet en se concentrant sur les interrogatoires en français. Même si la proportion des criminels opérant en France dont la langue natale était autre avait explosé, Kapéklian devait imposer des contraintes réalistes pour la finalisation de son software. S'il réussissait à partir d'interrogatoires en français, il serait temps de voir ensuite l'opportunité d'étendre la chose à d'autres langues, utiles pour le service.

Bien qu'il n'eût pas tout compris au projet de Kapéklian, Grangier donna néanmoins son accord pour qu'il se rapprochât des services techniques des polices belge, suisse, luxembourgeoise, et québécoise (cette dernière mit un point d'honneur à ne pas ébruiter auprès de son ministère de tutelle cette coopération avec la France). Ces pays – Kapéklian n'était pas opposé à considérer le Québec comme un pays – pratiquaient des interrogatoires en français et leurs polices tenaient la route. Il obtint de Grangier, et de ses homologues des pays partenaires, l'allocation de trois postes d'ingénieurs et d'un poste de technicien. Il procéda à leur recrutement, et organisa avec eux la numérisation de tous les interrogatoires auxquels ils eurent accès. Son équipe se dédia totalement à cette tâche pendant dix-huit mois.

Lorsque le système de collecte et de numérisation des interrogatoires fut stable, opérationnel et alimenté (avec des ajouts automatisés de centaines d'heures quotidiennement), il dédia ses efforts à ce qu'il désigna à Grangier comme étant le deuxième étage de la fusée. Sans sourciller, il lui dit qu'il faudrait encore à peu près deux ans de travail pour y arriver, et demanda à être totalement détaché de toute autre activité pour s'y consacrer à temps plein. Après trois semaines de réflexion, son patron, qui avait réussi entretemps à trouver tant bien que mal deux inspecteurs pour suppléer Armand dans les tâches usuelles du service, donna son feu vert. Le fait que Kapéklian l'eût informé que les hiérarchies des pays partenaires avaient déjà donné leur accord fut pour beaucoup dans sa décision.

Pendant quatorze mois, Kapéklian travailla quotidiennement douze heures par jour du lundi au vendredi, six heures le samedi et trois heures le dimanche, en s'arrogeant des micro-siestes à intervalles réguliers, et une semaine de vacances à

Pâques, à l'Assomption et à Noël. Au cours de ces mois, ni son allure, ni son visage, ni son comportement avec ses collaborateurs ne trahirent stress ou lassitude. Chaque jour, l'ingénieur principal qui le secondait dans ces activités, et qui avait d'ailleurs, sans s'en rendre compte, adopté un rythme de travail voisin de celui de son chef, avertissait, avec son accent luxembourgeois, les trois autres membres de l'équipe lorsqu'il reconnaissait le pas de Kapéklian dans les couloirs : « Attention les gars ! Le rouleau compresseur arrive ».

Dans la deuxième semaine du seizième mois, le « rouleau compresseur » proposa à Grangier d'avoir une discussion avec l'équipe qu'il chapeautait.

— Voilà Monsieur le Directeur. Le deuxième étage est prêt.

— J'en suis content, mais j'aimerais encore mieux que vous m'expliquiez dans le détail à quoi ça sert. Jusqu'ici vous avez consommé des budgets, et je vous ai suivi.

Il ajouta d'un air morne, en pensant à ses collègues des autres pays :

— Les autres aussi d'ailleurs. Je me demande encore comment on a pu. Enfin...

Il s'ébroua :

— Alors ? On va où avec votre fusée ?

— Nous avons construit un CNN pour les interrogatoires.

— Un quoi ?

— Convolutional Neural Network. En Français, réseau neuronal convolutionnaire. Je vous en avais parlé au début.

— Ah oui ?

— Big data, intelligence artificielle, deep learning...

— Mais encore ?

Kapéklian prit sur la table un document d'environ trois cents cinquante pages, et le tendit à Grangier, en disant, de sa voix métallique :

— Voilà la doc. Tout y est.

Grangier s'en saisit, le soupesa, et le jeta sur la table.

— Trop lourd. Expliquez-moi. Et pas de charabia.

Kapéklian ôta ses lunettes, se frotta les yeux, les remit sur son nez, et alla au tableau noir qu'il avait fait installer dans la salle de réunion. Tous prirent sagement place, comme à l'école. Grangier enleva sa veste, la posa sur une table, s'installa à califourchon sur une chaise, et, la tête sur les avant-bras, attendit que Kapéklian commençât. Celui-ci prit une craie, et traça des schémas pour illustrer ce dont il était question.

— Un réseau neuronal convolutionnel est un outil qui sert, dans une certaine mesure, à modéliser les méthodes humaines d'apprentissage. Voyez cela comme un programme informatique complexe, auquel on va apprendre à faire certaines tâches. Comme à un écolier, on va lui enseigner des choses, l'entraîner à devenir meilleur, lui faire passer un examen, et le lâcher dans la nature une fois au niveau. Il pourra alors faire ces choses mieux et plus vite que nous, les humains. Il pourra aussi nous aider à distinguer des éléments qu'on n'aurait pas vus sans lui.

Grangier fit signe qu'il comprenait ces grands principes. C'était clair jusque-là. Kapéklian poursuivit.

— Notre outil a été entraîné à faire le tri entre les coupables et les innocents en fonction de leurs réponses aux interrogatoires et de leurs comportements. C'est pour ça qu'on a récupéré ces milliers d'heures de face-à-face. Pour entraîner notre outil. Il marche maintenant.

— Pourquoi ça a été si long ?

— La collecte des interrogatoires a été longue, la numérisation a été longue, le stockage des données a nécessité une infrastructure particulière, la conceptualisation de l'organisation de cette masse de données a été compliquée, mais surtout, on en a bavé pour trouver les paramètres de notre réseau neuronal. Au bout du compte, le réseau a dix-huit couches, la plupart avec des noyaux de taille cinq par cinq, des couches de max-pooling, des couches de neurones fully-connected, et une dernière couche de mille neurones avec une fonction d'activation softmax qui donne les éléments dont on a besoin dans un format exploitable, et...

Grangier leva la main :

— J'avais dit : « Pas de charabia ».

— Bon. L'outil est désormais entraîné. Il classifie correctement la personne interrogée avec un taux de succès supérieur à 98,5 %. Par comparaison, les meilleurs interrogateurs humains ont un taux de succès de 77 % en moyenne.

— Ah bon. Mais vous savez qu'il est hors de question de confier les interrogatoires à une machine. Du point de vue juridique, on n'en est pas là.

— Justement. Le plus important des résultats est ailleurs. On a fait du « reverse engineering », en utilisant...

Grangier l'interrompit :

— Kapéklian...

— Excusez-moi. Disons que la véritable valeur ajoutée de l'outil est qu'il nous a permis d'extraire les questions à poser, l'ordre dans lequel les poser, le meilleur moment où les poser, etc., tout cela en fonction de multiples facteurs. En un mot, on a le protocole à suivre pour aboutir le plus rapidement possible au résultat. Le système inclut les échanges proprement dits, les périodes de réflexion de la personne interrogée quand elle est en face des OPJ, et les périodes où la personne est seule en garde à vue. Selon nos statistiques, lorsqu'on fait passer une personne coupable par le chemin voulu, on obtient tout ce qu'on veut d'elle endéans 96 heures en moyenne.

— Et les innocents ?

Un ingénieur de l'équipe intervint en pouffant :

— Qui ça ?

— Très drôle. Alors Kapéklian ?

— On a des indicateurs pour eux aussi. S'ils s'alignent sur une certaine fonction de corrélation, on est en face d'une personne « clean ». Taux de détection de 99,5 %, obtenu endéans 25 heures en moyenne.

— Bon. Alors si je comprends bien, on trie les « innocents ».

— Hmmm...

— Disons, ceux qui n'ont rien fait de répréhensible dans le coup pour lequel on les interroge, ça vous va ?

— Très bien, Monsieur le Directeur.

— Bon, on trie ceux-là en 25 heures. Les autres, on les garde, et on les retourne sur le grill 96 heures en moyenne pour en obtenir tout ce qu'on veut si on suit la recette de votre bidule. C'est bien ça ? Ah oui, j'oubliais : la méthode proposée par votre appareil donne un taux de succès largement supérieur à celui d'un interrogateur qui naviguerait à l'aveuglette, ou seulement en s'appuyant sur son expérience personnelle. Et votre truc est plus rapide. Je n'ai rien oublié ?

— C'est quasiment ça, Monsieur le Directeur.

Kapéklian précisa :

— Pour les coupables, il est toutefois difficile de réduire les 96 heures à ce stade. Les gens craquent plus vite si on alterne entre les temps où on y va mollo, ceux où on y va plus fort et les pauses. Il faut de tout : des temps doux, des temps forts et des pauses, et pour ça, il faut 96 heures. Même si on peut espérer réduire leurs occurrences, ces alternances et ces pauses sont incompressibles. Les pauses surtout, sont utiles. Elles permettent au venin de pénétrer.

Comme à regret, il conclut :

— On ne peut pas aller plus vite. C'est humain.

Grangier regarda Kapéklian. Il ne put s'empêcher de s'interroger. Qui était vraiment ce type ? Il avait appris leur jargon, désignant maintenant, lui aussi, les officiers de police judiciaire par leurs initiales. D'ailleurs, il était devenu commissaire. Cela en faisait-il l'un des leurs ? Pas sûr. Était-il nocif ?

Certain. Était-ce grave ? Ça dépendait pour qui.

Grangier demanda des précisions. Grâce à son CNN (comme il disait), Kapéklian avait théorisé une approche en un certain nombre d'étapes, qu'il avait répertoriées, et placées dans un continuum. Il avait ensuite demandé à des OPJ des pays partenaires d'appliquer cette méthode sur des cas concrets au cours du dernier mois. Les résultats avaient été édifiants.

— Pourquoi vous ne les avez pas fait tester chez nous ?

— Pour les derniers ajustements, je préférais que cela se passe ailleurs. Autant que d'autres pays paient les pots cassés au cas où. Imaginez qu'on passe à côté d'un meurtrier ...

Grangier grimaça un sourire.

— Pas très collégial votre approche... Mais je préfère ça. Vous avez bien fait. Comment vous leur avez vendu la chose ? Ils ne devaient pas être très chauds pour essuyer les plâtres...

— J'ai un peu anticipé. J'ai dit à chacun qu'on avait déployé le système en production chez nous, et chez les autres. Aux Belges, j'ai dit que les Suisses en étaient très contents, aux Suisses, que les Luxembourgeois en raffolaient, etc.

Grangier se souvint de la manière dont Kapéklian avait obtenu de lui les postes et son détachement. Sèchement, il nota :

— Je vois. Au fait, il y en a eu, des pots cassés ?

— Des pots cassés ? Non, aucun. Tout a marché. L'expérience confirme la performance de l'approche. C'est pour ça que je vous en parle aujourd'hui. Le produit est « béta-testé ».

Grangier redemanda :

— 96 heures, hein ?

— Oui, Monsieur le Directeur. En moyenne, pour l'instant. Ça peut être un peu plus ou un peu moins. Mais si on veut tout savoir, il faut compter 96 heures.

Grangier répéta, songeur :

— 96 heures... 96 heures...

Les gardes à vue étaient de 24 ou de 48 heures pour la plupart des délits. Un délai bien trop court pour le système de Kapéklian. Dans ces cas-là, il faudrait continuer de procéder à l'ancienne, « à la chansonnette », en utilisant le feeling et en faisant cracher le morceau sur le délit spécifique qu'on traitait. On n'aurait pas toute l'information sur tout, mais on aurait, dans la plupart des cas, ce qu'il fallait pour ce qu'on voulait. L'expérience des enquêteurs leur donnait un avantage sur la machine dans ces laps de temps courts. Mais si on voulait tout sur tout, il fallait plus de temps. Il fallait des gardes à vue plus longues, et de bonnes raisons pour les faire durer. Ça existait. On montait à 96 ou même à 144 heures pour les crimes les plus graves. Ceux où on avait, précisément besoin de savoir tout sur tout. Ceux dont s'occupait la DGSI.

— 96 heures... Bon...

À la demande du chef de la Police Scientifique, Armand rédigea un opuscule d'une dizaine de pages maximum (« Pas une de plus, Kapéklian ! Moins si vous pouvez. Faites compact ! ») décrivant le processus. Cet opuscule fut transmis Place Beauvau.

La lecture qu'en fit le chef de cabinet, avec un intérêt mêlé d'inquiétude, et l'exposition par le chef de la Police Scientifique des résultats obtenus, décidèrent du destin de Kapéklian.

Chapitre 20

Le chef de cabinet reversa du café dans la tasse de Grangier.

— Au fait, Laurent, tu ne m'as jamais dit comment tu l'avais recruté. Il est arrivé comment sur ton radar ?

Grangier eut un petit rire.

— Ah oui... ça aussi, c'est typique...

Le chef de cabinet se redressa en tenant à deux mains la cafetière en porcelaine. Il regarda son ami en soulevant les sourcils avec une moue étonnée.

Grangier inspira profondément.

— La direction de l'Ensimag m'avait invité un jour à participer à une table ronde. J'étais là, avec cinq ou six chefs d'entreprises de la région Rhône-Alpes. Chacun racontait à tour de rôle les activités de sa boutique. L'école cherchait aussi des points de chute pour les stages obligatoires des étudiants. On était là pour ça aussi.

Grangier plongea dans ses souvenirs, en riant :

— Le modérateur était un petit gros aux cheveux gras. Un prof de l'école. J'ai oublié de quoi il était spécialiste. Il l'a répété pourtant. Pas fait attention. Peu importe. Mais je me souviens parfaitement que son costume était rempli de pellicules. Bref. On a raconté notre laïus, discuté un peu entre nous sous l'impulsion du petit gros, et voilà. Les étudiants présents pouvaient poser des questions à la fin.

— Kapéklian t'en a posé ?

Le visage de Grangier perdit son sourire.

— Non. D'ailleurs je ne l'ai même pas remarqué. Mais il m'a écrit. C'est comme ça que j'ai su qu'il était là dans la salle. Il cherchait un stage de six mois, et demandait si on l'accepterait. Il avait envoyé son CV et une lettre de motivation, courte, bien écrite, carrée.

— Il a été le seul à te solliciter ?

— Non, j'ai reçu une demi-douzaine d'autres lettres.

— Alors ? Pourquoi tu l'as pris, lui plutôt qu'un autre ?

Grangier soupira de nouveau.

— J'ai donné les dossiers de candidatures à ma secrétaire pour qu'elle les croise un petit coup avec nos fichiers. On ne sait jamais...

— Ne me dis pas qu'il a un casier !

— Non, non, pas de casier. D'ailleurs aucun des candidats n'en avait. Mais il avait eu une histoire quand même.

Le chef de cabinet resta silencieux, sachant que le mieux était de laisser Grangier expliquer à son rythme.

— À la toute fin de sa troisième année d'école, il a eu un problème.

Grangier prit son temps pour se remémorer les éléments du dossier.

— D'après ce qu'on a appris, il était allé au cinéma avec sa copine voir je ne sais trop quoi. Il y avait deux types dans la salle qui foutaient le bordel. Ils fumaient du hash, parlaient fort pendant le film, jetaient les mégots sur les spectateurs. Tu vois le genre.

Le chef de cabinet voyait.

— Je te la fais courte. Kapéklian a râlé. Il leur a dit d'arrêter. Comme ils continuaient et commençaient à devenir agressifs, il est sorti de la salle avec sa copine, et ils sont allés chercher un vigile à l'accueil du ciné. La séance a été interrompue, les types ont dû partir, et la séance a repris. Quand Kapéklian est sorti du ciné, les types étaient là à l'attendre. Ils lui ont cassé la gueule. Sa copine a appelé la police. Les mecs se sont taillés lorsqu'ils ont entendu la sirène des collègues. Ils avaient salement amoché Kapéklian. Il est allé à l'hosto. Un mois et demi.

— Je vois. Il avait mis ça dans sa lettre de motivation ? Ou dans son CV ?

— Pas un mot.

— Ah tiens... Et ?

— Et ? Le type m'intéressait. On a creusé un peu plus. C'est comme ça que j'ai appris qu'il avait envoyé une lettre semblable aux patrons des autres boîtes, ceux de la table ronde, tu sais. C'est ça au fond qui m'a plu, qu'il s'adresse partout. Tu vois, ça montrait que Kapéklian n'était pas un fanatique.

Il souhaita préciser sa pensée.

— Tu vois, il n'a pas l'esprit vengeur. Sinon, il n'aurait envoyé sa candidature qu'à nous.

— Inversement, il aurait aussi pu ne l'envoyer qu'aux autres boîtes et pas à toi. On aurait pu le comprendre, non ? Travailler chez nous risquait de raviver de mauvais souvenirs. Non ?

Grangier fut étonné :

— Kapéklian ? Pas le genre. C'est vrai que tu ne le connais pas encore. Tu vois, c'est un type qui accepte son sort, quel qu'il soit. Au début, on a souvent l'impression qu'il se fout de tout, que tout lui est égal. Mais c'est pas ça. En fait, Kapéklian n'exclut rien a priori et s'adapte à ce qui arrive.

C'est pour ça, je pense, qu'il a candidaté partout.

— Et tu l'as pris.

— Et je l'ai pris. Enfin... Je lui ai fait passer un entretien... Si on veut.

Le chef de cabinet s'apprêtait à boire une gorgée de café lorsqu'il arrêta son geste.

— Comment ça, si on veut ? Tu lui as fait passer un entretien ou pas ?

— Je l'ai invité pour un entretien.

— Il n'est pas venu ?

— Oh si ! Il est venu. Mais ça ne s'est pas passé comme prévu. En fait, il n'a pas dit un mot.

En riant, le chef de cabinet demanda :

— Tu l'as intimidé à ce point ?

Grangier sourit à peine.

— Pas du tout. Pas le genre non plus à être intimidé. Mais tu sais, je ne lui avais encore jamais parlé. Ma secrétaire était tombée sur sa copine au téléphone, celle de l'histoire du ciné, et c'est par son intermédiaire qu'on a fixé la date de l'entretien. Lorsqu'il a été là, il m'a écouté. Tu sais, le topo habituel : « Content de vous voir. Bienvenue à la police scientifique. Eh bien voilà ce que nous faisons, etc., etc., etc. » jusqu'à ce que je lui demande si cela l'intéressait vraiment de travailler avec nous. Il a ouvert un bloc-notes, et puis il a écrit « oui » sur la page. C'était tout. Tu imagines la scène ! Du coup, je lui ai demandé s'il était muet ! Il a repris son bloc-notes, et écrit « Momentanément. J'ai eu un accident. Je dois faire attention encore quelques semaines en ne parlant pas ».

— Alors ?

— Alors quoi ? Je n'allais pas continuer à parler tout seul ! Je l'ai remercié d'être venu. Je lui ai dit que je réfléchirais, qu'on restait en relation, et que je le recontacterais.

Grangier était maintenant totalement plongé dans ses souvenirs. Le chef de cabinet ne montra aucune impatience. Doucement, il demanda :

— Et puis ?

— Et puis, il est sorti. J'ai regardé par la fenêtre. Il est allé sur le parking, et est reparti en voiture. Je ne sais pas pourquoi j'ai fait attention à ça, mais ça m'a plu qu'il soit venu seul, sans sa copine, et qu'il soit venu en voiture et pas en train. C'est peut-être idiot, mais ça m'a dit quelque chose sur lui.

Grangier prit son temps, de nouveau, avant de poursuivre :

— Dès qu'il est parti, j'ai fait faire une enquête poussée à la vitesse grand V sur ce drôle de gus. Les résultats sont arrivés le lendemain après-midi sur mon bureau. Son « accident » était lié à l'attaque à la sortie du cinéma. Un des types lui avait donné trois coups de couteau. Deux au bras gauche. Pas trop graves, mais profonds et bien tailladés quand même. Le troisième était à la base de la gorge. Ça lui a bousillé en partie un nerf au niveau des cordes vocales. Ne me demande pas les détails, j'en sais plus trop rien. Quoi qu'il en soit, Kapéklian a suivi une rééducation, mais ce n'est jamais vraiment revenu. Maintenant, il a une voix... bizarre. Je ne peux pas t'expliquer : tu comprendras quand tu l'entendras.

Grangier resta un moment dans ses pensées, avant d'ajouter.

— J'ai pris ce gars chez nous. Apparemment on était les premiers à l'accepter. C'est probablement pour ça qu'il est venu. Si une autre boîte l'avait accepté avant, on ne l'aurait sûrement pas vu.

Le chef de cabinet demanda :

— Il aime être désiré ?

— Non, je ne crois pas. Il accepte les choses comme elles viennent, c'est tout. On venait, alors il a accepté. Voilà.

Grangier poursuivit en s'animant davantage à mesure qu'il racontait :

— Quand il a été chez nous, on lui a donné des choses à faire où il n'avait pas besoin de parler. Il était aussi présent aux séances de debriefing, et je peux te dire qu'il absorbait tout ce qui s'y disait. Il faisait l'aller-retour en voiture depuis Grenoble, et était là à huit heures trente tapantes tous les jours.

— Parle-moi de son stage ? Ça s'est bien passé ?

— Son stage... C'est à l'avenant du type... Il a fait en moins de trois semaines le boulot qu'on avait prévu pour les six mois de stage. Je lui ai redonné un autre truc, toujours en informatique, plus dur que le premier. Il m'a refait le coup. Avec le troisième projet, je pensais qu'on serait vraiment tranquille. Je t'en fous. Rebelote. Plié en un rien de temps. À chaque fois, je recevais par courrier interne son petit topo quand il avait fini. Sur trois pages maxi, il expliquait quoi, pourquoi, comment. Il m'envoyait le code qu'il avait pondu par messagerie interne, et un fichier de documentation, qui expliquait le sens des lignes de commandes, les paramètres auxquels il fallait faire attention, etc. Chaque fois la même chose. Au bout de trois mois et demi, j'étais à court d'idées. Finalement, je lui ai parlé d'un réseau de dealers à démanteler. Il a travaillé sur les écoutes, le croisement d'information, la reconnaissance vocale, les noms de codes de ces parasites, etc. À ce moment-là, il avait commencé à reparler.

Ils restèrent silencieux. Grangier reprit en rigolant :

— Tu sais qu'il a failli ne pas avoir son diplôme d'ingénieur ?

Il expliqua sans attendre :

— Les étudiants de son école ont une obligation de séjour à l'étranger. Avec le coup qui lui était arrivé, et les soins hebdomadaires auxquels il était astreint, Kapéklian devait rester dans la région. Hors de question de partir. Alors j'ai trouvé une solution, bien pour lui et bien pour nous. Voilà.

— Comment tu as fait ?

— Ça n'a pas été tout seul. La nana qui s'occupait des diplômes ne voulait rien savoir. Règlement, règlement. Une vraie conne. Alors je suis passé au-dessus. J'ai appelé le directeur de l'Ensimag. Je lui ai dit que Kapéklian travaillait sur la mafia tchéchène, qu'il était le seul chez nous qui parlait russe, et qu'on allait démanteler, grâce à lui, le réseau qui alimentait les étudiants de son école en coke, en amphét et en beuh. Ça valait bien tous les stages à l'étranger, non ?

— C'était vrai ?

— Eh bien, oui, figure-toi. On a ajouté quelques mois à son stage chez nous, et ça s'est réglé comme ça. Il a eu son diplôme. Il a réussi les autres aussi. Je veux dire, les nôtres. Il est divisionnaire maintenant.

— C'est bien... Mais après son stage, pourquoi est-il resté ? Une fois son diplôme d'ingénieur en poche, il aurait pu aller ailleurs ? Il aurait mieux gagné sa vie.

Grangier éclata de rire.

— T'inquiète pas pour ses fins de mois. Ça va très, très bien pour lui de ce côté-là. Très ! Non, ce qui l'a accroché, je crois, c'est qu'il a chopé le virus. L'enquête sur les Tchéchènes a permis au passage d'attraper le mec qui l'avait schlassé.

— « Schlassé » ?

— Celui qui lui avait foutu des coups de couteau si tu préfères. C'était un camé et un fourgue. Un jour, il faudra que tu apprennes la langue !

— Dieu m'en préserve. Continue.

— Eh bien, je crois que Kapéklian a vu l'intérêt de ce qu'on faisait. Il a vu les résultats qu'on obtient, et qu'on était assez libres en fin de compte. Sa manière de fonctionner et nos objectifs, ça collait.

Grangier prit quelques instants avant de poursuivre.

— Toi comme moi on a vu des ordures passer au travers parce qu'on a tant à faire sur tous les fronts qu'on oublie des choses. On néglige des pistes. On ne fait pas certains rapprochements. Et on rate des ordures.

Le chef de cabinet opina de la tête, avec regret. Grangier continua :

— Pas lui. Kapéklian est un type qui ne laisse aucun centimètre carré inexploré. Il balaye tout. Il ne lâche rien. On en a d'autres comme ça, dans la police, tu le sais bien. On n'en a pas beaucoup, mais on en a, heureusement. Kapéklian est l'un d'eux. Mais à la différence des autres, il pourrait avoir la vie douce avec sa fortune, crois-moi. Les autres, non. Et puis, tu connais les taux de divorce chez nous. On fait monter la moyenne.

Le chef de cabinet acquiesça. Il songea à son célibat. Dieu sait où en serait aujourd'hui son couple si sa femme n'était pas morte dans un accident de voiture sept ans auparavant. Grangier poursuivit :

— Kapéklian, lui, est marié depuis qu'il reparle, et tout va bien de ce côté-là aussi. Il a épousé sa copine de ciné ! En plus, elle est aussi riche que lui, plus peut-être ! Bref : il a tout pour avoir une vie enviable. En fait, il l'a. C'est pas une façade. Il a une vie personnelle harmonieuse, j'en mettrais ma main à couper. Et pourtant...

Grangier réfléchit avant de préciser, de nouveau peut-être plus pour lui-même que pour son ami :

— Ce type abat une masse de boulot colossale. Tout ça en faisant des siestes à tout bout de champ. Un jour, il m'a dit qu'il dormait de « manière préventive ». C'est très curieux. Toujours est-il que lorsqu'il ne dort pas, sa concentration est phénoménale. C'est hallucinant. Je n'ai toujours pas compris comment il fait.

Grangier sembla hésiter.

— Ni pourquoi.

Il continua, en espaçant les phrases, en soupesant les mots :

— Armand n'a pas le feu sacré. Pas comme d'autres.

Il regarda le chef de cabinet, en déclarant :

— Pas comme toi et moi par exemple. On l'avait au début. On l'a encore un peu, non ?

Le chef de cabinet approuva sans sourire. Grangier hésita encore, avant de conclure :

— D'une certaine manière, Kapéklian, c'est pire. Tu verras.

Chapitre 21

Le chef de cabinet ne fit véritablement connaissance de Kapéklian qu'environ trois ans après la prise de fonction de celui-ci à la DGSI. Jusque-là, l'occasion ne s'était pas vraiment présentée, ou plutôt le chef de cabinet ne l'avait pas créée. Certes ils se croisaient à des raouts informels, à la cérémonie du Nouvel An du Ministre, à des remises de décorations. Ils avaient pourtant été présentés l'un à l'autre lors du départ en retraite de Grangier, mais la rencontre avait été furtive :

— Ah, c'est vous, Kapéklian. Grangier m'a beaucoup parlé de vous.

Kapéklian s'était incliné du buste, un geste valant à la fois remerciement et salutation. Le chef de cabinet n'avait pu poursuivre la discussion. Le Ministre l'avait happé pour l'entretenir en aparté d'un souci urgent. Il avait dû quitter rapidement la cérémonie pour régler séance tenante le problème qui préoccupait son supérieur. La prise de contact entre Kapéklian et le chef de cabinet s'était arrêtée là.

Depuis lors, rien. Pourtant le chef de cabinet, en contact régulier avec le patron de la DGSI, se tenait au courant, l'air de rien, des succès des responsables de départements. Le nom d'Armand revenait souvent.

Un sujet inhabituellement sensible et délicat commanda le rapprochement des deux hommes.

Armand resta pensif en lisant la convocation Place Beauveau. Il connaissait bien l'endroit, à deux cents mètres à peine de l'entrée du Palais de l'Élysée, pour s'y être trouvé à quelques reprises depuis qu'il avait intégré la DGSI.

Mais cette convocation était différente. Elle ne comportait aucun sujet, alors que, d'habitude, ce type d'invitation à une réunion en portait un. Le sujet pouvait être éventuellement anodin ; il pouvait ne rien vouloir dire ; il pouvait être grandiloquent, ce qui n'empêchait pas non plus de ne rien vouloir dire. Peu importait la manière, mais le sujet existait. Là rien. À part une série de sigles en bas de la page qu'il ne sut interpréter. Il méditait en tenant le document dans les mains lorsque la porte de son bureau s'ouvrit largement, aussitôt après un bref et sonore « toc, toc ».

— Ah vous avez vu. Très bien. On y va ensemble, Kapéklian. Maintenant.

Armand se leva, enfila son manteau Burberry bleu foncé sur sa veste en tweed, vérifia l'équilibre de son nœud papillon dans le miroir, et suivit le grand patron de la DGSI. Il l'accompagna vers le garage sans angoisse, sans attente, sans espoir ou impatience, convaincu de l'inutilité de ces sentiments sur les événements à venir. Le futur proche deviendrait si vite le présent que mieux valait ne pas y penser.

La voiture ne franchit pas la belle grille en fer forgé faisant face à l'Avenue de Marigny, mais s'arrêta devant une porte étroite de la rue des Saussaies. Kapéklian suivit benoîtement son patron à travers les couloirs, les tournants et les postes de contrôle, jusqu'à ce qu'ils soient introduits dans un salon à l'imposante hauteur sous plafond et aux rutilantes dorures. Les grands carreaux des larges fenêtres laissaient pénétrer une lumière rasante, qui dessinait des taches sur un tapis gigantesque.

Ils trouvèrent là un groupe de quatre personnes en pourparlers.

Kapéklian reconnut d'abord le Directeur de la Police Judiciaire, puis celui avec qui il s'entretenait, et qui s'était aussitôt tourné vers eux à leur arrivée. C'était la première fois qu'il rencontrait le chef de cabinet du Ministre en cercle aussi restreint, presque en privé pour ainsi dire. Celui-ci fit les présentations, qui étaient superflues sauf concernant les deux dernières personnes, un homme et une femme entre deux âges, costume gris pour lui, tailleur gris pour elle, dont Armand apprit qu'ils étaient de hauts fonctionnaires du Ministère des

Finances.

— Nous sommes au complet, je crois.

Le chef de cabinet invita ses hôtes à prendre place autour d'une élégante table basse, sur laquelle étaient posées six tasses dans des soucoupes assorties. Sous les yeux étonnés de tous, réprobateurs de plusieurs, et amusés de son patron, Armand en saisit une dans sa main, l'examina délicatement, la regarda sous tous les angles et la reposa sans mot dire. Il avait reconnu en ces tasses un service du dix-neuvième siècle identique à celui acquis par sa femme à Drouot la semaine d'avant. Les mots « Vve Désarnaud à l'Escalier de Cristal à Paris », inscrits en fines lettres rouges sur l'envers de la tasse, avaient confirmé son soupçon.

Le chef de cabinet ouvrit une thermos tout ce qu'il y avait de plus contemporaine, et versa d'autorité du café à tous. Certes son visage ne marquait aucun trouble, mais le directeur de la PJ nota qu'il s'apprêtait à commencer la tournée par Armand, en contradiction avec la préséance et les usages, lorsqu'il se ressaisit, et obliqua vers la tasse de la dame en tailleur gris.

— Merci à tous d'être venus si rapidement à mon... invitation.

Le chef de cabinet était par nature réticent à utiliser certaines tournures de phrases ou certains termes. Le mot « convocation » était l'un d'eux.

— Voilà. En préambule, il va de soi que tout ce dont nous parlerons ici est top confidentiel, niveau d'habilitation « Secret d'État », du moins à ce stade des opérations.

Il prit le temps de regarder un à un ses invités pour s'assurer que chacun avait bien saisi, avant de poursuivre :

— Nous avons une histoire très délicate sur les bras. Une histoire politique. Mais le plus grave est que certains aspects semblent indirectement liés aux attentats de Roissy. Peut-être le plus simple est-il que vous, Madame Lefranc, vous nous donniez des éléments contextuels. Parlez librement. Cela vaut pour vous aussi Messieurs. Madame, je vous en prie.

La fonctionnaire de Bercy tripotait le collier de perles qui épousait les formes généreuses de sa poitrine. Elle trouva plus convenable de le lâcher pour son intervention :

— Si vous voulez, Monsieur le chef de cabinet. Pour faire bref, nos agents de Tracfin ont noté depuis plusieurs mois des opérations de transfert de fonds pas nets entre des structures et des personnes privées qui semblent avoir des liens avec les attentats. Visiblement, la manière dont ces transferts sont effectués marque le désir de dissimuler. Les parties prenantes cherchent à cacher au maximum tant leur identité que les montants transmis. Monsieur Desmarets est l'agent qui a levé le lièvre, si vous me passez l'expression. Il est parvenu à identifier certains bénéficiaires.

Elle invita son collègue à prendre le relais. Il le fit avec fébrilité :

— Oui, euh... Merci Madame Lefranc. Bon, eh ben. Je veux dire, bon eh bien. Euh...

Le directeur de la PJ cacha son sourire en baissant le visage. Le chef de cabinet déclara d'un air engageant :

— Nous vous écoutons, Monsieur Desmarets. Nous sommes entre nous. Rien ne sortira d'ici. Je vous ressers un peu de café ?

Il joignit le geste à la parole, ce qui eut pour effet d'apaiser le fonctionnaire.

— Oh merci ! Oui, je disais... Qu'est-ce que je disais ? Ah oui. Notre cellule a trouvé un lien financier entre deux groupes salafistes, une association pro-migrants, deux maires de municipalités de Seine-Saint-Denis, et un député européen. Le lien n'est pas formel. Il est très léger, mais il existe néanmoins.

Le fonctionnaire cita le nom des groupes salafistes. Le chef de la PJ intervint :

— Les djihadistes qui ont commis les attentats de Roissy étaient en relation avec ces groupes. Ils échangeaient des messages sur une version maison de TOR.

— TOR ? Qu'est-ce que c'est ?

— C'est un système de messagerie anonymisé et crypté, Monsieur le chef de cabinet.

— Merci. Bien. Continuez.

— Les départements techniques des services de renseignement nous ont aidés à accéder aux infos échangées.

Le patron de la DGSI resta presque impassible. Le léger étirement satisfait des lèvres qui passa sur son visage indiqua que ses troupes étaient routinières de ce genre d'exploit. Le chef de la PJ redonna la parole à Desmarets. Il usa de la plus grande politesse pour éviter que l'autre ne se liquéfiât de nouveau :

— Excusez-moi, Monsieur Desmarets, je vous ai interrompu. Je vous en prie...

— Euh... Merci. Euh... Ah oui. L'argent passe par des cryptomonnaies. Il y a du bitcoin et de l'Ethereum bien entendu. Mais il y a aussi des cryptomonnaies plus exotiques. Du Solana, du Polkadot. D'autres encore. On a fait le lien avec des comptes ouverts à Hong Kong, à Jersey, à l'Île de Man notamment. On a poursuivi ce lien pour voir qui sortait de l'argent. On a découvert des empilements de sociétés écran, des constructions complexes. Mais on a l'habitude.

Cette dernière phrase le revigora.

— On avait aussi noté des écarts entre les revenus déclarés de certains élus et leur niveau de vie. Les réseaux sociaux nous ont beaucoup aidés.

Il eut un petit rire.

— Des selfies aux quatre coins du monde, dans des lieux paradisiaques, en joyeuse compagnie. Ou bien lors d'une croisière, ou en classe business en avion. Des messages postés sur Facebook, avec des chemins en pointillé indiquant sur une carte le point de départ et celui d'arrivée.

Il ne s'arrêtait plus, détaillant à plaisir certaines des méthodes de Bercy.

— On a pu faire beaucoup de choses rien qu'en utilisant des informations « ouvertes ».

Il reprit plus doucement, retrouvant sa timidité naturelle :

— Quant aux informations moins directement accessibles, on s'est jusqu'ici débrouillés... On a pu faire des estimations. Notez que du point de vue purement financier, le député n'est apparemment pas le mieux loti des trois élus qu'on a repérés. Mais...

Le chef de cabinet lui vint en aide.

— Mais il est ancien Ministre. Et son nom revient souvent pour rejoindre un nouveau gouvernement. Merci Monsieur Desmarets.

Le chef de cabinet changea d'interlocuteur :

— Madame Lefranc, est-ce que vous pensez que l'histoire s'arrête là ? Je veux dire, du point de vue national, est-ce que ces trois noms sont les seules brebis galeuses, si vous me passez l'expression ?

— J'en doute fort, Monsieur le chef de cabinet. Et voici pourquoi...

Au cours de la discussion détaillée qui suivit, le chef de cabinet chercha à se faire une vague idée de l'ampleur du problème, de l'impact qu'il pourrait avoir en matière de politique intérieure, de prestige et de confiance dans les institutions de la France. Il tenta d'évaluer la réaction des médias. Or à ce sujet, Madame Lefranc évoqua, dans son intervention, des signaux faibles, trouvés juste avant qu'ils ne rejoignent la réunion, et qui indiquaient que certains journalistes semblaient, eux aussi, bénéficier de mannes financières occultes. Le scandale allait être énorme. Kapéklian, resté silencieux tout du long, leva le doigt au milieu des échanges. Il resta ainsi presque une minute entière, le doigt en l'air, avant que le patron de la DGSI ne le remarquât :

— Monsieur le chef de cabinet, je crois que Kapéklian voudrait intervenir.

— Oui ? Ah oui. Commissaire, allez-y.

— Sommes-nous les seuls concernés ?

Sa voix, à laquelle aucun n'était habitué à part son patron, les figea. On aurait entendu une mouche voler. Le chef de cabinet fut le premier à réagir. Il le fit avec prudence :

— Pouvez-vous développer, commissaire ?

— Tracfin a eu accès à des informations qui concernent des Français, dont des élus. Mais il est peu probable que la France ait le monopole de la corruption dont il est question ici.

Le chef de cabinet comprit au quart de tour la portée et les conséquences de ce qui venait d'être dit. Kapéklian avait tapé dans le mille ! À coup sûr, d'autres pays étaient touchés. Il n'y avait pas de raison ! Ailleurs en Europe, des élus et des journalistes avaient été achetés. Le cloaque n'était pas limité à la France. C'était certain ! Plus que certain ! Si on pouvait le prouver, la tache sur la France n'en serait pas lavée pour autant, mais elle serait diluée au milieu de celles des autres. Kapéklian observa en silence la discussion rebondir sur la piste plus large qu'il avait indiquée. Chacun parla de l'envergure de ses prérogatives, de ses limites, de ce que l'on pourrait faire avec les services étrangers et de ce qu'on ne pourrait pas faire. On identifia les partenaires les plus fiables, les habitués des coopérations officielles et des coups en douce.

Les phrases s'espacèrent. Les silences se firent longs. On avait fait le tour. La séance de « brainstorming » avait été fructueuse. Dans un geste totalement inattendu pour un fonctionnaire de son rang, le chef de cabinet croisa les mains derrière la tête, fit craquer ses doigts et poussa le thorax en avant. Il resta trois à quatre secondes ainsi, puis continua son mouvement. Il leva les bras, les paumes vers le ciel, les doigts toujours croisés, et gémit de contentement en s'étirant. Il contemplait le plafond d'où dominaient des angelots peints à l'huile, roses et boudinés, et qui semblaient voleter autour de la pièce. Ses doigts se séparèrent, les bras descendirent lentement, puis s'arrêtèrent lorsqu'ils parvinrent en dessous des épaules. Il murmura alors, comme une promesse faite aux cieux :

— Je veux qu'ils payent. Tous. Et cher. Très, très cher.

Il percevait clairement la portée de son engagement. Tous. Cher. Très cher.

En premier lieu, les personnalités à portée de main seraient exposées. Leurs carrières seraient brisées, leurs réputations traînées dans la boue, et les procès mineraient des années de leurs vies. Ils seraient ruinés, tués économiquement et socialement. Ils seraient finis. En fait, la réunion jusqu'ici n'avait porté que sur ça. Élus, journalistes, et fonctionnaires européens étaient des objectifs aisés à atteindre. On les désignerait du doigt, et on les condamnerait dans le cadre des instruments usuels : amendes, contrôles fiscaux, levées d'immunité, prison, etc. Facile. Utile. À portée limitée.

Il restait les autres. Ceux qui passaient tout le temps entre les gouttes. Ceux pour qui les preuves seraient, soit trop ténues pour tenir dans un procès, soit ignorées par des magistrats qui instrumentalisaient les tribunaux pour leurs batailles idéologiques. Il y avait enfin ceux qui se foutaient royalement du droit et des cours de justice françaises. En un mot, il y avait les commanditaires, les responsables, les organisateurs de la corruption et des attentats. Où étaient-ils ? Le chef de cabinet passa mentalement en revue les cas des dernières années. À Paris, Marseille et Rennes. En Europe ? À Anvers et à Molenbeek, à Rome et à Milan, à Cologne et à Berlin. Et en dehors de l'Europe ? Ceux planqués en Arabie Saoudite, au Qatar, au Pakistan, au Mali, au Burkina, en Algérie ou au Maroc. Ailleurs encore. Certains avaient pignon sur rue, d'autres évoluaient entre deux eaux, beaucoup vivaient dans la clandestinité.

Pour eux, le chef de cabinet ne voulait pas de procès médiatisés, pas de plaidoiries, pas de postures des belles âmes, pas d'intellos en chemise décolletée. Pas d'absolution. Il faudrait qu'ils paient. Nettoyer l'espace de la vermine qui avait ensanglanté la France nécessitait des solutions alternatives. La tête toujours renversée, le chef de cabinet remplit ses poumons d'air, et ferma les yeux quelques instants.

Les images de Roissy s'engouffrèrent dans sa tête. Son arrivée en hélicoptère à l'aéroport une poignée de minutes à peine après la fusillade. Sa déambulation solitaire dans le terminal, au milieu des morts, des blessés et des enfants choqués, des pleurs, des gémissements et des flaques de sang frais qui se mêlaient. Les policiers qui l'avaient accompagné l'avaient laissé. Ils couraient prêter assistance, plongeaient leurs mains dans les plaies pour stopper les hémorragies, criaient des ordres, coordonnaient les secours pendant que le sang giclait, et recouvrait leurs tenues de combat. Lui s'en estimait incapable. Il errait à distance, inutile et impuissant.

Il y eut alors ce bruit bizarre, très faible, qu'il entendit sans parvenir ni à l'identifier ni à savoir d'où il venait. Il s'était tourné dans tous les sens. Il avait fait quelques pas dans une direction, puis dans une autre, et avait fini par repérer le kiosque à journaux d'où provenait le curieux son. Il n'appela pas les gendarmes. Il résolut d'y aller seul. Il voulait se prouver à lui-même qu'il avait, lui aussi, du courage physique, ne serait-ce qu'un peu. Il entra à petits pas prudents. Il y avait là deux corps, l'un sur l'autre. Le bruit venait d'eux. Étaient-ils vivants ? Il ôta rapidement sa veste, la jeta derrière lui, retroussa ses manches de chemise, et s'agenouilla près de ces deux êtres. Il tâta leur pouls à la carotide. Rien, mais cela ne voulait rien dire, il n'était pas un professionnel. Il les retourna aussi précautionneusement que possible. Une femme et un petit garçon gisaient, fauchés par les balles, morts sans aucun doute possible.

Leurs mains unies étaient restées agrippées à un téléphone dont sortait un hurlement, entrecoupé de sanglots et de mots qu'il distinguait mal. Il resta plusieurs minutes prosterné ainsi. Il ne sortit de sa prostration que lorsqu'il entendit « Michel, Marie, je vous en prie », hurlé du fond d'une âme dont il ne pouvait mesurer la détresse. Il écarta délicatement les doigts de la femme et de l'enfant, prit doucement le téléphone, et porta lentement l'appareil à son oreille. Alors qu'il allait ouvrir la bouche, la connexion se fit dans son esprit. Un autre pays, une autre époque, un même malheur.

Chapitre 22

L'étude de cas avait été traitée pendant une séance de la formation si particulière qui avait rendu cet homme progressivement incontournable dans les arcanes du pouvoir.

L'intervenant avait décortiqué la prise d'otages des sportifs Israéliens par un commando palestinien pendant les Jeux Olympiques de 1972 à Munich. Il avait cité le nom de l'organisation à l'origine de l'attentat. Septembre Noir.

Il avait décrit l'incompétence crasse des Allemands. Leur désinvolture, leur impréparation, leur désastreuse tentative d'intervention, et le bilan final pour Israël. Onze athlètes assassinés par les terroristes.

Le conférencier avait projeté des photos d'archives. Il y avait repéré les victimes, qu'on distinguait avec peine dans l'amas compact de corps et de sang coagulé. Il avait décrit les tortures ignobles infligées par leurs bourreaux, et tues aux familles.

Puis il avait décrit la réaction du Premier Ministre Israélien de l'époque. Pendant que son peuple se recueillait, Golda Meir organisait les deux volets des représailles. Le premier, bien visible et marquant les opinions et les esprits : des bombardements de camps palestiniens au Liban par l'aviation israélienne.

À genoux auprès des deux corps, une mère et son fils tués, tentant de raisonner un cri sans fin, le chef de cabinet pensait au second. L'élimination systématique des cerveaux derrière les attentats de Munich. Tués les uns après les autres, à Rome, à Chypre, à Paris...

Une opération menée sur vingt ans, sans autre contrainte que d'intervenir avant que les ordures ne meurent de vieillesse ou de maladie.

La première élimination fut à peine notée. La deuxième guère davantage.

À la troisième, les membres de Septembre Noir comprirent qu'ils étaient la cible. Où se cacher ? Au milieu des démocraties occidentales ? Dans des baraquements au Moyen-Orient ? Dérisoire illusion, dérisoire espoir, dérisoire lâcheté.

Ils avaient au cul le Mossad, le plus performant service secret du monde. Ses agents les trouveraient où qu'ils se planquent. Ils les élimineraient au moment qu'ils auraient choisi.

L'existence des organisateurs de l'attentat changea. Finie la quiétude. Désormais, il leur fallait constamment se demander si on les avait trahis, se retourner à chaque pas, chercher du regard qui les suivait, imaginer un tueur dans toute personne qui les croisait.

Golda Meir avait décidé que les concepteurs des attentats, rigolards après les prouesses de Munich, ressentiraient l'angoisse et la peur, en permanence, à chaque seconde du reste de leur vie, avant de connaître la mort. On les buterait dans la rue. On les buterait dans leur lit. On les buterait jusque dans les chiottes.

Une mission sur vingt ans. Aucun n'échappa à la « Colère de Dieu ».

Il avait fallu une chose pour qu'elle s'exerçât. Une chose essentielle. Une chose sans laquelle rien n'était possible.

Il avait fallu une liste de noms.

Chapitre 23

Le chef de cabinet ouvrit les yeux. Son regard quitta les angelots boudinés et dodus du plafond, et revint sur terre. Il reprit une position plus conforme à la dignité habituelle qui s'imposait à cet homme aux si vastes responsabilités.

Le visage fermé, il fit tourner un reste de café dans sa tasse. Il la reposa sur sa soucoupe, avec un faible et fugitif sourire en pensant à la manière dont Kapéklian avait examiné la sienne au début de la rencontre.

— Commissaire, on me dit que vous n'avez pas votre pareil pour obtenir des informations utiles.

Le chef de cabinet était un stratège et un logisticien. Le temps était venu de solliciter un opérationnel pour qui, dans les circonstances présentes, la vérité primait sur le droit.

— Commissaire, nous devons savoir qui est derrière tout ça. Je souhaite que vous vous occupiez personnellement de cette affaire. Tous nos autres services vous viendront en appui. Tracfin, la PJ, la DGSE, le renseignement militaire, nos hackers, tout ce qu'il vous faudra.

Les yeux de tous étaient braqués sur Kapéklian. Tout en connaissant d'avance sa réaction, Kapéklian se tourna par égard d'abord vers son patron à la DGSI. Il prit acte du battement de paupières signifiant son approbation. Le directeur de la PJ hocha la tête, marquant ainsi qu'il n'avait rien contre cette proposition du chef de cabinet. Statufiés, les hauts fonctionnaires du Ministère des Finances attendaient sans bouger.

Kapéklian croisa les mains devant lui. Il les fixa un instant, puis releva la tête, et regarda le chef de cabinet. Sans passion, sans enthousiasme, sans affect, de sa voix magnétique, de sa voix inimitable, de l'instrument qui, allié à sa méthode d'investigation et d'interrogatoire, lui donnait l'ascendant sur toute n'importe quelle proie prise dans ses filets, Kapéklian accepta la mission :

— Bien, Monsieur le chef de cabinet. Je vais m'en occuper.

Le chef de cabinet sentit que Kapéklian voulait ajouter quelque chose. Il attendit.

— Toutefois...

— Oui, commissaire ?

— Je vous demande la permission de faire cette enquête à mon rythme. Sans précipitation.

Le chef de cabinet regarda autour de lui. Les quatre autres restèrent de marbre. La décision lui revenait. Il écarta les mains, les joignit sous son menton, réfléchit un instant.

— Ce sera long ?

— Je ne sais pas. Un an peut-être. Mais en procédant ainsi, on saura toute la vérité. J'aurai tous les noms.

Il regarda le chef de cabinet dans les yeux, et précisa :

— Aucun n'en réchappera.

Le chef de cabinet regarda attentivement Kapéklian. Le monde avait changé depuis l'exemplaire opération du Mossad achevée un demi-siècle plus tôt. Les rapports de force étaient autres. Les constellations géopolitiques, l'emprise des médias sur les opinions, les développements techniques ou scientifiques, tout cela avait changé. Tout cela était important, il en convenait sans peine. Mais tout cela restait secondaire à ses yeux.

Le cœur de l'univers du chef de cabinet était ailleurs. Pour lui, le noyau dur de la raison d'État restait immuable à travers les époques. Il se résumait à un verbe : décider. Décider, c'était forger l'avenir, délimiter ses potentialités et ses limites. Décider, c'était agir ou ne pas agir. L'action ou l'absence d'action, l'un comme l'autre était une décision qui engageait une responsabilité et avait des conséquences. La servilité était le résultat d'une décision. La résistance, le résultat d'une autre. La pâte humaine, constitutive de la servilité ou de la résistance, différait.

Le chef de cabinet continuait de fixer l'homme en face de lui, à la mise et au nœud papillon impeccables. Qu'avait dit Grangier ? Pas un fanatique. Pas le feu sacré. Pire. Oui, Grangier avait raison. Kapéklian était pire. Le chef de cabinet répondit :

— Permission accordée.

Chapitre 24

Lorsque le son du clairon retentit, Kapéklian avait dormi une vingtaine de minutes. Il se sentait bien. Il ouvrit la porte du cabinet de toilette, et procéda comme auparavant. Il prit une nouvelle douche, se sécha dans la serviette éponge, puis la fixa à sa taille. Il se rasa de nouveau, méthodiquement. Il s'habilla. Il enfila un tricot à manches longues en peau de chamois, adapté aux variations de températures. Il le cacha sous une nouvelle chemise blanche, et ajusta son nœud papillon.

Il continuait d'appliquer sa méthode à la lettre, sans jamais rien y changer. Il fallait qu'il conservât une apparence immuable, propre, inaltérable. L'interlocuteur, fatigué, pas soigné, devait sentir par contraste sa propre décrépitude.

L'incertitude et l'ignorance étaient ses alliées. Maintenir l'autre dans l'incertitude sur ce qu'il savait, et surtout dans l'ignorance de qui il était, de qui il était vraiment. Les individus qui l'attendaient dans l'anxiété, les bipèdes à qui il se mesurait, les pourritures qu'il coinçait : des ignorants.

Ils ne savaient rien de lui.

Kapéklian vérifia dans le miroir que son armure ne donnait aucune prise à l'ennemi. Les manches longues de sa chemise étaient boutonnées, son nœud papillon fixé suffisamment haut sur la gorge. Il sourit, et s'efforça de prendre un air lisse et avenant en refermant à clef la porte de son bureau.

Le deuxième round pouvait commencer.

Chapitre 25

Que savait-il au juste ? Et puis qui était-il ? Il ne lui avait même pas dit son nom. Ces questions et tellement d'autres se pressaient dans la tête de Claude. Après le départ du commissaire, il éprouva le besoin de se dégourdir les jambes. Il se leva. Ce changement de position fit naître une envie d'uriner, et aussi d'être seul. Son éducation l'empêcha de demander où il pourrait pisser.

— Vous pouvez m'indiquer où je pourrais me laver les mains ? demanda-t-il poliment au policier qui était resté avec lui.

— Mais certainement, Monsieur Rouchon. Je vous accompagne. C'est un vrai labyrinthe ici.

Toujours ce « Monsieur Rouchon » dont ils l'affublaient, ce flic et l'autre. Après tout, ce n'était peut-être pas si mal. Cela signifiait au fond qu'ils savaient qui il était, qu'il n'était pas un citoyen lambda, mais un individu clairement identifié qu'ils ne prenaient pas à la légère. Il fallait en profiter. Il devait s'en servir pour sortir de cette situation. Il s'était dégagé de tellement d'autres coups fourrés depuis ses débuts, il s'en sortirait cette fois encore.

Peut-être parviendrait-il même à tourner les choses à son avantage. Il en conservait l'espoir.

Le policier et Claude sortirent du bureau pour finalement ne faire que quelques pas. Les toilettes pour hommes étaient à moins de cinq mètres, dans une sorte de bloc central, un cube isolé, délimité par un croisillon de couloirs à angle droit. Le policier lui ouvrit la porte.

— Prenez votre temps, Monsieur Rouchon. Je vous attends ici.

Claude le regarda un instant sans savoir quelle contenance adopter. Il soupira en pénétrant dans une pièce aussi blanche que celle qu'ils avaient quittée. D'ailleurs tout était blanc ici. Les couloirs et maintenant les urinoirs fixés au mur, la cuvette du pack WC qu'il découvrit derrière une nouvelle porte, le lavabo, le carrelage du sol au plafond. Tout.

La présence du policier qui l'attendait à l'extérieur gênait Claude. L'infantilisation qui en découlait, et qu'il ressentait avec un soupçon de honte, le déstabilisa. Elle le conduisit à hésiter entre l'urinoir et la cuvette. Combien cette hésitation était puérile. Il en eut un peu honte.

Finalement il opta pour l'urinoir. Il se dégrafa, et, après bien des efforts, parvint enfin à déclencher le soulagement espéré. Il produisit un flot dru, bruyant, dont la teinte plus jaune que d'habitude le rebuta. Il était resté trop longtemps sans pisser, il n'aurait pas dû. Une fois lancé, son jet fut interminable. Claude posa sa main gauche contre le mur, la droite maintenant la direction. Pour se détendre, vider sa tête, il se laissa aller en avant. Son front prit appui sur le revers de sa main. De l'autre, il s'amusa à serrer puis à libérer son pénis pour intensifier la pression du flux. L'alternance de la vigueur des jets ainsi créés lui rappela les grandes eaux des jardins de Versailles, qu'il avait visités lorsqu'il était enfant. Y était-il retourné depuis ? Non, probablement pas. Versailles n'évoquait aucune autre image, à part cette vision de fontaine remontant à l'époque où il était écolier. Une association d'idées le ramena aux vacances scolaires passées à la campagne pendant lesquelles il avait commencé à jouer ainsi avec son pénis, en arrosant les fougères et les orties.

Son jet finit par s'atténuer, puis par se tarir. Il ôta sa main du mur, secoua son pénis, en fit gicler les dernières gouttes, et se reboutonna. L'esprit vagabondant dans ses souvenirs d'enfant, il se rapprocha à pas lents du lavabo. Assez large, l'évier, posé sur un socle en carrelage, était presque plat. Son réceptacle de quatre ou cinq centimètres de hauteur ne laissait que peu de prise à l'eau qui coulait du mitigeur. Le robinet était fixé au mur de sorte à ce que seules des mains puissent se glisser entre lui et l'évier. Le déclenchement de l'écoulement de l'eau se faisait par leur passage devant un capteur.

Avec une telle installation, Claude ne pouvait pas se passer la tête sous le robinet comme il en éprouvait l'envie. Il mit sa main sous l'eau tiède, puis humidifia son visage en tapotant par endroits, surtout le front et les tempes.

Il voulut juger de son allure. Il constata avec surprise qu'il n'y avait pas de miroir au-dessus du lavabo. Il resta un moment ainsi, à faire face aux carreaux de faïence qui habillaient la pièce.

Alors que ses yeux cherchaient, bêtement, dans cette uniformité lisse et brillante, un reflet quelconque qui eût pu lui renvoyer son image, ou du moins une portion de lui-même, et devant lequel il se serait mu pour évaluer son aspect général, un autre souvenir remonta des abysses de sa mémoire. Un moment qu'il croyait totalement oublié. Encore un souvenir d'enfance.

Chapitre 26

L'établissement scolaire avait organisé une sortie au musée Rodin. Il se souvenait que Valérie, lui et les autres enfants avaient pris pour cela le métro. Le voyage aller avait été tumultueux, avec des jeux, des rires, et des poursuites qui rendaient folle la maîtresse. Elle s'efforçait de canaliser les enfants, en les mettant deux par deux, main dans la main. Claude tenait celle de Valérie, et la lâchait en catimini dès que la maîtresse avait le dos tourné.

Le joyeux chaos n'avait cessé qu'une fois qu'ils furent entrés au musée. La raison n'en était pas qu'ils s'étaient fait gronder, mais parce que le guide qui les accueillit les avait captivés.

Claude ne se rappelait pas le sens, encore moins le contenu de ses paroles, mais percevait à des dizaines d'années de distance l'atmosphère que ce vieil homme avait créée alors. Il était très grand, très large d'épaules aussi, et se tenait droit malgré les ans. Il leur avait parlé doucement de Rodin. Sa voix exprimait un tel respect pour cet artiste qu'ils écoutèrent avec beaucoup d'attention les mots simples que prononça le géant.

Au cours de la visite, le guide les mena d'une sculpture à l'autre, leur expliqua quelles étaient les personnes sur les photos fixées au mur, et leur raconta l'aventure des bourgeois de Calais et celle de la création de la porte des Enfers. Il leur parla aussi de Camille Claudel, de l'amour terrifiant qui avait uni les deux artistes, et de la fin de vie malheureuse, désespérée, tragique qu'avait eue cette femme.

En alternant les anecdotes et l'histoire qui constituaient la vie de Rodin, leur guide faisait vivre une période qu'aucun des enfants n'avait connue. En le suivant pas à pas, Claude, Valérie et les autres avaient marché en silence dans un lieu qui les impressionnait. Ils s'autorisaient à peine quelques chuchotis, s'en voulant aussitôt de fêler ainsi le recueillement et la sacralité que ce lieu imposait, et que le vieil homme incarnait de sa voix douce et posée.

Il faisait beau lorsqu'ils étaient sortis du musée. Ils s'étaient dirigés vers la station Varenne. Marcher main dans la main n'était plus une contrainte, en tout cas plus pour lui et Valérie, et, il l'avait senti, elle ne l'était pas davantage pour les autres enfants.

Il conservait la perception, confuse, sensible et forte que la sensation de leurs deux mains chaudes d'enfants, l'une dans l'autre, alors qu'ils avançaient sans parler, chaque écolier imprégné individuellement de ce qu'il avait éprouvé, renfermait en elle-même, en ce simple geste des mains unies, vécu au plus vrai de leurs chairs, en cet instant extrait à la marche du temps, la transmission d'une filiation, d'un lien avec un homme, Rodin, dont les adultes étaient fiers et qu'ils admiraient.

Entre l'admiration et la fierté ressenties par les adultes, ce fut ce second sentiment qu'eux, les enfants, éprouvèrent le plus clairement. La fierté de partager la même terre, la même langue, le même pays, la fierté de faire sienne la filiation dont le géant leur avait fait cadeau : cette fierté entra ce jour-là au plus profond de leurs fibres d'enfants.

Quant à l'admiration pour le sculpteur, même s'ils ne l'éprouvèrent pas eux-mêmes, ils perçurent néanmoins celle de leur guide, et lurent le même sentiment dans les yeux de la maîtresse. Ils furent frustrés de constater que l'admiration pour Rodin semblait réservée aux grands, et qu'ils n'avaient pas encore l'âge ou l'expérience pour y accéder.

Sans avoir les mots pour le dire, ils comprirent instinctivement qu'il leur manquait quelque chose pour justifier la fierté qu'ils éprouvaient, et qui les rendait silencieux et heureux.

En même temps, ils sentirent aussi qu'ils avaient reçu du guide une partie de ce quelque chose lacunaire, ou du moins qu'il leur avait donné une clef, un outil, une possibilité qui leur permettrait de combler ce manque un jour. En écoutant leur guide, en comprenant que sa vie était dédiée à ce musée particulier, à la mémoire d'un homme singulier, Rodin, et aux œuvres que ce sculpteur avait extraites de la glaise, du marbre et du bronze, ils avaient reçu la preuve qu'il était des choses et des êtres dignes d'être admirés.

C'est ainsi qu'ils surent que l'envoûtant guide leur avait fait un second cadeau, peut-être plus important encore que la fierté.

Il leur avait ouvert, à eux, enfants à l'aube de l'existence, la porte de l'admiration. Il leur avait démontré qu'admirer est en soi une bénédiction. Ce cadeau était fascinant parce qu'il était dangereux. Par lui, ils étaient maintenant confrontés à un choix qu'ils ne pouvaient plus ignorer : développer la capacité d'admirer, ou la faire taire et l'oublier. Ce choix leur faisait d'autant plus peur qu'il était le premier qu'ils devaient assumer seuls. Ils ressentaient, du haut de leurs dix ou onze ans, que l'option qu'ils prendraient serait capitale pour le reste de leur existence. Pire encore, ils saisirent que le fait de décider signifiait, aussi, que la responsabilité prenait le pas sur l'insouciance, et donc que leur jeunesse avait une limite.

En bas des escaliers de la station Varenne, après avoir parcouru quelques mètres de couloir, la maîtresse les invita à attendre en s'asseyant sur des sièges, qui étaient tous propres à l'époque. Gardant la petite main de Valérie dans la sienne guère plus grande, Claude avait attendu la rame en regardant le mur devant lui, un mur courbe, d'un blanc immaculé et uni, fait de petits rectangles apposés les uns à côté des autres, délimitant les emplacements réservés au plan du métro et aux affiches de spectacles, intactes, juxtaposées, sans déchirements. Il s'aperçut que les carreaux de faïence qui l'entouraient dans les toilettes de la DGSI étaient les mêmes que ceux du métro parisien de son enfance.

Il s'en détacha avec peine et nostalgie. Il chercha en vain un torchon auquel s'essuyer les mains, et se résigna à les sécher dans le système automatique accroché au mur. L'air chaud et sec qu'il soufflait à grand bruit faisait trembler ses doigts longs et fins. Il s'arrêta net au bout de vingt secondes.

Chapitre 27

Ce n'est que de retour dans la salle, en retrouvant la table, les chaises anonymes, et en saisissant que le flic reprenait sa place dans son dos, que Claude sentit la fatigue et le doute le pénétrer. Mais que savait l'autre, bon Dieu, celui qui devait revenir à tout instant ? Fallait-il interroger le flic qui ne le quittait pas d'une semelle ? Le faire ne risquait-il pas d'en dire plus sur lui qu'en découvrir sur eux ? L'autre type allait revenir vite, il l'avait dit. Alors Claude devait réfléchir encore plus vite à ce qu'il admettrait, à ce qu'il tairait, aux noms qu'il lâcherait et à ceux qu'il continuerait de protéger. Le type avait parlé d'Oussama, de leur argent, de leurs commanditaires. Que savaient-ils vraiment, ces espions ? Depuis quand fouillaient-ils dans leurs vies ? Le type avait dit « un bon moment ». Ça ne veut rien dire, un bon moment ! Il ne fallait pas paniquer. Il devait se concentrer. Il n'était pas n'importe qui. Il était député, un brillant député même. Plus que ça. Il était intelligent. Alors il allait trouver le moyen de sortir de cette histoire, vite fait, bien fait. Il lui suffisait de trouver le bon angle d'attaque. Vite, avant que l'autre ne revienne. Putain, mais comment faire, quand on ignore l'étendue du savoir de l'autre ?

« *La moralité est une méthode* ». Cette phrase, qu'il avait lue un jour quelque part, lui revint d'un coup au milieu de ses interrogations. Voilà la solution ! Après tout, est-ce que la moralité n'avait pas toujours été sa méthode ? Ne l'avait-il pas invoquée à tour de bras pour faire son chemin ? Combien de fois l'avait-il utilisée pour disqualifier ses opposants ? Pour en faire des ennemis désignés, risibles et moqués ? Pour les montrer du doigt aux hordes haineuses de ses partisans ? C'est merveilleux le pouvoir que procure la moralité. Merveilleux à tous égards. La moralité, c'est le bien.

Depuis tellement d'années, le « bien » était devenu un réflexe pavlovien chez lui. Ses lèvres écumaient la bave du « bien » à toute alerte. Le « bien », c'était son camp, sa maison, son refuge. C'était au milieu du « bien » qu'il avait construit son royaume, un petit royaume au début, au périmètre mouvant, mais avec lui toujours au centre quoi qu'il arrivât, une position qu'il avait érigée sans partage et dont il était devenu le maître absolu. La posture de défenseur du camp du « bien » avait fait ses preuves. Elle l'avait protégé bien des fois. Elle avait permis à son statut de se déployer, elle lui avait fait atteindre une forme d'autorité, et fait de lui un recours en cas de doute, une boussole indiquant la « bonne » direction. Le « bien » était le socle sur lequel s'érigeait sa statue de commandeur !

Le plus paradoxal était peut-être que son autorité s'était affirmée la première fois en adoptant la pose de victime. Bien que vaporeux, ce souvenir de victoire lui revenait maintenant, faisant naître un pâle sourire sur ses lèvres.

De quoi était-il déjà question dans cette réunion du parti dont il était membre à l'époque ? Il ne le savait plus. Peu importe la raison qui y avait mené, mais une discussion vive était née. Il se souvenait de son adversaire, un fanfaron farouchement opposé à ses idées, bien que membre de son camp idéologique. Déjà, Claude était un peu en vue. Les talents étaient rares, et on le considérait comme pas trop bête, malléable et voulant bien faire. Le « bien », déjà ... On parlait de lui pour des responsabilités malgré sa jeunesse. Ou bien en raison d'elle, pour gagner cette frange volatile de l'électorat. Son opposant, dont il avait découvert la détermination, était un peu plus vieux que lui, deux ans peut-être les séparaient. Lui aussi avait le profil et le charisme pour grimper. Et s'il grimpait, il écraserait Claude ensuite, c'était certain.

Claude comprit que la discussion était cruciale pour son avenir. Il perçut également, sans aucun doute possible, que l'autre en voyait l'importance toute aussi grande pour lui-même. L'enjeu était une lutte à mort. Or Claude voyait ses perspectives se dérober. Il était à court. Ses arguments ne portaient pas. En plus, il s'était réveillé le matin avec de la fièvre, des maux de tête et un début d'angine. L'autre s'en foutait. Il le pilonnait, le coinçait, le liquéfiait. Les militants, témoins passifs de la joute, voyaient Claude perdre pied. Ils avaient observé les échanges, avaient pesé le poids de l'un et de l'autre. Il n'y avait maintenant plus de doute sur l'issue du combat. Ils se détournaient déjà de lui en chuchotant entre eux, lorsque Claude, dans un éclair génial, prononça ces mots :

— Je suis blessé, profondément blessé par tes paroles. Je me sens agressé.

Puis il ajouta d'une voix tremblotante en reniflant :

— Tu m'as fait mal. Tu es odieux.

Étaient-ce ces paroles ? Était-ce la petite larme qu'il avait laissée ruisseler, avant de l'essuyer de la pointe du mouchoir en tissu vert foncé tiré de sa poche de pantalon ? L'effet de cette scène fut radical. Quelques années plus tôt, un tel comportement l'aurait été tout autant, mais dans un sens diamétralement opposé à celui que l'air avachi des années 2000 avait créé. À peine cinq ans auparavant, on aurait qualifié Claude de femmelette, de chochotte, de gonzesse, au mieux de méqueton, incapable d'encaisser les coups de la vie. On aurait raillé sa fragilité, moqué son petit mouchoir, et on l'aurait renvoyé à sa « Manman ».

Mais l'époque avait basculé. La virilité n'était plus de mise. Du moins, elle ne l'était plus pour un blanc occidental, alors qu'elle était exacerbée en boucle sur les chaînes de TV, à coups de clips vidéos qui déifiaient les hommes d'une autre couleur et d'une autre race. Ceux-là l'avaient préemptée, non seulement sans aucune opposition de quiconque, mais avec les encouragements des rédactions éclairées des stations de télé et des agences de marketing.

Par ses paroles et ses actes, Claude s'était intuitivement conformé à ce que l'époque attendait de lui dans cette partie du monde. Il fut perçu par l'auditoire comme une personne sensible, ressentant des émotions trop rares chez un homme. On le qualifia d'être ouvert, libre et courageux, n'ayant pas peur de se livrer, de se mettre à nu, d'exposer sa douleur.

Ensuite tout s'accéléra. Le modernisme : c'était lui. L'homme nouveau, parce qu'il fallait un homme nouveau à tout bout de champ : c'était lui. L'être qui pouvait installer les barrières du politiquement correct, celui qui savait délimiter l'espace moral, celui qui identifiait à tous coups les vils instincts et les phobies des bêtes immondes : c'était lui.

Son opposant en fut totalement désarçonné.

L'imprégnation de l'époque, que ce pauvre type percevait çà et là sans y prêter garde, qu'il ressentait sans la rendre intelligible, s'était matérialisée d'un coup dans les paroles et le jeu scénique de Claude, et dans l'adhésion qu'ils avaient suscités. Le type perçut non seulement le décalage entre son époque et lui, mais l'implacable hostilité du temps et de l'espace à son égard. Claude avait trouvé la clef, pas lui. Claude était à domicile dans cet air du temps, pas lui. Lui, l'opposant avec ses réflexes de l'ancien monde, était l'intrus. Ce qu'il croyait naïvement être encore chez lui ne l'était plus depuis longtemps. Son désarroi fut tel qu'il bredouilla, perdit le fil de son propos, s'énerva, et ne put regagner l'attention des militants. Tous le laissèrent tomber, certains avec ostentation, la plupart avec discrétion, aucun avec remords.

La cellule politique lui battit froid. On lui colla à mots couverts une image de brute épaisse, d'agresseur irresponsable. Il avait eu de la chance : aujourd'hui on aurait moins d'égards. On lui fit comprendre très vite qu'un type borné n'avait pas sa place au parti. Il quitta la section peu de temps après l'éclat qu'il avait, de l'avis de tous, causé. Il adopta un profil si bas qu'on l'oublia, ce qui exauça ses vœux, puisqu'il tenait justement à se faire oublier.

Oui, ces mots et ces larmes, maintenant que Claude y repensait, c'étaient bien eux qui avaient forgé le moment charnière de sa vie.

Quelques mots pleurnichards avaient décidé de sa destinée. Ils l'avaient fait décoller.

On l'avait par la suite invité dans des réunions plus stratégiques. On l'avait convié à faire part de son expérience, de son vécu, à définir les vraies valeurs, à circonscrire les tranches de l'électorat auxquelles s'adresser, des tranches nouvelles d'un monde nouveau, d'une nouvelle France. On l'avait écouté avec ferveur mettre en pièce, d'une voix brisée par les larmes (qu'il avait appris entre-temps à déclencher à volonté), le modèle patriarcal de l'Occident et la vision étriquée de l'avenir qui en résultait. Son appel à « celles et ceux » qui partageaient sa vision lui avait encore fait gravir quelques jalons. Il avait d'instinct saisi l'importance des mots, et s'évertuait à imposer ses définitions, sa grammaire, sa syntaxe de la langue française. « Faites leur avaler le mot, ils avaleront la chose », avait dit quelqu'un. Il avait retenu la leçon. Que de chemin parcouru.

Et pourtant.

Admettre sa vulnérabilité n'avait été qu'un réflexe spontané de survie. Rien d'autre. Surtout pas le moyen d'incarner un idéal, comme les chefs de son parti l'avaient théorisé ultérieurement. Il aurait été suicidaire de leur dire sa vérité. Alors il l'avait bien évidemment occultée. Il avait acquiescé aux conceptualisations des intellectuels qui donnaient à son acte fondateur, et à tous ceux qui en découlaient, le prestige de la prophétie réalisée. Son adoubement de leurs analyses, tout d'une délicieuse retenue, permit aux exégètes de tenir un discours rajeuni et plein de vitalité. L'aura abstraite des penseurs et l'aura incarnée de Claude se nourrirent l'une l'autre. Son adhésion eut pour conséquence qu'il se retrouva prisonnier volontaire ad vitam de sa posture victimaire. Elle ne le gêna pas. C'était dans la continuité des choses qu'il avait enclenchées.

Incarner un idéal, avaient dit les conseillers politiques, les « think-tanks » riches d'idées ! Rien de moins ! Mais avait-il jamais eu d'idéaux ? Il l'avait dit, bien sûr, puisque c'était ce qu'on attendait de lui. Il l'avait même clamé si souvent dans ses discours et ses interventions, avec la conviction apprise dans les stages de com', qu'il avait fini par y croire. Les idéologues qui définissaient le profil du parti l'avaient alimenté en idéaux. Alimenté ? Le mot était trop faible. Ils l'avaient gavé d'idéaux, fournis à la pelle, dans une surenchère continuelle. Ils avaient systématisé la grande bouffe des idéaux.

Pour exister il en avait accepté le plus possible, même les plus incongrus. Pour exister aussi, il en avait refusé quelques-uns. Il n'était pas une marionnette, que diable ! Les tensions, nées de ses timides réticences, lui permirent de mesurer le pouvoir que conférait le statut d'incarnation quasi monopolistique sur celui des penseurs. Eux étaient confortablement installés dans la réflexion, à distance contrôlée des tourments médiatiques et de l'action à toute berzingue dans lesquels il baignait et qui le faisaient jouir.

Alors il avait effectué un tri, et avait fait son combat, dans son style si personnel, de la promotion et de la défense de tout un fatras d'idéaux finement sélectionnés. Ils comptaient aussi bien l'interchangeabilité des sexes que le mariage pour tous (rapprochement dont il soulignait la cohérence, ce qui valait gage pour tous les autres), l'importation des mères porteuses en attendant le remboursement par la sécu de la grossesse des hommes enceints, l'écriture inclusive et l'éolien, la journée de la jupe pour les garçons à l'école et l'abolition des frontières, la dissolution de l'Académie française et l'introduction du « iel » dans le dictionnaire. « Toutes et tous » constituaient autant d'avancées sociétales.

Il vénérait ce terme : « avancée ». Quel beau mot ! Avec lui, on ne pouvait plus reculer, puisque reculer devenait synonyme de « défaite » ou, pire, de « déroute ». En l'accolant au mot « sociétale », l'avancée accédait à un statut d'inéluctabilité quasi scientifique.

La science procède par avancées, parfois par sauts quantiques (un terme qu'il utilisait de plus en plus), mais toujours sans rémission quoi qu'il arrive. Un jour ou l'autre, tout le monde adhère à ses résultats. Il suffit de faire preuve de pédagogie. L'avancée sociétale de la France devait procéder de la même démarche et du même rythme, irrévocable et progressiste. En avant, toujours en avant !

Grâce à l'invocation des avancées sociétales, les idéaux qu'il défendait s'étaient fondus harmonieusement dans la moralité qui lui avait si bien servi.

Depuis, il y recourait systématiquement. Au gré des besoins, il interchangeait les deux mots, idéal et moralité, pour définir les contours du dicible et de l'indicible, du fréquentable et du honni, pour préempter le légitime à construire, et anticiper, en creux, le périmètre du délit dont les juges feront pitance. Il aimait à prévoir les avancées législatives. Puisque certains esprits chagrins de son camp l'avaient exilé à Bruxelles, il faisait revenir les lois du progrès en France par le biais du Parlement européen en attendant mieux. Il faisait le « bien ».

Alors pour tout ça, pour que ça perdure, pour qu'il puisse continuer à briller, à éclairer, à faire le bien, il fallait qu'il se sorte de ce merdier.

« Il faut que je m'en sorte ! Il faut que je m'en sorte ! » Il se répétait ce mantra dans cette foutue salle blanche. Il s'accrochait à sa méthode Coué d'autosuggestion, sans en percevoir ni la puérilité, ni l'inefficacité. Les murs pâles, blêmes et indifférents l'empêchaient de se concentrer. Il ne trouvait pas les moyens de s'en sortir, et tournait mentalement en rond dans son incantation sans issue. Il n'avait pas de foule à emporter, pas d'estrade sur laquelle monter, pas de vote à faire passer.

Seulement un type qui allait revenir, avec ses questions, et lui qui n'avait pas de réponse salutaire. Ses pleurnicheries à la moraline, si utiles en public, ne lui serviraient que peu face à ces flics. Ils n'avaient pas le genre. Il se sentait coincé. Se concentrer, surtout se concentrer ! Trouver l'issue pour s'en sortir.

Claude en était là lorsqu'un autre souvenir remonta et s'imposa, sans qu'il pût l'associer à rien de ce qu'il voyait dans cette salle impersonnelle et stérile.

« *Un homme, ça s'empêche. Ou sinon...* ». D'où venait encore cette histoire ? Pourquoi maintenant, alors qu'il avait autre chose à foutre ? De toute manière, ça aussi, c'était des idées d'un autre temps. Des conneries. Est-ce qu'il s'était empêché lui ? Justement non. Et c'est pour ça qu'il en était arrivé là où il en était dans la vie. Député, ministre, est-ce qu'on y arrivait en s'empêchant ? En se posant des limites ? Des conneries. Et puis, qu'est-ce qu'un homme ? C'était même en brisant les conventions de la masculinité qu'il avait torpillé son premier opposant sérieux. En changeant le sens des mots, en disqualifiant par tous les moyens, en rendant légitimes les plus abjects des comportements et des actes, en les parant de vertu, c'était comme ça qu'il avait survécu, et même qu'il s'était construit.

Construit ! Ce mot le faisait rire à chaque fois qu'il l'entendait, lui, qui, systématiquement, avait fait de la « déconstruction » son couteau suisse, utile à tout et en toute circonstance. Déconstruire la société, déconstruire les valeurs (encore un mot qui l'amusait), déconstruire l'homme, déconstruire les réalités historiques ou biologiques, en faire table rase, rendre la victime coupable de ses malheurs, et présenter l'assassin, le violeur et le voleur, pour peu qu'ils ne soient pas des mâles blancs, hétérosexuels et catholiques, comme les victimes de la société oppressante où ils étaient venus trouver refuge, asile et compréhension : Claude était une des locomotives de ce mouvement de révolutions sémantiques qui triait les victimes et les bourreaux en fonction des causes à promouvoir.

Pourquoi avait-il pris ce chemin ? L'instinct de survie, certes, avait créé l'éclair qui l'avait sauvé dans son face-à-face, vingt-cinq ans plus tôt. La suite avait été comme un voyage en roue libre, de plus en plus rapide et de moins en moins contrôlé. Mais pourquoi ? Pourquoi, vraiment ?

« — *Insignifiant.* »

« — *Et cet autre ?* »

« — *Insignifiant.* »

C'était maintenant une vidéo en noir et blanc que Claude voyait mentalement. Tournée dans les années 60, il ne l'avait découverte qu'à l'âge de vingt-cinq ans. « Mais bon Dieu de bordel, qu'est-ce qui se passe ? Pourquoi je n'arrive pas à me concentrer ? J'ai mieux à foutre que de repenser à cette interview. »

Pourtant elle s'incruste. Elle est là, présente, bien présente. Claude ne parvient pas à la chasser de sa tête. Il se rappelle même le générique avec sa musique grêle d'un autre temps. Il revoit l'ouvrier imprimeur qui tourne à la force de ses bras une presse. C'est long. Il en relève les battants. C'est long. Il montre enfin au téléspectateur la feuille blanche où figure le titre de l'émission : « EN FRANÇAIS DANS LE TEXTE », en lettres capitales, puis celui du journaliste. Louis Pauwels interroge Louis-Ferdinand Céline à domicile. Ou était-ce dans une autre émission ? Claude se perd dans ses souvenirs. Les images du passé se confondent, se mélangent, et se croisent.

Mais une constante perdure dans ce fouillis : le souvenir du visage sec de Céline, de son gilet minable, de ses cheveux noirs, longs, peignés en arrière. Puis l'effrayante précision, la sincérité de réponses qui ne cherchent pas à plaire, servies par la voix d'un homme arrivé au-delà des concessions. Peut-on encore jouer quand on espère la mort ? Céline l'attend. Il le dit.

Claude l'entend.

Interrogé encore, le vieil homme, à la fois médecin et écrivain, énonce son verdict assis à son bureau, son établi comme il l'appelle. Des images de corps écorchés sont accrochées au mur derrière lui. Elles servent au docteur à établir ses diagnostics et à l'écrivain à percer les êtres jusqu'à l'os.

« — *Quel est le genre d'homme que vous aimez le plus ?* »

« — *Le constructeur.* »

« — *Et celui que vous détestez le plus ?* »

« — *Le destructeur.* »

Claude frissonne. Dans cette partition définitive des hommes, Claude reconnaît sa place. Est-ce un mal d'être détesté de cet écrivain maudit ? N'est-ce pas plutôt un titre de gloire ? Maintenant que Céline est mort, des dizaines d'années après sa mort, il ne peut plus nous voir. Alors qu'en reste-t-il ? Un écrivain vénéré, une légende littéraire, des millions de tirages, un homme condamné. Mais aussi, pour Claude à cet instant, un homme qui, d'outre-tombe, l'a désigné à sa détestation et à son mépris. Et même, ce qui est pire encore pour Claude, un homme qui a anticipé l'insignifiance de son destin. C'est d'insignifiance que Céline taxe les noms d'écrivains connus lancés par le journaliste, des grands noms, des prix Nobel. Alors, qu'est Claude, face à ces êtres d'exception pourtant incapables de trouver grâce aux yeux de Céline ?

La peur de l'insignifiance, cette terrible vacuité, ce néant sans fond : cette peur-là, oui, est à l'origine de toutes les décisions que Claude a prises, de tous les choix qui ont décidé de sa vie. Si Claude est dans ce bureau, aujourd'hui, c'est à cause de la peur de n'être rien.

« Mais nom de Dieu de nom de Dieu, c'est pas le problème ! » Claude essaye d'échapper à ces images, à ces sentences, à ces chimères vaines et chronophages. Il oscille d'avant en arrière sur sa chaise, se prend le crâne dans les mains pour essayer de se ressaisir, pour revenir au temps présent. Il a mal à la tête.

Contre ses tempes cognent les embranchements décisifs de sa vie, les choses vues dont il n'a rien fait et celles qu'il a exploitées jusqu'à la moelle, les choix qui l'ont emporté dans leur tourbillon, les centaines de contre-pieds qu'il a commis pour aller plus vite. Ça cogne ! Ça cogne ! Putain, ça cogne ! Aujourd'hui, pourquoi aujourd'hui ? Que reste-t-il de tous ces croisements ? Des regrets ? Des remords ? Mais il ne peut pas se permettre ce luxe ! C'est pas le moment, bon Dieu ! Pourquoi ils m'emmerdent ? Pourquoi ces chemins ignorés se dressent-ils, dans cette salle blanche, comme des spectres demandant réparation ? Pourquoi agissent-ils en orphelins sans larmes, contemplant l'être qui les a abandonnés et tués en se détournant ? Pourquoi lui reprochent-ils, à lui Claude, à lui le député flamboyant, à lui l'ex-ministre, à lui qui piaffe dans l'antichambre d'un nouveau maroquin, à lui le faiseur d'opinion, le forgeur du présent, d'être devenu ça : un raté, insignifiant, nuisible et lâche, sacrifiant les êtres à l'autel de la morale et du « bien », et dont la substance intrinsèque, au fond, se cristallise en un composé aigre de reniements et de veulerie ?

« Mais quelle heure est-il, bordel de merde ? Hors de question d'interroger le flic derrière moi. »

Chapitre 28

Lorsque le commissaire entra de nouveau dans la salle, Claude resta de dos, les épaules affaissées. Sa veste de costume pendait, froissée, sur le dos de la chaise. De son index porté à ses lèvres puis à sa braguette, le policier fit signe au commissaire que Claude n'avait pas échangé un mot avec lui, et qu'il l'avait seulement accompagné aux toilettes. Kapéklian hocha la tête, indiquant qu'il avait reçu le message. Il appuya sur le bouton commandant la climatisation, régla la température sur dix-sept degrés, et regarda le policier, qui hocha la tête à son tour.

Armand Kapéklian reprit sa place en face de Claude. Il vit un homme sensiblement vieilli, mal rasé, et qui frissonna lorsque l'air froid venant du plafond lui tomba sur la nuque. Kapéklian était prêt. Il attaqua sans forcer :

— Qu'en dites-vous ?

Claude sembla se réveiller d'un songe. Il resta perdu quelques instants, puis sembla s'ébrouer et reprendre pied dans le réel. Il résista :

— Mais je vous l'ai déjà dit. Je n'ai rien à voir avec vos accusations ! Rien du tout ! Et si vous voulez savoir le fond de ma pensée, je...

Claude continua sur sa lancée, vociférant, menaçant ou cajolant, alternant les paroles de colère et les mots emplis de sagesse, invoquant la Cour Européenne des Droits de l'Homme et son engagement en faveur des minorités visibles ou invisibles.

Le commissaire hochait la tête avec compréhension. Il avait l'habitude, non pas nécessairement de tous les arguments utilisés par Claude, dont certains parvinrent même à le surprendre – il les nota sur son bloc-notes afin d'alimenter la base de données que lui et ses collègues enrichissaient régulièrement –, mais du déroulement de ce type d'entretien. Il observait en expert la succession des phases. Les interventions de Claude en confirmaient le classicisme. Au cours des premières heures qui suivirent, le commissaire eut finalement assez peu à faire. De temps en temps, il bougeait ses téléphones cellulaires sur la table sans se presser, jouant à les écarter ou à les rapprocher. Des incises permettaient de relancer Claude lorsque son discours s'essoufflait.

— Monsieur Rouchon... il est quand même curieux... une personne expérimentée comme vous...

Il laissait volontairement ses phrases en l'air. D'autres fois, il se contentait d'un :

— J'ai peine à y croire, vraiment.

— Mais bien entendu ! Vous pensez bien que jamais je...

Claude repartait, reprenait le cours des mots, des arguments, des mises en perspective. Il lâchait un nom par-ci, un nom par-là, évoquait des turpitudes à mots couverts. Rien dont la presse ne se fût déjà fait l'écho. Kapéklian patientait. Le fait que Claude parlât de cas connus était bon signe.

Sans en avoir conscience, Claude avait avancé d'une case dans la nasse psychologique complexe conçue par Kapéklian. À chaque nouvelle case, le commissaire prenait nonchalamment son stylo, le tripotait un peu, enlevait le capuchon et, comme si c'était sa manière, anodine et sans conséquence, de passer le temps en de telles circonstances, traçait doucement sur son bloc-notes, avec un visage où perçait l'ennui, une petite barre de deux centimètres environ. Puis il rebouchait le stylo, le posait sur la table, et, d'un doigt, le faisait tourner sur lui-même comme une toupie avant de l'arrêter sèchement. Cet acte se déroulait systématiquement à contretemps, démarrant seulement après que Claude eut recommencé à parler, et qu'il se fut lancé dans une nouvelle tirade, d'autant plus fournie qu'elle devait attirer l'attention d'un type occupé à jouer avec son stylo comme il jouait avec ses foutus téléphones.

Au cours du dialogue, devenu essentiellement un monologue de Claude, les barres se succédèrent les unes aux autres, à intervalles irréguliers. Ainsi se forma un premier petit triangle équilatéral en haut de la page, dont la pointe, également vers le haut, visa Claude lorsque Kapéklian reposa son bloc-notes. Un seuil avait été franchi. Le face-à-face se poursuivit.

Claude remarqua à peine que le capitaine avait été rejoint vers la fin de la deuxième heure par un autre militaire. Bâti sur le même modèle que le chef d'escorte, il éteignit la climatisation en entrant. Il fallut encore attendre cinquante-cinq minutes pour que le commissaire terminât son troisième triangle, et entamât le quatrième.

Claude se battait tant qu'il pouvait. Mais toujours ce « Monsieur Rouchon », faussement poli, que l'autre lui balançait dans les gencives. Foutaise. Il n'arrivait qu'à grand peine à se concentrer. Depuis qu'il était revenu des toilettes, il patinait. Ses mots n'étaient guidés par aucune défense cohérente. Il parlait mais pensait à autre chose, quand il arrivait à penser.

Il se raccrochait pourtant à ses vieux trucs. *La moralité est une méthode ! La moralité est une méthode ! La moralité est une méthode !*

Alors il y allait de ses mots, à peu de chose près ceux qui lui avaient valu de vaincre autrefois. Ils se voulaient des obus définitifs. À peine sortis de sa bouche, ils devenaient des plumes, sans poids, sans impact, inaptes à déstabiliser quiconque dans ce lieu froid et sans âme. Leur inutilité était patente. Pourtant Claude continuait. Il conservait l'espoir d'amadouer d'une manière ou d'une autre le type qui lui jetait à la gueule du « Monsieur Rouchon » de sa voix inhumaine. Par quel bout le prendre, bon Dieu ?

Kapéklian ne regardait pas Claude, enfin pas vraiment. Ses yeux erraient sur lui, sans plus. Il le laissait se débattre inutilement. Pour sa part, Kapéklian s'imprégnait, comme à chaque fois, de la jouissive asymétrie d'information qui existait entre lui et les représentants de la caste d'homo sapiens qu'il passait sur le gril. Lui saurait tout d'eux, absolument tout.

Mais ni Claude, ni aucun des spécimens qui l'avaient précédé dans d'autres affaires, ni aucun de ceux qui l'y suivraient, ne savaient rien de lui. Ils ne savaient rien des cicatrices, des balafres, du mutisme. Ils ne savaient rien des points de suture, rien de l'épiderme déchiré, rien des ourlets de peau sur son bras gauche. Ils ne savaient rien de la disparition des poils, perdus à jamais dans les opérations chirurgicales. Ils ne savaient rien de la perte de virilité qu'en avait ressentie Kapéklian pendant des mois, rien de sa reconstruction mentale, rien de son rétablissement, rien de son indifférence à tout jusqu'à ce que ...

Claude venait de balancer deux noms qui détonnaient dans le babillage dont il le berçait depuis quatre heures. Kapéklian consulta son fichier discrètement. Ils n'étaient pas encore apparus dans l'enquête. Pourtant Kapéklian et son équipe pluri-services en avaient déjà aligné deux cent vingt depuis le début de leurs recherches, et confirmé les dernières semaines la solidité des dossiers d'une substantielle partie d'entre eux. La récolte avait été bonne. Mais les vendanges tardives, avec Claude, s'annonçaient exceptionnelles. Kapéklian ajouta les deux patronymes sur son ordinateur, et envoya le message à Desgoffe. Il fallait très vite dégotter tout ce qu'on pouvait sur ce membre de la direction générale « droits fondamentaux et citoyenneté de l'union » à la Commission Européenne, et sur cette juge d'application des peines.

Communications téléphoniques, emails, comptes en banque, maladies, abonnements, divertissements, connaissances, amis, ennemis, meetings, nuits d'hôtel, consommations, régimes, alcool, drogue, gigolos, putes, amants, maîtresses, chiens, chats, vices. Évidemment, on explorait le Dark Web au cas où. S'ajoutait à cet attirail une trouvaille de Kapéklian, mise au point pendant la période de confinement due au Covid, et que l'équipe, grâce aux experts du renseignement militaire, avait pu rendre rétroactive : le traçage systématique d'un individu par son téléphone, en détectant tous les appareils connectés situés à moins de cinq mètres. Avec ça, on savait qui était proche de qui, qui parlait avec qui, qui était dans la même pièce que qui, qui trafiquait avec qui, qui couchait avec qui. Les nouveaux numéros de téléphone et les adresses IP des machines rentraient dans le système. On identifiait leurs propriétaires. À eux aussi, on appliquait le régime « hôtels, chiens, vices, Dark Web... » On ramassait tout sur les cinq dernières années. Ce travail de titan ne donnait rien dans quatre-vingt-dix-neuf virgule cinq pour cent des cas. On stockait les infos quand même, à tout hasard. Quelque part dans le demi pour cent résiduel se trouvait la piste du gibier que chassait Kapéklian. Ils étaient les noms qu'il poursuivait, ou ils connaissaient les noms, ou ils connaissaient quelqu'un qui connaissait les noms. Son équipe ferait le tri et trouverait.

Kapéklian écrivit « *Faites* » en en-tête du message à Desgoffe, puis attendit. « *C'est parti !* » arriva quatre secondes plus tard. Il saisit son bloc-notes.

Les figures géométriques s'organisaient de curieuse façon. Au premier triangle, en haut de la page, répondait un autre, identique, pointe également vers le haut, mais positionné en bas de la page. Le troisième triangle, de même taille que les autres, se trouvait sur la gauche à un tiers de la hauteur de la feuille, et pointait vers l'extérieur. Deux côtés du quatrième triangle apparaissaient déjà, en position symétrique du troisième, pointant naturellement vers la droite. Kapéklian le compléta.

« Qu'est-ce qu'il fout à dessiner ou à taper sur son ordinateur ? Je lui ai donné deux gros poissons là, non ? » Claude voulait avoir la paix. Il était fatigué. Il avait lâché deux très discrets membres du réseau pour qu'on le laissât enfin tranquille. « Ah, il a enfin posé son bloc-notes. Quoi ? Qu'est-ce qu'il disait ? »

— Je disais : grâce à vous, nous progressons, Monsieur Rouchon. Je crois que nous en aurons bientôt fini. Voulez-vous un verre d'eau ? Capitaine, pouvez-vous, s'il vous plaît, apporter un rafraîchissement à Monsieur Rouchon ?

Claude entendait, mais comprenait à peine. Il était ailleurs. Il se sentit soulagé lorsque les paroles de l'autre pénétrèrent enfin son esprit. Il porta le verre à ses lèvres. Le type était capable d'attentions délicates. Claude avait fait fausse route jusqu'ici. Pas la morale, mais l'humanité. L'humanité était également une méthode. Il fallait essayer ! Claude se lança. Il vit qu'enfin le type l'écoutait avec attention, avec compréhension, avec sincérité. Il avait cessé de jouer avec ses téléphones. Il lui était désormais totalement dédié, la tête un peu inclinée de côté, le regard doux.

Kapéklian avait une affection particulière pour les moments où ils cherchaient à susciter sa compassion. Sa compassion ! Les pauvres ! Ils auraient renoncé s'ils avaient su que tout sentiment à leur égard restait coincé dans sa gorge. Mais pour que le protocole allât jusqu'à son terme, il fallait qu'ils n'en sussent rien. Ils ne sauraient rien des chairs broyées à la base de son cou, rien des opérations sous anesthésie générale, rien des saignements qui avaient manqué d'asphyxier totalement ses poumons, rien des consolidations de cartilage, rien des plis vestibulaires rafistolés, rien de l'état du nerf laryngé inférieur non récurrent, le fil, ultime et ténu, qui lui permettait encore de les faire parler.

A contrario, Kapéklian savait beaucoup de choses. Par exemple, il savait que la phase présente, où l'autre quémande son attention par tous les moyens, ne conduisait d'habitude à aucune nouvelle information. Mais elle était nécessaire à Claude comme à tous ceux qui en passaient par là. C'était la dernière des incompressibles périodes d'accalmie de la phase A du protocole. Ces moments permettaient à l'individu de reprendre un soupçon de confiance en soi. À ce stade quasi terminal, l'interrogé désirait à toute force tisser un lien personnel avec l'interrogateur. Il fallait laisser faire, encourager sans mot dire, avec générosité et bienveillance. L'effondrement n'en serait que plus total le moment venu. Sur un regard de Kapéklian, le capitaine bascula l'interrupteur de la ventilation en mode arrêt.

Claude avait enfin capté totalement son regard. Ce type souriait sans mépris ni jugement. Il comprenait. Finalement, peut-être qu'il avait bien fait de repenser à ces choses inutiles, tout à l'heure.

Peut-être pas à toutes, mais enfin, à certaines. Tiens, c'était peut-être grâce aux souvenirs d'école qu'il avait su trouver les bons mots. Ce type aussi avait une famille, une enfance, des rêves. Il était humain. Claude en était désormais persuadé. Il suffisait de le regarder. De quoi avait-il besoin pour que tout s'arrête ? Claude cherchait. Que fallait-il ? Se détendre ? Oui, c'est ça. Claude allait raconter une histoire drôle, et ce serait fini. Une histoire racontée par un député est doublement marrante. Le type avait l'air gentil au fond. Quel était le son de son rire ? Peut-être était-ce un son normal malgré tout ? On allait voir !

Claude commença la plaisanterie avec entrain. Après trois phrases, il sentit un léger mouvement derrière lui. Un petit clic, puis l'air froid souffla légèrement sur sa nuque. Il se troubla. Le type ne l'écoutait plus. Il ne le regardait plus. Il l'ignorait à nouveau.

Kapéklian avait repris le bloc-notes. Il traçait sans hâte un long trait vertical qui reliait la base du triangle du haut à la pointe de celui du bas. Il en dessinait maintenant un second, horizontal, joignant les bases opposées des deux autres triangles. Au terme du deuxième trait, Kapéklian reboucha son stylo, regarda pensivement le bloc-notes, et le posa sur la table. La figure était désormais complète.

Claude avait franchi les quatorze étapes de la phase A du protocole d'interrogatoire, dont le réseau neuronal informatique, mis au point lorsqu'il était encore à la Police Scientifique, avait livré les secrets. Dans un séminaire DGSI, Kapéklian en avait expliqué la gradation, les durées moyennes, les intensités, et les points de bascule. En cachette de leur patron, Desgoffe et les autres avaient voté sur le « nom de code » à donner à la méthode du commissaire. Le chemin de croix de Kapéklian avait remporté les suffrages haut la main.

Kapéklian respira profondément et sans bruit. Il releva la tête pour regarder devant lui. Puis il s'accouda à la table, et porta deux doigts de sa main gauche à ses lèvres, comme s'il tenait une cigarette imaginaire. Il fixa Claude. Il le jaugea. Claude donnerait tout. Il avait déjà commencé. Il cracherait ses secrets jusqu'au dernier. Kapéklian allait taper fort. Il avait été relativement en retrait jusqu'ici. Cela allait changer. Claude allait subir l'impact de sa maîtrise technique et du merveilleux outil, résultante du coup de couteau et des limites des chirurgiens, qui lui permettait d'obtenir des aveux, des dénonciations, des informations plus vite que n'importe quel autre interrogateur. Kapéklian enclencha la phase B.

Claude essaya de reprendre sa blague tant bien que mal. Alors qu'il bafouillait, Kapéklian l'interrompit, de sa voix lente et métallique, avec une froideur nouvelle :

— Monsieur Rouchon, tous vos discours sont bien intéressants pour des dîners en ville, mais ils n'arrangent pas vos affaires. On songe sérieusement à vous mettre en état d'arrestation sous les chefs d'inculpation d'appartenance à une organisation criminelle, blanchiment d'argent et corruption. Vous avez de la chance, car le droit européen ne reconnait pas celui de trahison. Et pourtant, dans votre cas...

Il laissa ces termes pénétrer dans l'esprit de Claude avant de reprendre :

— Je vous informe que vos bureaux ont été perquisitionnés et placés sous scellés. Vos avoirs sont gelés depuis ...

Le commissaire regarda son écran d'ordinateur, puis revint vers Claude.

— ... plus de six heures. Cela concerne les comptes bancaires, les coffres, les sociétés, et tout actif financier, ainsi que vos montres, vos costumes et vos œuvres d'art. Cette mesure s'applique aussi à vos proches, c'est-à-dire votre famille, vos assistants parlementaires, dont Monsieur Traoré bien évidemment, et certains de vos autres amis répertoriés. Pas le Ministre. « Jean » ne se considère plus comme votre ami. D'autant plus que c'est lui-même qui a autorisé qu'on vous place sur écoute.

— Depuis quand ?

— Longtemps. Qu'est-ce que vous croyez ? La maison ne rigole pas.

Cette phrase, qui, dans d'autres bouches, aurait prêté à sourire, sonnait très mal dans celle de cet homme sans aucun humour. Il reprit de sa voix lente, métallique, glaçante :

— Pour éviter les canulars de dernière minute, on a modifié hier le système de renvoi de tous les appels et messages à votre intention vers nos services techniques. Nous sommes très bien équipés aux Invalides. Très instructif ce qu'on a dépouillé depuis des mois, car vous imaginez bien qu'on n'a pas attendu hier. Il s'agit de vous désormais, Monsieur Rouchon. J'espère que vous saisissez.

Claude subissait les coups sans réagir. Le commissaire continua :

— Les gens avec qui vous avez passé la soirée, là, lorsqu'on est venu vous chercher, vous les connaissez bien ? De toute manière, les vérifications sont déjà en cours.

Le capitaine ouvrit sa poche de poitrine. Il en sortit l'objet que le chef de cabinet avait glissé dans sa main avec un clin d'œil lorsqu'ils se disaient au revoir. Il tendit à Kapéklian la carte de visite de Dominique.

— Ils avaient l'air d'être de très bons compagnons, elle et lui.

Le policier ajouta :

— Elle a dit que « ses organisations » aideraient Monsieur comme elles l'avaient toujours fait. Ils se tutoyaient, dit-il en regardant Claude.

— Ah oui ? Merci beaucoup, Capitaine.

Il posa la carte de visite de la journaliste sur la table, à gauche du clavier. Sans affabilité, il précisa :

— Ce ne sera pas long.

Claude avait plus que jamais besoin de Dominique et de ses journaux.

— Mais c'est un malentendu ! Dominique n'a rien à voir là-dedans ! Je vous défends de la mêler à ça !

— Votre loyauté vous honore, Monsieur Rouchon.

Sans quitter le petit bristol des yeux, le commissaire tapait à toute vitesse sur l'ordinateur. Une poignée de secondes plus tard, il déclara :

— Enter ! Voilà.

Il attendit quelques secondes. « *C'est parti !* » s'afficha. Le commissaire releva la tête vers Claude, qu'il semblait avoir totalement oublié.

— Où en étions-nous. Ah oui, Monsieur Rouchon, je vais vous expliquer ce que vous faites là. D'ailleurs vous l'aviez demandé, mais on discute, on discute, et je ne vous ai pas encore répondu. Toutes ces bricoles ne relèvent normalement pas de nos services, vous le comprenez bien. Mais ici, comme vous êtes une personnalité connue, un VIP comme on dit, le Ministre nous a chargés de la chose. Il veut faire un exemple. Vous.

Les épaules de Claude s'affaissèrent encore davantage. Kapéklian reprit sans rien changer à son débit lancinant.

— Vous n'êtes pas sans savoir que des attentats terroristes ici ou là ont été commandités depuis le Qatar, et que la Turquie finance les Frères musulmans et autres associations malsaines qui défilent dans les villes de France. Le Ministre en a marre. Or on a trouvé de l'argent qatari chez vous. Or vos prises de position au Parlement ne s'expliquent que par votre proximité avec l'idéologie véhiculée par ces organisations. Eh bien, votre dossier est chez nous désormais.

La sueur ruisselait sur le visage de Claude. Il s'agitait sur sa chaise. Des auréoles s'étaient formées sous les aisselles de sa chemise.

— Il est quelle heure ? demanda-t-il.

— Sentez-vous libre de desserrer votre cravate si vous voulez. On en a pour un moment. Ah oui, j'oubliais presque.

Le commissaire déroulait ses phrases du même rythme monotone, plat, sans aspérités, avec sa voix insupportable.

— Votre assistant nous a aussi parlé des soirées que vous organisiez dans votre pied-à-terre bruxellois. Notez que vous faites ce que vous voulez, mais bon, là, on aura aussi quelques questions sur les jeunes garçons que vous engagez comme extra. On en a trouvé trois à Bruxelles encore chez vous tout à l'heure. Ne vous inquiétez pas : ils doivent en ce moment passer une visite médicale. On va les examiner sous toutes les coutures.

Il saisit la souris de l'ordinateur, et ouvrit un fichier.

— Au vu des photos, je dirais que vos éphèbes ont entre onze et quinze ans. Mais on peut se tromper. Dans un sens comme dans l'autre, notez bien. Les collègues vont éclaircir tout ça avec des analyses osseuses. Ils vont tester tout ce beau monde à la cocaïne, à la 3-MMC, aux diverses drogues de synthèse ... Rien ne sera laissé au hasard.

Kapéklian s'arrêta un instant, lisant un nouveau message.

— Tiens, on me parle de seringues trouvées chez vous ... Bien. Pour en revenir à vos très jeunes amis, sachez que la police belge a un réseau pédophile dans sa ligne de mire depuis un an. Il semble que vos amis du Qatar y aient parfois recours.

Le commissaire marqua un temps, et sembla réfléchir. Il dit d'une voix un peu plus légère :

— Nous avons là une question délicate de juridiction.

Il développa sa pensée à l'intention du policier, en ignorant Claude.

— Voyez-vous, capitaine, si Monsieur Rouchon et Monsieur Traoré payent ces enfants pour qu'ils viennent les distraire, nos collègues de Bruxelles voudront certainement traiter cet aspect du dossier eux-mêmes. Mais si c'est l'association qatarie qui finance pour eux ces petits jeux, eh bien, cela devient un dédommagement en nature de la part d'une organisation en lien avec des activités terroristes. Là, je dirais que la DGSI pourrait prétendre à s'en occuper. Intéressant, non ?

Il se voulut rassurant en se tournant vers Claude :

— Allez, nous trouverons bien une solution qui satisfasse tout le monde.

L'entretien se poursuivit. Claude résistait encore. Il refusait de répondre ou, au contraire, parlait très vite, essayant de briser le rythme vocal du commissaire. Il s'agitait, se levait parfois, puis se rasseyait, abattu. Il passait sa main sur son visage à présent piqué d'une barbe naissante. Il se sentait sale. Sa chemise collait.

Le commissaire continuait à son rythme inexorablement lent, tout en tapant par intermittence sur son ordinateur avec une dextérité de pianiste. Un policier sortait, un autre entrait. Chacun d'eux arborait une barbe de trois jours. À chaque fois, le nouvel arrivant appuyait sur le bouton de la climatisation, l'allumant ou l'éteignant selon les cas.

Claude était comme dans ces salles de casino, où l'absence de lumière naturelle, des croupiers toujours alertes, et un bruit monotone et uniforme font perdre au joueur toute notion du temps. Sans horloge, on pouvait ressortir de la salle après six ou sept heures alors qu'on était persuadé n'y être resté pas plus de deux ou trois. La différence était au bénéfice du casino : plus un joueur restait, plus il perdait.

Claude était ce joueur, sans plus aucun repère. Les policiers dans son dos étaient interchangés, les heures passaient, le commissaire, toujours aussi frais, le harcelait. Claude se rebella, faisant appel à de vagues souvenirs de cours de droit pris à la fac, et d'articles de journaux plus récents :

— Cela fait combien de temps que je suis en garde-à-vue ? Parce que c'est bien ça, hein ? J'ai droit à un avocat au bout de 24 heures. Il reste combien de temps avant que j'en aie un ?

Le commissaire le regarda avec des yeux étonnés.

— Mais vous êtes venu de votre plein gré. Nous avons eu une discussion entre nous.

Claude s'écria, soulagé.

— Mais si je ne suis pas en garde à vue, je m'en vais.

Il se leva d'un coup et saisit sa veste d'un geste furieux. Il s'apprêtait à l'enfiler lorsque le commissaire dit, sans se presser, regardant la chaise que venait de quitter Claude comme s'il était toujours à cette place :

— Asseyez-vous. Nous avons jusqu'ici passé quelques heures à discuter ensemble. Personne ne vous a retenu. C'était un entretien amical.

Sa voix, sans cesser d'être lente et métallique, se fit plus dure.

— Mais vous ne nous avez encore rien dit, Monsieur Rouchon. Nous voulons tout savoir sur les personnes impliquées dans cette histoire de corruption et de trahison, Monsieur Rouchon : les noms, les montants, les contacts, les objectifs. Tout. Or vous nous avez baladés avec des salades.

Ces paroles, prononcées de la voix âcre du commissaire, arrêtèrent Claude dans son élan. De la main gauche, Kapéklian déplaça un des téléphones sur la table, avant de redresser les yeux vers Claude :

— Monsieur Rouchon, je vous notifie votre garde à vue à compter de cet instant. En d'autres termes, les compteurs sont à zéro. Notez qu'en plus les choses sont un peu différentes avec nous. La durée de garde à vue en l'absence d'un avocat est doublée lorsqu'il est question d'entreprise terroriste.

Il attendit quelques secondes, avant d'ajouter :

— Vous y êtes jusqu'au cou.

Kapéklian redressa son ordinateur portable, et fit courir ses doigts sur le clavier.

— Bon, dit-il de sa voix lente, épuisante, sans rythme. Commençons la partie formelle avec le procès-verbal. Nous sommes le dimanche 25 juin 2023, il est quatre heures du matin. Messieurs, passez-lui les menottes.

Le capitaine saisit l'épaule de Claude, et lui serra la clavicule avec une telle force qu'il ne put retenir un gémissement. D'une pression, il le fit réassoir et le colla au dossier de la chaise. Le second policier lui tira les bras en arrière, sortit ses menottes, et lui attacha les mains dans le dos.

Pâle comme la mort, Claude céda à la panique. Il tournait la tête de gauche à droite de manière convulsive. Il essaya deux ou trois fois de se relever, mais l'emprise du policier sur sa clavicule était telle qu'il ne pouvait bouger sans avoir encore plus mal.

Sa chemise était trempée. Il avait froid et il avait peur. Il ne vit pas qui réenclencha la climatisation.

— Nous, Armand Kapéklian, commissaire divisionnaire, en fonction au département T3 de la DGSI, officier de police judiciaire en résidence à…

Claude entendait la voix dure, métallique, insupportable du type dont il venait de découvrir le nom, égrener une liste interminable d'articles du Code de procédure pénale.

— … faisons comparaître devant nous le nommé Claude Rouchon, né le…

Chapitre 29

Une cinquantaine d'heures supplémentaires suffirent à Kapéklian pour se convaincre qu'il avait obtenu de Claude tout ce qu'il y avait à en tirer.

L'interrogatoire fut interrompu à plusieurs reprises au cours de la garde à vue. Kapéklian sortait pour des périodes de trente à quatre-vingt-dix minutes selon les cas, sans que Claude en sût la raison.

Lui-même fut autorisé à dormir deux fois six heures et demie d'affilée. On lui enlevait les menottes, le ceinturon et les lacets, et on le laissait dans une cellule illuminée sous la surveillance de caméras.

De son côté, Desgoffe compilait les résultats de l'équipe qu'il coordonnait, et les donnait à Képéklian en temps réel.

La presse eut vent de l'incarcération de Claude. Elle fit dès le lundi le siège des ministères de l'intérieur et de la justice. Elle pressa les chefs du parti auquel il appartenait de prendre position. Tous se contentèrent de dire qu'une enquête était en cours, et qu'il fallait préserver le secret de l'instruction.

Kapéklian et le patron de la DGSI se rendirent le mercredi à dix heures trente au Ministère de l'Intérieur. Ils passèrent par le chemin discret désormais familier, et retrouvèrent, comme dix mois plus tôt, le chef de cabinet dans son superbe salon. Avec son affabilité coutumière, ce dernier les invita à prendre place dans les mêmes fauteuils. Il leur servit du café dans les mêmes tasses du service de l'Escalier de Cristal, puis demanda :

— Alors ?

Kapéklian ouvrit sa sacoche, et en sortit un classeur qu'il lui tendit. Puis, il tira de la sacoche une clef USB, et la lui remit également. Le patron de la DGSI précisa :

— Cryptée.

Le chef de cabinet signala qu'il avait compris, mit la clef dans la poche intérieure de son veston, et parcourut le classeur sans mot dire. Chaque feuille ressemblait à un curriculum vitae. En haut à droite une photo. En regard, à gauche, un nom complet, avec date et lieu de naissance, nationalité, dernier domicile connu, et alias le cas échéant. Le reste de la page fournissait le pedigree de chacun, la liste des délits et des crimes, le rôle dans le réseau. Tout en bas figurait le nom de code que la DGSI lui avait attribué. Il referma le classeur.

— Combien ?

Le patron de la DGSI répondit :

— Soixante et un.

— La clef USB ?

— Il y a tout ce qu'il faut dedans.

Le chef de cabinet les regarda l'un après l'autre.

— Messieurs, vous savez ce que nous allons faire de cette liste ?

Le patron de la DGSI le surprit.

— Vous l'aviez dit la dernière fois. Ceux qui y figurent vont payer.

Ainsi, cette phrase que le chef de cabinet ne croyait avoir que pensée, avait été prononcée. Et entendue. Le patron de la DGSI avait l'oreille fine. Le chef de cabinet demanda :

— Cela vous pose un problème de conscience ?

Aucun des deux hommes ne pipa mot. Le chef de cabinet se leva.

— Je vous remercie, Messieurs. Vous avez fait un travail exceptionnel.

Le chef de cabinet les raccompagna lentement. Tout en marchant, il déclara, sans regarder Kapéklian :

— Commissaire, j'ai appris que vous étiez jour et nuit sur le pont depuis deux semaines. Vous allez pouvoir rentrer chez vous. C'est après-demain votre anniversaire je crois ? Quarante-six ans, n'est-ce pas ? Votre femme va être heureuse de vous retrouver.

Ils avaient atteint la porte sans bruit. L'épais tapis oriental qui recouvrait le parquet avait amorti leurs pas. Le chef de cabinet serra la main du patron de la DGSI, qui sortit, fit quelques pas, et se retourna lorsqu'il s'aperçut que Kapéklian était resté en arrière. Le chef de cabinet lui avait amicalement saisi le bras pour le retenir. Dans l'embrasure de la porte, avant qu'ils ne se quittent, il demanda :

— Dites-moi, commissaire. Grangier n'a jamais su me dire quelles étaient les véritables raisons de votre engagement. Cela va bien au-delà du devoir, n'est-ce pas ?

Sous le regard des deux hommes, Kapéklian resta impassible. Pouvait-il avouer la naissance des perversions, de leurs facettes puissantes, secrètes, sublimes et renouvelées à chaque interrogatoire ? Pouvait-il parler des montées subites de testostérone, apparues lorsqu'il avait commencé à rendre les coups aux salauds à force d'intelligence, de méthode et d'inflexibilité ? Pouvait-il décrire le plaisir qu'il prenait à leur faire mal, aussi mal que possible ? Pouvait-il dire la jouissance qu'il ressentait lorsqu'ils avouaient tout, trahissaient tout le monde, lorsqu'ils cherchaient le salut dans la veulerie, et la rédemption dans ses yeux ?

Le chef de cabinet rompit le silence.

— Au fond, c'est sans importance. Au revoir, commissaire.

Il ajouta avant de fermer la porte :

— Et bon anniversaire.

Chapitre 30

Valérie avait essayé de meubler une discussion en déroute en attendant l'arrivée de Marc. Elle avait raconté des anecdotes sur le déroulement de ses concerts, sur ses commanditaires, ses musiciens. Tom l'écoutait avec plaisir, André avec attention tout en griffonnant des diagrammes sur ses feuilles. Tom interrogea Valérie :

— Cela te ferait de la peine de renoncer à cette vie ? Il faudra en parler pourtant.

Il songeait à la leur, celle qu'ils auraient ensemble. Il souhaitait une ex-star, pas une star en activité. Elle devrait renoncer à cette vie de patachon pour être avec lui. Mais elle pourrait évoquer ses souvenirs avec ses amis et partenaires d'affaires comme elle l'avait fait à l'instant. Il imaginait la scène, la voix nostalgique de Valérie puis la phrase tant attendue : « Mais vous savez, j'ai abandonné les concerts et les voyages pour me consacrer entièrement à Tom. Je ne regrette rien, car je l'ai, lui. » Ils se souriraient, et les autres constateraient combien Tom était brillant, combien il avait réussi, combien son charme était un atout. La preuve, sa femme avait renoncé à tout pour lui.

Valérie vint près de Tom, lui passa la main dans les cheveux en le regardant d'un air aimant. Puis, sans le quitter des yeux, elle souleva les épaules en faisant une moue exprimant qu'elle ne savait pas.

André intervint :

— Vous vous mettrez au golf. C'est vital dans l'entourage de Monsieur.

Il désignait Tom du menton. Celui-ci prit la mouche, et se leva :

— Écoutez André, je...

Valérie le coupa.

— Écoutez, vous ne voulez pas parler d'autre chose ? C'est ma soirée d'anniversaire. Elle n'est pas finie. J'aimerais oublier les problèmes pendant cinq minutes. Je vais chercher encore du champagne.

Tom était vexé. Pourquoi parlait-elle de problèmes ? Elle ne voulait pas lâcher les choses pour lui, c'est ça ?

Valérie se leva, et se dirigea vers la cuisine, en faisant son possible pour donner une impression de légèreté. Mais une fois seule, son visage se ferma. En passant devant le miroir, elle vit sa bouche affaissée, et trois rides verticales entre ses deux yeux, remontant haut sur son front.

Toujours, cette foutue annonce qui tournait dans sa tête. Cela l'obsédait. Et Tom qui la forçait ! Il ne s'en rendait même pas compte. Avec tous les événements qu'elle avait vécus en quelques heures, elle voulait garder pour elle – pour peu de temps encore certes, mais même peu de temps c'est toujours quelque chose –, un soupçon d'innocence et d'insouciance. Oublier ce qu'elle avait à dire, oublier le réel, encore pour un petit moment. Ensuite, elle se jetterait à l'eau. Mais pour le moment, elle voulait oublier. Oublier et vivre.

Elle s'efforça de sourire lorsqu'elle revint. Le téléphone sonna une nouvelle fois. Valérie donna la bouteille à Tom, et saisit le répondeur :

— Allo ! Ah, c'est toi.

Mettant la main sur le combiné, elle précisa, pour Tom surtout :

— C'est Marc, mon agent.

Tom déboucha la bouteille. André continuait d'écrire sans lui prêter attention, alors que Valérie poursuivait sa conversation.

— Tu sais qu'on t'attend... Ah, tu ne peux pas venir ? Oui, à l'heure qu'il est, je m'en doutais un peu.

Marc s'excusa :

— Oui, je suis désolé. Un empêchement de dernière minute. Tu sais ce que c'est. Un impondérable.

— Un impondérable, oui. Bon... Qu'est-ce que tu veux, c'est dommage... C'est vraiment très dommage parce que cela m'aurait fait plaisir de te voir ce soir. C'était important pour moi. Mais les impondérables, on ne peut pas aller contre. Tu ne peux vraiment pas ? On peut t'attendre encore, tu sais ?

— Malheureusement non, ce n'est pas envisageable.

Valérie était déçue et triste.

— Tu seras là pour mon concert le mois prochain ? Tu sais que c'est le plus important de ma carrière. Avec lancement du disque et tout. Je suis bête ! Tu sais bien puisque c'est toi qui as négocié ça. J'ai plus ma tête ce soir.

— Ah oui, le concert... Euh, je voulais aussi te dire... Il y a quelques difficultés de dernière minute.

— Des difficultés ? Quelles difficultés ?

Tom et André tendirent l'oreille.

— Eh bien, les assurances, tu sais ce que c'est. Elles ont reçu ton bilan médical.

— Oui ? Quoi les assurances ? Quoi mon bilan médical ?

Valérie avait chaud tout d'un coup. Elle devint fébrile, et commença à faire d'amples gestes de sa main libre. Elle répéta :

— Quoi mon bilan médical ?

— Il n'est pas très bon.

— Oui, mais ce n'est pas si grave.

— En fait, les assurances ont poussé les analyses plus loin. Nous nous sommes aperçus que tu ne nous avais pas tout dit.

— Nous ? Tu es avec eux ?

— Écoute Valérie, tu aurais pu être plus transparente. Ils ont découvert ce que tu as. Tu ne nous as rien dit.

Valérie était en colère, elle se sentait trahie. Elle explosa :

— Tu voulais quoi, hein ? Toi et tes assurances ? Que je crie à tous les vents que j'ai la sclérose latérale amyotrophique ? Parce que cette saloperie s'appelle comme ça, figure-toi !

— À tous les vents, non. À nous, oui. Tout du moins à moi.

— Eh bien figure-toi que je comptais le faire ce soir ! Si tu étais venu, tu l'aurais su ! Voilà ! Je m'étais préparée. Je ne pense même plus qu'à ça depuis des semaines ! C'est horrible, tu comprends ?

— Oui, je comprends.

— Alors ? Qu'est-ce qu'on fait ?

— Les assurances ne marchent plus. Je suis désolé. Le concert et la tournée de promotion sont annulées. Ils m'ont demandé de t'informer.

Valérie s'effondra sur une chaise. Elle était livide.

— C'est tout ce que tu trouves à me dire ?

— Je n'ai rien pu faire. Ils veulent aussi t'attaquer pour information mensongère. Je vais essayer de les calmer. Ce sera mon cadeau d'anniversaire. Et mon cadeau d'au revoir aussi.

— Ah bon ? Tu me laisses tomber ?

— Mais non. La médecine fait des miracles. Mais il faut mettre notre relation contractuelle entre parenthèses en attendant que les choses se clarifient. Je t'envoie un avenant au contrat dans les jours qui viennent. Tu as besoin de quelque chose ? Je reste ton ami. Appelle-moi à tout moment. Allo ? Allo ?

Valérie raccrocha sans répondre. Tom et André la regardaient. Tom se dirigea vers elle, la saisit dans ses bras.

— Que se passe-t-il ma chérie ? Tu as des soucis ? Ton agent ne vient pas à ton anniversaire ?

Mais ce n'est pas grave. Il y a des choses plus importantes.

Tom prit une des bouteilles de champagne qui trempaient dans le seau à glace, remplit deux coupes, et en tendit une à Valérie.

— Tiens, prends un verre. Servez-vous aussi, André, si le cœur vous en dit.

André prit son verre et la bouteille, puis se dirigea vers le balcon.

— Je vais prendre l'air, murmura-t-il, laissant Valérie et Tom seuls dans la pièce.

Valérie regardait le sol, les yeux vides.

— Tu as entendu. Oui, j'ai des soucis. Mais je ne voulais pas que tu l'apprennes comme ça. Je voulais te le dire. Mais pas comme ça.

Elle se prit la tête dans les mains. Tom s'accroupit pour se mettre à sa hauteur. Il la prit par les épaules.

— C'est cette histoire de sclérose machin-chose dont tu as parlé qui te met en rogne ? Mais c'est passager ces soucis. Ton concert est repoussé, mais c'est tout. Quelques antibiotiques, quelques jours de vacances à la montagne ou à la mer, et il n'y paraîtra plus.

Tom se réjouissait secrètement. Cet événement accélérait les choses, tout s'arrangeait. Valérie devrait renoncer à sa tournée, et à ses projets. Ils en feraient d'autres, plus en phase avec son nouveau standing. Son téléphone portable émit un son.

— Excuse-moi, dit-il en regardant ses messages. Il va falloir que je réponde. C'est important, juste une minute.

Il pianota d'un air soucieux, envoya le message, et se retourna vers Valérie. Son téléphone bipa de nouveau.

— C'est insupportable, dit-il pour s'excuser.

Il répondit au message.

En posant sa coupe sur la table basse, Valérie le pria :

— Éteins-le.

— Voyons, tu sais bien que je dois toujours rester connecté. Juste une seconde et je suis tout à toi.

Il écrivit un très long message. Valérie attendait. Elle commença à s'impatienter.

— Tu finis, oui ? J'ai à te parler.

— Voilà... Encore une phrase... Voilà... Je t'écoute.

Il remit le téléphone dans sa poche. Valérie se plaça face à lui. De ses mains, elle saisit les deux bras de Tom, et le regarda bien en face.

— Ce que j'ai n'est pas une petite chose. C'est une maladie grave. Très grave.

— Mais ma chérie, nous trouverons des médecins. Ne t'inquiète pas. Il y en a d'excellents à Londres.

Tom était enthousiaste. Il se laissa aller :

— Chérie, tu es exactement la femme dont j'ai besoin. Une femme brillante en société. Tu as eu un métier sous les lumières. Dans mon milieu, tu es idéale.

— Tom, tu ne comprends pas. Ma maladie ne se soigne pas. Elle est incurable. Nous avons eu une belle aventure à Shanghai. Nous avions parlé d'avenir. Mais ce que je te propose est un avenir particulier. Je ne te serai pas une aide, mais une charge, tu saisis ? D'ici peu, je ne pourrai plus animer la conversation avec tes « business partners », ni jouer au golf avec leurs dames, ni aller assister aux tournois de polo, ni rien.

— Mais qu'est-ce que tu dis !

— Tom, les médecins me donnent un à deux ans grand maximum. Et entre maintenant et la fin, ce sera une déchéance progressive. Je deviendrai paralysée petit à petit. Je ne pourrai plus chanter. Je ne pourrai même plus parler. Tu devras me nourrir à la petite cuillère. Me laver. Me porter. Tu comprends ?

Elle le regardait, les yeux mouillés. Ne pas pleurer ! Pas maintenant ! De son côté, Tom prenait conscience de ce que Valérie avait dit.

— J'ai besoin de toi, Tom.

— Mais où veux-tu que je trouve le temps ? Non, excuse-moi. Ce n'est pas ce que je voulais dire.

Il se releva, et s'éloigna de quelques pas. Songeur, il murmura :

— Évidemment, ça change les choses.

Valérie attendait, le dévisageant, espérant lire ce qu'il pensait.

— Écoute, tu m'annonces que la femme que j'aime, que je souhaite avoir pour épouse n'est pas celle que j'imagine. Ça fait un choc, comprends-le. Ce n'est pas comme ça que j'imaginais mon avenir avec elle.

Valérie entendait. Il ne disait pas « tu » ni « avec toi », mais il disait « elle ». Valérie voyait ce qu'elle était maintenant pour Tom, l'homme dont elle espérait tout. Il parlait d'elle comme d'un être dédoublé et étranger. À ses yeux, elle était devenue une malade et la personne qui annonçait la maladie. Elle n'était plus Valérie.

Il revint vers elle, la prit dans les bras, et lui dit d'un ton protecteur :

— Le mieux est qu'on laisse reposer un peu tout ça, hein ? Qu'on se donne le temps de réfléchir, de mesurer les choses. Reparlons-en dans quelques jours.

Valérie se dégagea d'un coup.

— Fous le camp !

— Mais, voyons, sois raisonnable.

— Fous le camp, je te dis !

Valérie se saisit de sa coupe de champagne, et en balança le contenu au visage de Tom.

— Mais tu es folle ! Tu es complètement folle !

— Fous le camp !

Valérie prit le seau à champagne, et le lança de toutes ses forces dans la direction de Tom.

— Fous le camp ! hurla-t-elle de désespoir et de douleur.

Les cris avaient alerté André. Il était revenu dans le salon, et assistait depuis un moment à la scène. Tom dégoulinait, Valérie pleurait. Elle répétait, d'une voix devenue faible :

— Fous le camp ! Fous le camp ! Fous le camp ! Fous le camp !

Les médecins l'avaient condamnée. Tom l'avait tuée.

Chapitre 31

Tom partit sans claquer la porte, tirant sa valise à roulettes. Lorsqu'il la referma silencieusement derrière lui, Valérie eut un geste, une sorte d'élan, pour le retenir. Elle l'abandonna. Elle resta assise sur le sofa. Il ne restait plus qu'elle et André, dans une salle à manger où régnait le chaos. Valérie se couvrit le visage des mains, les larmes continuaient de couler. Elle gémissait presque sans bruit. André demanda :

— Depuis quand le savez-vous ?

— Depuis quelques semaines, un mois peut-être.

— Il n'y a pas de doute ? Vous avez fait faire une contre-expertise ? Ou même plusieurs ?

Elle secouait la tête dans ses mains.

— Il n'y a pas de doute.

André restait debout près de la fenêtre. Il la regardait.

— Vous savez ce qui vous attend ?

— Oui.

Valérie se pelotonna, entourant son propre corps de ses bras. Cet acte, plutôt un réflexe, n'avait aucun sens. Protéger un corps qui lui était devenu hostile. Quelle idiotie ! Mais que lui restait-il ? Après cette soirée ? Rien, ni personne. Seulement ce corps qui allait se refermer sur elle. Ce corps qu'elle protégeait deviendrait bientôt une prison. Elle le lâcha, et demanda à André :

— Et, vous, vous savez ce que cela signifie ?

— Oui.

— Comment ça se fait ?

— C'est la maladie qu'a eue Stephen Hawking.

Elle lui fit comprendre qu'elle ignorait de qui il parlait.

— Un physicien.

— Ah.

Valérie essayait de sécher ses larmes, et remettait un peu d'ordre dans son apparence. Elle prit un petit miroir qui était posé dans la bibliothèque. André la regarda se recoiffer, et se reconstituer un peu, tant bien que mal. Il reprit sa place dans le fauteuil.

— Qu'allez-vous faire ?

Valérie soupira. Elle regarda autour d'elle, semblant voir tout son environnement d'un œil nouveau, étranger lui aussi.

— Qu'est-ce que vous voulez que je fasse ? Attendre. Je n'ai pas de projet. Je vais attendre. Je ne vais rien faire, juste attendre. Peut-être me préparer. Je ne sais pas. J'ai peur. Pourtant je n'ai pas mal. Pas encore. Mais j'ai déjà peur. Très très peur.

— Vous avez donné le change pourtant, depuis que vous savez. Vous n'aviez pas tout dit à votre agent.

— L'habitude de la scène, du jeu.

— Pourquoi ne pas continuer ?

— Je n'ai plus de public. Je n'ai plus rien à donner non plus.

— Vous croyez ?

— C'est évident, non ?

Cette femme ne rappelait à André aucune de celles qu'il avait connues. Elle ne lui rappelait pas davantage sa femme, morte avec son fils dans les attentats.

André continuait de la regarder. Son appréhension du réel, si particulière, si intense, se focalisa sur elle. Cette femme était un petit point dans une masse de points. Un être parmi les êtres. Mais elle vibrait, elle exprimait des – il cherchait les mots, il avait besoin de leur exactitude – oui, elle exprimait des variations, c'est ça, des variations. Il la percevait comme un point variant du discret au continu. Cette perception lui était propre. Il savait qu'elle n'avait de sens pour personne d'autre. Cela ne le dérangeait pas.

Il était fait ainsi qu'il ne voyait plus rien, choses ou êtres, autrement que comme des représentations de structures, des concepts abstraits pour tous sauf pour lui. Jusqu'alors seules les structures et les concepts l'avaient intéressé, leurs harmonies, leurs secrets. Il avait placé sa femme et son fils à part dans son univers. Mais après leur mort, cette singulière approche du monde s'était étendue, peut-être intensifiée, englobant tout sur son passage. Même son humour répondait à des structures, des harmonies, et était le fruit de ses secrets.

Pourtant aujourd'hui, le point qu'il avait en face de lui, le point qu'il avait commencé à connaître au cours d'une soirée improbable, prenait de la consistance. Peut-être parce que ce point allait mourir bientôt. Ou peut-être parce que ce point se remplissait d'autre chose, et n'était plus alors seulement un point. Peut-être parce qu'il émanait de cette structure augmentée, devenue une forme avec de l'épaisseur, une texture, et même une texture qui se vidait en sortant maintenant qu'on savait la mort proche. Peut-être parce que cette texture n'était pas sans prise. Son évaporation laissait une trace. Cette trace prenait possession de l'enveloppe corporelle de la forme, compensant de la sorte la dislocation dont l'intérieur du corps était désormais le creuset. Ces notions, ces questions, ces hypothèses étaient encore très vagues, mais elles se précisaient à mesure qu'il observait Valérie. Ce point parmi d'autres se métamorphosait en un être particulier, unique. C'était la proximité de la mort qui avait permis cette métamorphose.

— Non, dit-il.

— Quoi non ?

— Non. Même deux fois non.

Elle l'interrogeait du regard. Il reprit :

— Non, ce n'est pas évident. C'est même faux. D'abord il n'y a rien à préparer. Vous n'allez pas passer votre temps à anticiper sur la mort qui vient, si ? C'est une démarche sans impact. La mort n'est pas un invité de marque, pour lequel il faille mettre les petits plats dans les grands. D'ailleurs lorsqu'on voit ce qui se passe lorsque vous vous lancez dans des réceptions...

Il regardait la pièce autour de lui, avec un sourire un peu désabusé. Il reprit sur le même ton :

— Ne préparez rien pour elle. Elle s'adaptera.

Valérie était sur le point de pleurer de nouveau.

— Mais qu'est-ce que je vais faire ? Il ne me reste rien à faire, rien à donner je vous l'ai dit. Je ne peux même pas remonter sur scène. Même ce concert qui était prévu. Je ne suis pas certaine que j'aurais pu...

Elle retenait ses larmes, et tendait son regard vers lui.

— D'ici quelques temps, je serai trop faible. Vous ne comprenez pas.

Ils se regardaient. André prit son temps avant de répondre.

— Il vous reste la chose la plus précieuse qui soit.

— Arrêtez de déconner cinq minutes. Vous débloquez à mort. C'en est même incroyable.

— Il vous reste le temps.

— Justement pas ! Vous ne comprenez rien ou quoi ? Je vais mourir.

— Justement si. Vous n'y êtes pas encore. Vous avez du temps. D'ailleurs vous l'avez toujours eu. Vous l'avez accordé à des cons pour reprendre votre langage. Vous l'avez gaspillé, vous l'avez parfois passé à faire des choses agréables, mais beaucoup à en faire d'autres qui l'étaient moins, pour des gens qui n'en valent pas la peine. Mais vous l'avez toujours eu, le temps.

D'un ton professoral, il poursuivit sa démonstration.

— L'espérance de vie d'une femme en France est aujourd'hui de quatre-vingt-deux ans. Notez qu'il est de soixante-dix-huit ans aux USA. Vous faites bien de mourir ici. En Amérique, vous seriez morte à une vitesse 5 % plus rapide. Statistiquement bien sûr. Vous, qui ne faites jamais rien comme tout le monde, vous allez faire baisser la moyenne. Mais pensez au temps perdu par vos contemporains. Ceux qui vont vivre jusqu'à quatre-vingt-deux ans ou plus ?

Il s'arrêta pour chercher ses mots. Son éthique lui commandait l'exactitude, celle qu'il sentait devoir à Valérie en cet instant. Il trouva.

— Plutôt ceux qui vont respirer jusqu'à cet âge, parce que pour ce qui est de vivre... Combien d'heures passées à regarder des conneries à la télé ? Combien d'heures à surfer sur Facebook ? À faire des selfies dont la planète se moque ? Combien d'heures à ne pas penser ? À avaler comme vérité révélée ce que disent les journaux ? Ce que disent les guignols comme ceux que vous aviez invités ? Faites le calcul ! Quant à la nouvelle génération... Faites une estimation de l'abêtissement horaire des fameux « digital natives ». On nous rabâche qu'ils sont des génies parce qu'ils savent « googler » et faire joujou sur des téléphones portables. Combien d'entre eux savent qui était Victor Hugo, Copernic ou Galilée ? Quasiment aucun ! Voilà, c'est ça la plupart de vos semblables. Rien d'autre.

— Mais j'ai besoin des autres ! Vous voyez bien que je suis seule.

— Vous n'êtes pas seule et vous n'avez pas besoin d'eux. En tout cas pas de ceux-là. Choisissez mieux à présent.

Interdite, elle le regarda.

— Parce que vous voulez rester avec moi ? Vous croyez que j'en ai envie ? Et puis qu'est-ce que vous voulez qu'on fasse ensemble ? Vous avez vos trucs à vous, là. Vos machins à comprendre. Vos « Chtoukas » qui vous font tellement rigoler ! Alors ? Foutez-moi la paix. Gardez mes stylos et barrez-vous.

— Je garde les stylos. Mais je ne me barre pas. D'ailleurs je ne me barre jamais. Je m'en vais au mieux.

— Vous voulez que je crie ? Que j'appelle ?

— Ce n'est pas bon pour vos cordes vocales.

— Mais qu'est-ce que vous voulez qu'on fasse ensemble ?

Il réfléchit longuement. Valérie attendait, et était troublée. Elle le voyait littéralement cogiter. D'habitude, quand les gens réfléchissaient, ça ne se voyait pas. Là si.

— On va s'aider mutuellement. Voilà tout.

— Comprends pas. Expliquez !

— En résumé ?

— En résumé !

— En résumé, je vous aiderai à mourir, et vous m'aiderez à vivre. Voilà le programme.

Valérie prit peur.

— Vous voulez m'euthanasier ? C'est ça ?

— Mais non, rien de tout ça. Je resterai avec vous. Je resterai là.

Sans être tranquillisée par ce qu'il lui disait, elle interrogea :

— Et qu'est-ce qu'on va faire toute la journée ? Tous les jours qui restent ? Jusqu'à ce que je meure. Vous ne voyez pas que j'ai peur ? Peur de la mort, peur de l'éternité qui va suivre, peur du néant. J'ai peur de l'infini pour parler comme vous !

— Pensez à autre chose.

— Vous en avez de bonnes, vous !

— Déjà, pour commencer, on va trier les problèmes. Oubliez la peur : ce sera déjà un bon début. La peur n'évite pas le danger. On ne vous a pas appris ça au service militaire ? En plus, la peur paralyse. Pas besoin d'en rajouter dans votre cas.

Il continua d'une voix douce, mélodique tout en étant masculine, une voix que Valérie n'avait pas encore perçue jusqu'alors :

— Je la prends en charge votre peur, vous pouvez me la laisser sans crainte. Ensuite, vous avez la trouille du néant ? Mais tout le monde y tombe dans le néant. Plus ou moins vite, mais tout le monde y va. Vous qui disiez avoir peur d'être toute seule, là, dans le néant, pas de souci, vous ne serez pas seule. C'est surpeuplé.

Il voulait lui faire comprendre cette idée, totalement :

— Vos arrière-arrière-grands-parents y sont bien dans le néant, non ? Vous connaissez encore leurs prénoms ? Ce qu'ils faisaient ? Ce qui comptait pour eux ? Non. Vous n'en savez plus rien. Plus exactement, vous ne l'avez jamais su. Bon, eh bien pour vous, ce sera pareil. Vous aussi, une fois morte, quelques générations, et encore... Et puis on vous aura oubliée. Quant aux enregistrements de vos petites émissions de télé, de vos spectacles et de vos disques, même s'ils survivent un peu plus longtemps, ils seront noyés dans la masse avant peu. Ils attendent déjà de devenir des détritus numériques comme les autres.

Elle encaissait les paroles d'André avec difficulté. Elle ne s'y résignait pas. Il continua.

— On vous oubliera très vite. Vous n'êtes pas Néfertiti.

— Mais vous me faites chier !

— Allez-y, je vous attends. Ah c'est une image ? Bon, alors je continue. Si l'infini vous impressionne, c'est parce que vous ne l'avez jamais vu. Vous le voyez d'un bloc.

— Ben oui !

— Ben non !

— Ça rime à quoi cette discussion ? Hein ? Foutez-moi la paix à la fin ! Je suis fatiguée.

— Oh, à la fin vous l'aurez la paix, dit-il en leur reversant du champagne. Et moi aussi, reprit-il plus gravement.

Il la regardait intensément.

— Si vous voulez. Alors ? C'est moi, ou le néant dès maintenant. Choisissez.

Il continuait de lui parler avec cette voix masculine et prudente à la fois. Valérie aimait l'entendre, entendre cette musique vocale, même si les mots qu'il disait lui faisaient mal. Avait-elle le droit d'accaparer cette voix ?

— Mais vous allez vous ennuyer comme un rat mort avec moi.

— Changez d'image s'il vous plait. C'est lassant à la longue. Il y a vraiment tout à reprendre.

— Mais qu'est-ce qu'on va faire ?

— Bon. Il faut voir les choses comme elles sont. Vous allez devenir muette. Alors je vais vous apprendre une nouvelle langue. Vous allez être gagnée par la paralysie. Alors on va voyager. Mais attention : pas comme vous en avez l'habitude. Pendant que vous apprendrez cette langue, que vous voyagerez, vous oublierez votre peur. Du moins elle sera moins présente. Vous utiliserez votre temps à découvrir quelque chose de nouveau.

— Mais et vous ? Vous y gagneriez quoi ?

André n'eut pas à réfléchir. Il ne pesa pas le pour et le contre.

— Moi, je ne parlerai plus tout seul. Je parlerai avec vous. En fait, si tout va bien, à un moment donné, nous nous parlerons. Et nous voyagerons ensemble.

— Je n'y arriverai jamais.

— Mais si. Vous verrez. Ne soyez pas si pessimiste sur mes capacités pédagogiques. On ira doucement.

— Mais on n'a pas le temps !

— Mais si. On a tout le temps du monde. On ira même très doucement. On construit du solide, alors faut aller doucement. Il faut que ça sédimente.

D'un geste de la main, il indiquait l'idée de cette construction, tel un architecte qui explique où ériger les fondations et la façade d'un grand immeuble. D'une voix où Valérie sentit pointer la nostalgie, il déclara :

— Vous verrez des choses très belles. Très pures. Vous serez même peut-être heureuse parfois.

— Pourquoi dites-vous « peut-être » ?

— Il faudra y mettre du vôtre. Je ne vous propose pas un séjour au club-med !

Il attendit un peu pendant qu'elle envisageait cette nouvelle possibilité. Avant qu'elle n'évalue les efforts à fournir, il demanda :

— Qu'aimiez-vous faire étant petite ?

— Étant petite ?

Elle inspira un grand bol d'air, puis souffla longuement, se vidant les poumons.

— Je ne sais plus.

— Souvenez-vous.

André s'énervait gentiment.

— Bon écoutez, hein ! Vous avez appris des milliers de chansons dans votre vie, ça prouve que vous avez une mémoire qui marche à peu près. Vous devez quand même vous souvenir de ce que vous faisiez à huit ou dix ans. Qu'est-ce qui vous plaisait particulièrement ?

— Je ne sais plus. Ah si !

Des images lui étaient remontées brusquement à l'esprit, des images oubliées depuis longtemps. Elle reprit d'une voix presque enfantine. Elle parlait lentement laissant du temps à ces bribes du passé pour se reconstituer.

— Je regardais les nuages. J'étais couchée au sol dans le jardin de ma grand-mère, l'été en Normandie. Elle habitait la campagne, mais la mer n'était pas loin non plus. Je regardais les nuages dans le ciel. J'imaginais des formes au fur et à mesure qu'ils changeaient. Un lapin qui devenait une vache ou un cheval, puis qui devenait (elle cherchait) ... une fleur ou un écureuil. Je regardais les nuages, voilà.

Une image se fit plus claire.

— Tenez, un jour un nuage s'est transformé en un ange blanc, avec des ailes. Il me souriait. J'imaginais que j'étais ce nuage-là. Il était mon miroir, il était mon reflet dans le miroir et il était moi. Tout ça à la fois.

Elle resta un moment silencieuse, le visage enfin apaisé. Elle souriait à elle-même.

— Oui, je regardais les nuages étant petite.

Sa pose était devenue inconfortable. Elle défit ses chaussures, les jeta d'un coup de chevilles, alla, pieds nus, chercher un plaid dans un tiroir, s'allongea sur le sofa, et mit le plaid sur ses jambes. André se leva pour fermer la fenêtre.

— Ensuite, quand j'ai grandi, je regardais moins haut. Les bâtiments, les rues, les échoppes, les affiches, les gens.

André l'avait écoutée sans l'interrompre. Il ne l'avait pratiquement pas quittée des yeux. Elle avait fait un petit voyage, le premier, celui qui permettait de voir les choses avec les yeux de l'enfance.

— Bon, eh bien, je vais vous faire faire une cure de jouvence. Je vous aiderai à enlever ce qu'il y a entre vous et les nuages qu'on va découvrir, tout ce que vous y avez mis depuis que vous avez grandi. Pour que vous voyiez bien les nouveaux nuages qu'on va aller chercher. Vous me décrirez vos nuages, leurs couleurs, leurs correspondances. Je vous décrirai les miens. Après on essayera d'en découvrir d'autres ensemble.

— Mais par quoi on va commencer ? Je ne sais rien.

— L'infini, cela semble vous obséder ? Eh bien, autant commencer par là. Vous savez qu'il y en a plusieurs de ces machins-là. L'infini n'est pas un. Si vous croyez qu'il est unique, vous vous trompez. Il y a celui qui vient des quantités qu'on peut numéroter : $1, 2, 3, 4, 5, \cdots$ Celui-là il est tout seul de son genre, bien qu'on le trouve aussi là où on ne l'attend pas, dit André sur le ton de la confidence. Et puis il y a les autres infinis. Plein d'autres. Infiniment d'autres. Et ils sont de plus en plus grands, bien plus grands que le premier infini, celui qu'on atteint en comptant les moutons. Vous pouvez choisir celui que vous voulez. Quel infini préférez-vous ?

Valérie saisit les petits fours qui n'avaient encore pas servi sur la table basse.

— Expliquez-moi.

Chapitre 32

Valérie s'éteignit quatre ans plus tard.

Au fil du temps, elle était progressivement devenue muette. Elle avait cessé de marcher pour ne plus quitter son lit. Ses mouvements étaient devenus lourds, incertains. André continuait à lui parler, à noircir des cahiers, à décrire les choses. Il expliquait doucement, pas à pas. Valérie le suivait.

D'une phrase ou d'un mot au début, d'un mouvement du bras ensuite, puis d'une petite croix dessinée maladroitement au hasard sur une feuille du cahier, enfin d'un regard, elle l'arrêtait lorsqu'elle n'avait pas compris quelque chose.

Elle lui signalait ainsi qu' « il y avait un petit caillou dans la chaussure », selon l'expression dont ils avaient convenu, par jeu, au début de leurs échanges. Quelque chose gênait et il fallait l'ôter. C'était le cas lorsqu'une explication d'André lui semblait incomplète, imprécise, ou un peu à côté.

André revenait alors en arrière. Il reprenait le cheminement, donnait des exemples, il rectifiait. Il faisait attention jusqu'à ce qu'elle lui fît signe que le petit caillou dans la chaussure s'était désagrégé.

Les questions de Valérie le forçaient à aller au cœur, à séparer le crucial de l'accessoire, à corriger les erreurs, à éclairer les chemins de traverse et à dégager le beau du fatras.

Vint un jour où André n'eut plus de mots à apprendre à Valérie. Elle était arrivée au bout du chemin qu'il avait parcouru seul jusqu'alors. Ils avaient maintenant le même vocabulaire, celui avec lequel André avait fait irruption dans la soirée d'anniversaire.

Pourtant, ils le savaient tous les deux, la langue ne s'était pas asséchée, elle n'était pas devenue morte. Au contraire, ils le sentaient, elle était devenue encore plus féconde.

Ils commencèrent alors un autre voyage, un nouveau voyage, un voyage commun vers ce qu'aucun d'eux, ni même personne avant eux, ne connaissait encore.

Chacun emmena l'autre plus loin. Ils découvrirent ensemble des lieux nouveaux, inconnus de tous jusqu'alors, et qui étaient pour eux seuls à ce moment-là. Il fallait les nommer, eux aussi, ces nouveaux lieux, ces nouveaux concepts, ces nouvelles formes. Il fallait voir comment ils s'agençaient avec le reste, comment ils s'inscrivaient dans le chemin parcouru. Cela donnait naissance à des débats âpres entre eux, chacun argumentant avec ses moyens.

André et Valérie s'étaient convaincus sans mal que le nom et l'idée se répondaient. Ils se guidaient l'un l'autre. Il fallait donc faire très attention aux choix en la matière. Il leur fallait trouver les bons mots, mais aussi – et surtout – trouver la bonne grammaire, celle qui crée l'articulation entre les mots, celle qui permet de parler, de voir, de voyager plus loin. Ensemble, ils cherchaient à comprendre.

Quelques heures avant d'entrer dans un coma dont elle ne devait plus sortir, Valérie serra faiblement le bras d'André. Elle griffonna péniblement sur le dernier cahier dont ils se servaient, et sur lequel elle n'arrivait pourtant plus à dessiner de petites croix. Il déchiffra une à une les lettres tremblantes du message de Valérie.

« Continue. »

Alors qu'ils s'étaient toujours vouvoyés, André ne sut jamais comment interpréter l'absence du « z » à la fin du verbe.

Valérie le laissait avec une énigme, et une mission.

Chapitre 33

Quelques semaines après l'enterrement, André acheta l'appartement de Valérie. Il fit creuser une porte communicante entre leurs deux domiciles. Finalement, il enleva la porte, et laissa le passage libre.

Cette décision le fit sourire. Désormais André allait et venait dans une seule et même composante connexe, comme on disait dans sa langue, celle qu'il avait apprise à Valérie. Leurs deux univers étaient devenus d'un seul tenant.

André passait d'un pôle à l'autre selon l'humeur. Il travaillait tantôt d'un côté, le sien, qu'il appelait le versant « *yin* » de son nouvel univers, tantôt de l'autre, le versant « *yang* », celui de Valérie.

Valérie lui avait également réappris à se discipliner. Elle l'arrêtait au bout de dix heures par jour. Il en conserva l'habitude.

La forme de mutisme et d'autarcie qui avait saisi André à la mort de sa femme et de son fils dura encore trois ans.

Chapitre 34

— Monsieur Legrand ! Monsieur Legrand ! Vous ne devinerez jamais qui souhaite vous parler !

Le directeur regarda sa secrétaire avec de grands yeux étonnés. Cette femme brune, longiligne, toujours mise sur son trente-et-un, et qui portait beau ses cinquante-six ans, se tenait dans l'embrasure de la porte qu'elle avait ouverte sans frapper. Et elle l'appelait par son nom en plus ! Jamais elle ne s'était autorisé la moindre familiarité depuis sa nomination, deux ans plus tôt, à la tête du Collège de France, après le départ en retraite de son prédécesseur.

Dès le premier jour, il lui avait pourtant bien dit que, même s'il arrivait à huit heures du matin, il fallait le laisser absolument tranquille jusqu'à neuf heures trente. Il aimait ce moment de solitude, où il expédiait rapidement quelques affaires courantes, puis s'accordait une demi-heure pour parcourir le journal. Ce jour-là, la une du quotidien annonçait l'itinéraire du prochain tour de France. Une double page intérieure rendait compte de l'enquête parlementaire sur les accords partisans qui avaient conduit la France à la perte de sa souveraineté énergétique. La rubrique faits divers mentionnait le suicide par défenestration d'une juge d'application des peines, et la mort au Maroc d'un imam salafiste, apparemment par empoisonnement d'une substance dérivée du polonium 210. L'article rapportait que déjà une quinzaine d'autres personnes étaient mortes de la même manière dans les années qui avaient précédé, et s'interrogeait sur cette étrange série qui touchait diverses zones du globe.

L'irruption de la secrétaire le surprit les pieds sur la table, un stylo bille à la main, en train de peiner sur le Sudoku « diabolique » du supplément culturel du journal.

— Qu'est-ce qui vous arrive ? Vous n'êtes pas bien ?

— Oh Monsieur Legrand (elle recommençait !), c'est André. Il est au bout du fil.

— C'est qui ça, André ?

— André Passy.

— Nom de Dieu !

Le directeur n'avait pu s'empêcher d'exprimer ainsi son saisissement. Cela faisait près d'une douzaine d'années que personne n'avait entendu parler d'André Passy. Pourtant, aussi bien son prédécesseur que lui-même avaient maintenu le traitement du Professeur Passy, alors même qu'il n'avait plus mis les pieds à l'Institut, ni donné de cours, ni rien publié, ni fait quoi que ce soit. Une telle complaisance n'aurait été tolérée pour personne. Mais André Passy était exceptionnel. Ses travaux et le drame qu'il avait traversé l'avaient rendu intouchable. Et puis il y avait autre chose.

Daniel Legrand se rappelait très bien le jeune André Passy, avant qu'il ne devienne célèbre. D'une certaine manière, il l'était déjà à leur première rencontre. Son arrivée à Normale Sup s'était passée tambour battant, alors que celle de Daniel, dans la même promotion, avait été beaucoup plus discrète. Ils avaient étudié ensemble, si on peut dire. Plus exactement, comme Daniel le racontait à ceux qui l'interrogeaient au sujet de la légende qu'était devenue André, et qu'il avait connue à ses débuts, tous deux avaient été exposés aux mêmes choses, aux mêmes profs, aux mêmes enseignements. Mais ils n'en avaient pas fait le même usage.

Entre les mains d'André, tout devenait différent, prenait une consistance inattendue, évidente a posteriori, invisible a priori, sauf pour lui. Daniel n'en avait jamais conçu de jalousie : il avait eu un extra-terrestre comme camarade d'école, voilà tout. L'aura qui entourait André n'avait fait que croître pendant les années, prenant une intensité à la mesure des résultats obtenus, puis des épreuves traversées.

— Il est là ? Faites-le entrer, dit-il avec précipitation en se levant de sa chaise, et en poussant aussitôt de côté les dossiers qu'il devait encore étudier dans la journée.

— Non, non. Il est au téléphone et souhaite vous parler. Je vous le passe ?

Daniel Legrand la regarda en secouant la tête, et en levant les yeux aux ciel. Il signifiait ainsi que c'était l'évidence même. La secrétaire osa avec timidité :

— Vous me direz après ?

Daniel Legrand ne fut même pas surpris par cette demande.

— On verra. Passez-le moi, et que personne ne me dérange !

Il décrocha quelques secondes plus tard.

— Allo Daniel ? C'est André.

Leur conversation fut courte, comme cela avait toujours été le cas au téléphone avec lui. André appelait pour une raison bien précise. Daniel n'osait pas lui en demander davantage. Il n'osait presque pas parler. Il écoutait. Bien entendu il n'eut pas l'indécence de demander comment André allait.

— Bonjour André. Je suis heureux de ton appel.

André répondit par une attention qui surprit Daniel.

— Daniel, je suis content que ce soit toi qu'ils aient choisi pour succéder à Rémi. Comme lui, tu comprends tout.

Daniel ne savait pas quoi répondre, mais il ne se méprit pas sur le sens des paroles d'André. Ces mots étaient clairs pour les initiés, pour ceux du sérail. En les prononçant, André indiquait qu'il était encore un des leurs. Ce qu'il venait de dire signifiait tout simplement que Daniel, lui aussi, comme le Professeur Rémi Maillot avant lui, pouvait diriger l'institution la plus prestigieuse de France. Il avait le doigté et l'entregent appropriés, et faisait preuve des qualités nécessaires pour orchestrer des personnalités fortes, souvent compliquées, et reconnues dans des domaines aussi bien scientifiques que littéraires. Tout cela était contenu dans ce que venait de dire André en une poignée de mots.

Daniel balbutia un modeste merci. Il savait toutefois que la raison de l'appel était ailleurs.

— Que puis-je faire pour toi, André ?

Un silence de quelques secondes suivit. Daniel attendait, patient et anxieux à la fois.

— Écoute Daniel, j'aimerais parler.

Cette phrase donna le frisson au directeur. André employait les codes de sa communauté, ceux que tous comprenaient dans la seconde, Daniel en particulier. Cette phrase extrêmement courte signifiait une chose : André avait quelque chose à dire. En clair, il avait un résultat. Daniel réagit avec pragmatisme, d'une voix avenante :

— De quoi as-tu besoin ? Et quand veux-tu parler ?

— Il me faudra la grande salle, tu sais, celle...

Le directeur accepta très simplement. Il savait que, de toute manière, il acquiescerait sans discuter à toutes les exigences que formulerait André, et il savait aussi qu'André n'en aurait probablement pas beaucoup.

Deux choses mineures dérogèrent toutefois aux usages. André demanda à parler le vendredi de la semaine suivante, alors que d'ordinaire les conférences scientifiques avaient lieu du lundi au jeudi. Il souhaita aussi ne pas donner de résumé de sa conférence. L'audience devrait se contenter du titre.

— Sinon, à part ça, on fait comme d'habitude ? demanda Daniel.

— Oui, on fait comme d'habitude. Merci Daniel. À la semaine prochaine. Bon week-end.

Daniel raccrocha doucement le combiné. Il se leva et transporta sa carcasse de colosse vers la fenêtre. Il regarda la Seine, les rayons du soleil sur les quais et, au-delà, de l'autre côté du fleuve, il imagina André chez lui, là où il l'avait vu heureux pour la dernière fois.

C'était lors de la fête d'anniversaire que Marie, la femme d'André, avait organisée pour leurs enfants. Michel, leur fils, et Aline, la fille de Daniel, étaient nés le même jour, à un an d'intervalle. Les enfants se connaissaient depuis toujours. Marie et André avaient été très présents lorsque Nathalie, la femme de Daniel, était morte d'un cancer. Quelques semaines avant qu'Aline ait son premier anniversaire sans sa maman, Marie avait appelé Daniel. Elle lui proposait de venir à la maison avec Aline. Elle ferait deux gâteaux et ils fêteraient tous les cinq l'arrivée de la petite fille dans l'âge de raison, et les huit ans de Michel. Depuis lors, l'habitude était restée de fêter l'anniversaire des enfants ensemble, une fois chez l'un, une fois chez l'autre. Lors du dernier qui les réunit, Michel, du haut de ses douze ans fraîchement acquis, déclara vouloir épouser Aline lorsqu'il serait devenu un samouraï.

Daniel fronça les sourcils. Son visage se décomposa.

— Mon Dieu. Oh, mon Dieu.

La date ! Aline poursuivait ses études à Londres depuis deux ans. Elle y fêterait ses vingt-trois ans avec son nouveau copain anglais le jour de la conférence d'André.

Daniel entendit la porte s'ouvrir doucement. Quelqu'un avançait dans son bureau à pas timides. Il n'eut pas le cœur de rabrouer sa secrétaire. Tout était sens dessus dessous depuis l'appel d'André une demi-heure auparavant. Il continuait à regarder dehors. Il toussa, se passa la main sur le visage, gratta sa barbe grisonnante et broussailleuse. Il inspira profondément. D'une voix mal assurée, il ordonna :

— Asseyez-vous et prenez note.

La suite de l'entretien fut consacrée à l'organisation logistique de l'événement. Il fallait déplacer le cours que donnait un professeur d'histoire contemporaine pour libérer la salle que souhaitait André. La secrétaire rappela que ce professeur, très en cour auprès des journalistes et du gouvernement, était susceptible. Il protesterait à coup sûr. Elle sursauta lorsqu'elle entendit le directeur répondre avec colère :

— J'en ai rien à foutre ! Qu'il me fasse pas chier, cet enculé ! André veut la salle : il l'aura.

Profitant de l'occasion pour s'accorder une petite mesquinerie aux dépends du professeur d'histoire contemporaine très en cour, il ajouta :

— Vous la réservez pour toute la journée.

— Mais...

— Quoi ?

Son assistante tenta timidement :

— Sa conférence n'est prévue qu'à 14 heures ? On pourrait peut-être accorder. . .

— Rien à foutre !

— Ah... Bien...

— Vous me réserverez aussi les deux autres grandes salles attenantes pour une projection en simultané, au cas où la première ne suffise pas. D'ailleurs elle ne suffira pas. Faites vérifier le système informatique : je veux que cette conférence soit filmée et enregistrée. Des tests devront être faits. Il faut que tout marche. Entendu ?

— Évidemment. Ce sera fait. Et sinon, on fait comme d'habitude ?

Ces termes étaient parmi les premiers avec lesquels elle s'était familiarisée lorsqu'elle était devenue l'assistante du Directeur. Rémi Maillot puis Daniel Legrand ne différaient pas sur ce plan. Loin d'être monotone, cette continuité, qui la changeait singulièrement de son univers d'avant, où tout nouveau directeur tenait à imprimer sa marque et son langage, lui donnait un sentiment de solidité qu'elle aimait. La banque, dans laquelle elle avait travaillé quinze ans avant de rejoindre Rémi puis Daniel, avait fait faillite. Elle souhaitait continuer à travailler avec Daniel, et espérait pouvoir préparer avec lui les cérémonies célébrant les 500 ans du Collège de France. Au besoin, elle le ferait bénévolement.

— Oui. On fait comme d'habitude.

Prononcer ces derniers mots en liaison avec André, ce que Daniel fit davantage pour lui-même que pour son assistante, lui apporta une sorte de plénitude, une forme de joie calme qu'il avait presque oubliée.

Comme d'habitude signifiait que le nom du conférencier, le lieu précis c'est-à-dire le nom de la salle, la date et l'horaire exacts allaient être envoyés à tous les correspondants de l'institution, tant en France qu'à l'étranger. André avait donné son accord.

— Mettez-vous y maintenant.

— Ce sera réglé dans l'heure, Monsieur le Directeur.

La secrétaire souhaita une confirmation :

— La conférence du Professeur Passy n'a pas de résumé, juste un titre, c'est bien cela ?

— Juste un titre, oui, dit plus doucement le directeur.

Il ajouta, dans un souffle très faible, mais que perçut son assistante :

— Merci.

Elle savait que la discussion était close. Elle se leva. Hésitante, un peu gauche, elle regardait le directeur.

Daniel n'avait pas quitté un instant sa position à la fenêtre. L'angle avec lequel il regardait le soleil s'adoucir sur les arbres fit émerger un souvenir. Il remontait au soir de l'anniversaire des enfants, treize ans plus tôt.

Aline et Michel étaient partis jouer à côté, laissant les adultes discuter entre eux.

Marie, André et Daniel aimaient à se retrouver en famille pour aller ensemble à des expositions. Les deux gamins, le plus souvent récalcitrants, concevaient comme un devoir d'enfant d'accompagner des parents bizarres dans des lieux imposants.

Or ces prétendus adultes avaient parfois des débats enflammés pendant les visites, qui les faisaient rire comme des bossus, mais leurs enfants beaucoup moins. Lorsque cela arrivait, Aline et Michel s'éloignaient de quelques mètres dans un même réflexe. Personne ne devait penser qu'ils avaient quoi que ce soit à voir avec ces trois énergumènes qui ne savaient pas se tenir.

Si Marie, André et Daniel se disputaient au sujet de plein de choses lors de ces visites, ils avaient aussi découvert, au cours de leurs discussions, qu'un peintre trouvait grâce à leurs yeux à tous trois, ce qui était exceptionnel.

Marquet était cet heureux élu. Ils aimaient ses peintures en hauteur, ses perspectives sur la Seine, ses péniches et ses reflets. Ils adoraient sa manière de créer le mouvement des passants d'une virgule de peinture.

Justement, le Grand Palais allait lui consacrer une rétrospective qu'ils ne voulaient rater pour rien au monde. Elle ouvrirait deux semaines après le retour du voyage au Japon que Michel, les yeux brillants, décrivait par anticipation à Aline dans la pièce d'à côté.

Le regard de Daniel continuait à errer sur Paris lorsque la porte se referma sans bruit.

Chapitre 35

Le théorème de l'ange – ainsi André avait-il baptisé sa conférence – était le point d'aboutissement d'un manuscrit de quinze mille pages qu'ils avaient élaborés ensemble, Valérie et lui, puis qu'il avait poursuivi seul au décès de Valérie.

André arriva vers treize heures trente. Il fut amené aussitôt au bureau de Daniel, avec beaucoup d'égards. Le directeur avait donné des instructions précises pour que l'on ne le fît pas attendre. Ils échangèrent une poignée de mains, et peu de mots. La secrétaire ne quittait André des yeux que pour regarder le directeur. André sortit une clef USB de sa poche, et la donna à Daniel.

— Ne la perds pas, plaisanta-t-il.

— Pas de risque. Il y a tout dessus ?

— Il y a tout dessus.

— On diffuse ensuite ? Sans restriction ?

André acquiesça d'un battement de paupières. Ce qu'elle contenait, à savoir la totalité des travaux de Valérie et d'André, serait mis sur le site du Collège de France dans la soirée. Daniel était parfaitement conscient de la responsabilité que cela représentait. Il s'adressa à son assistante.

— Vous ferez huit copies de cette clef. Vous mettrez celle-ci dans mon coffre. Puis vous irez en porter une aux archives, une à l'IHES, à remettre au directeur en mains propres. Vous exigerez un reçu. Enfin, vous en remettrez une aux titulaires des chaires suivantes...

Daniel poursuivit ses instructions. À la fin, il précisa :

— Vous ferez cela vous-même. Personne d'autre.

L'assistante regarda le directeur avec gratitude.

— Le contenu devra être online sur notre site à... Daniel interrogea André du regard. André déclara :

— 18 h, cela devrait aller.

Daniel regarda sa secrétaire. Elle opina. Tout était clair.

— Tu veux prendre quelques minutes, André ?

— Non merci, Daniel. Allons-y.

L'assistante regarda partir les deux hommes, aussi dissemblables que l'on puisse l'être. Une armoire à glace de deux mètres, pesant plus de cent kilos, avançait d'une démarche chaloupée et faisait son possible pour cacher son émotion. À ses côtés, un physique bien plus frêle, rendant trente centimètres et trente kilos au premier, avançait à pas rapides. Ces deux hommes avaient été amis. Elle se dit qu'ils l'étaient toujours. Après quelques couloirs, le plus grand ouvrirait une porte, et s'effacerait derrière le plus petit. Lors de ce court trajet, Daniel se demandait encore s'il convenait de présenter le conférencier. C'était superflu. Il se contenterait de saluer l'assistance, et de donner la parole au Professeur Passy.

Un murmure accompagna l'entrée de Daniel et d'André. Dans toutes les langues, on entendait chuchoter « C'est lui ! C'est vraiment lui ! ». La salle était comble, remplie à ras-bord par l'élite scientifique mondiale. De Londres, de Berkeley, de Shanghai, de Berlin ou de Munich, de Hong Kong ou de Singapour, de Kyoto et de toutes les universités de France : tous avaient fait le voyage pour venir l'écouter dès qu'ils avaient eu vent de l'événement. Le silence d'André depuis plusieurs années avait attisé les curiosités, certaines bienveillantes, d'autres peu avouables. Même des journalistes s'étaient infiltrés. Ils reconnaissaient avec surprise plusieurs prix Nobel. Ils demandaient les noms des médaillés Fields éparpillés dans l'amphithéâtre.

Daniel prononça tant bien que mal les quelques mots qu'il avait prévus. Sa tâche accomplie, il vint s'assoir au premier rang, pour écouter son ami.

André était seul maintenant. Il hésita, puis ôta son manteau qu'il posa sur une chaise à côté de lui. Il se tourna vers Daniel pour prononcer ses premiers mots depuis douze ans.

— Je remercie Daniel Legrand de son accueil en ces lieux. Nous sommes au Collège de France. Je vais donc parler en français. Le résultat principal que je vais présenter est le fruit d'un dialogue avec Valérie Lejeune.

André s'avança vers la grosse boîte de craies blanches que Daniel avait apportée, et posée sur la table installée à son intention.

André n'utilisa ni ordinateur, ni appareil de vidéo-projection d'aucune sorte. Son exposé se fit intégralement sur les trois tableaux noirs de six mètres carrés chacun dont disposait la plus belle salle du Collège. Le chiffon dont il se servait pour effacer la craie au fur et à mesure de l'avancement de sa conférence répandait un léger nuage blanc. Les petites particules blanches en suspension, ravivées à chaque coup de chiffon, ne le quittèrent pas au cours des trois heures que dura l'exposé. André écrivait beaucoup. Il parlait peu, mais ses indications étaient prononcées d'une voix claire, chantante. Elles donnaient les éléments destinés à décrire les correspondances conceptuelles entre des objets qu'il révélait, et auxquels il donnait des noms destinés à la postérité.

Un frémissement saisit l'assistance à chacune des huit conjectures, toutes ouvertes depuis plus de cinquante ans, certaines depuis plusieurs siècles, qu'André déduisait des concepts nouvellement introduits. L'approche qu'il avait adoptée désarmait les difficultés. Une à une, les conjectures perdaient leurs aspérités. Une à une, André montrait qu'il n'y avait en fait plus rien à montrer, une fois le langage établi. Il suffisait de parler, d'utiliser les bons mots, les bonnes formes. Elles s'offraient.

La dernière formule écrite, le théorème de l'ange complet, André posa la craie sur le bord du tableau, et le chiffon sur un pupitre. Il recula de quelques pas, puis il parcourut le tableau des yeux, pendant de longues minutes. Les diagrammes qu'il y avait dessinés portaient en eux la quintessence de son voyage avec Valérie.

Daniel fut un des seuls à entendre « Je vous remercie ». La tradition voulait que toute conférence se terminât par ces mots prononcés par l'orateur. André se sépara du tableau à regret. Il se tourna avec lenteur vers l'audience.

Le silence régnait. Un silence particulier, presque religieux. André ne demanda pas s'il y avait des questions. Aucun n'en posa. Personne ne leva la main. La même réaction s'opéra dans les salles adjacentes où la conférence avait été retransmise, permettant à quatre cents personnes supplémentaires d'assister à l'événement.

Tous savaient qu'ils n'étaient pas prêts. Il fallait qu'eux aussi apprennent d'abord la langue. Il fallait qu'eux aussi refassent d'abord le chemin que

Valérie et André avaient découvert, débroussaillé, tracé, auquel ils avaient donné la lumière, ce chemin qu'André leur avait montré en trois heures d'une extraordinaire intensité.

André lut dans leurs regards qu'ils avaient maintenant compris quoi faire, à défaut d'avoir encore compris comment faire. Il savait que son acte avait tout changé.

Il venait de donner naissance à leurs héritiers, à Valérie et à lui. À travers eux, Valérie continuerait à exister. Cet acte de transmission les avait rendus tous deux, Valérie et lui, incommensurablement riches. Cette richesse allait au-delà de l'argent, n'avait même rien à voir avec l'argent, elle était en réalité d'un ordre totalement étranger à ses principes. Valérie et André avaient créé un héritage qui ne se quantifie pas. Ils avaient pu le léguer. Mieux, le nombre d'héritiers irait en croissant, et la taille de l'héritage irait grandissant avec le nombre des bénéficiaires. Valérie et André avaient permis ce paradoxe de la transmission.

Les personnes présentes savaient, quant à elles, qu'elles avaient le devoir d'accepter ce cadeau. Elles avaient aussi parfaitement conscience que ce cadeau les obligeait.

Tous étaient convaincus qu'on venait de leur indiquer la bonne direction, que le théorème de l'ange, malgré son aridité, ne fermait rien mais ouvrait des champs totalement nouveaux, des manières de penser, d'appréhender la vérité, ou plutôt – comme André l'avait dit de manière elliptique – d'approcher d'états de vérité. Ils étaient conscients que des décennies d'efforts leurs seraient nécessaires pour s'y repérer, pour quantifier ce que signifiait être à cinq pas de la vérité, à deux pas de la vérité, à un pas de la vérité.

Ensuite, seulement ensuite, ils comprendraient. Les plus forts pourraient alors, eux aussi, aller plus loin seuls. Les autres les y rejoindraient. Les premiers auraient l'émotion de la découverte. Les seconds celle de la compréhension. Au cours des dernières années de sa vie, Valérie avait fait le chemin inverse. De la compréhension, elle était partie vers la découverte.

Les applaudissements, timides au début, retentirent de plus en plus fort. Ils battaient maintenant à tout rompre.

En révélant la puissance du théorème de l'ange, André avait créé un avant et un après dans la compréhension du monde, celle qui gouvernerait les siècles à venir.

Avant que l'agitation ne conduisît les journalistes et les collègues à se précipiter vers lui, André s'éclipsa par une petite porte derrière l'estrade. Ainsi en avait-il été convenu avec Daniel.

Chapitre 36

La rue était fade et grise. Les passants, affairés, préoccupés et indifférents, allaient d'un sens et de l'autre en regardant leurs téléphones portables. Peu prêtèrent attention à l'individu d'une soixantaine d'années, vêtu d'une chemise en tweed, d'un costume de velours côtelé, d'un long manteau gris, et qui marmonnait tout seul en marchant. Il y avait tant de gens comme ça. Paris était rempli de marginaux.

Alors qu'il pleuvait à verse, André ne songea pas à ouvrir son parapluie. Il s'en servait comme d'une canne. Son autre main restait glissée dans la poche du manteau. Elle caressait une vieille balle de tennis.

André continuait. Il marchait très vite.

Fin

Remerciements

Merci à Catherine Bernard, Nicolas Bernard, Judith Bouvry, Geneviève Couillard, Adrienne Haan, Laurent Lafforgue, Anna Leprévost, Évelyne Leprévost, Yves Mausen, Pierre Schmitz, Jean Simon, Mathé Simon, Christian Vincenot et Bertrand Warusfel pour les éclairages, relectures et discussions dont a bénéficié ce roman.

Du même auteur

Liste complète sur www.franckleprevost.com

Théâtre

La chambre des larmes

Glasnost

Essai

Universités et civilisations – Concurrence académique mondiale et géopolitique

Printed in Poland
by Amazon Fulfillment
Poland Sp. z o.o., Wrocław

24954540R00206